抗戰文藝論集

【復刻典藏本】

原編輯　洛蝕文
主編　蔡登山

編輯說明

本書是一九三九年三月三十一日由上海文緣出版社出版，而由《譯報》圖書部發行。

當時是抗戰期間，在上海孤島要蒐集有關抗戰文藝的文章，本非易事，但由於編者洛蝕文（王元化的筆名）的努力，幾乎網羅了重要作家、理論家的重要文論。書分為三輯：一、關於抗戰文藝，二、關於藝術大眾化，三、報告文學及其他，另有附錄六篇：1.中華全國文藝界抗敵協會發起趣旨；2.抓住戰鬥的中國民族這個嶄新的形象；3.關於「藝術和宣傳」的問題；4.略談改良平劇；5.改良文明戲的集體意見；6.抗戰後的中國文藝運動及其現況。從此書可以看到在抗戰初期整個文藝運動的趨勢，因此極具史料上之價值。也因此在十年了，為便利許多讀者及研究者，本公司據上海書店的版本，放大開本，也放大字體，重印本書，讓此史料能更廣泛地被運用。

二〇一七年一月

抗戰文藝論集

4

序

岳昭

蘆溝橋的炮聲，驚散了天河畔一年只能一度幽會的雙星，同時驚醒了象牙塔里的睡眼醒酘的Muse。但Muse不只是擺脫了一切美麗的夢幻，走到十字街頭，而且肩着鎗果敢地走上抗戰的前綫去。她的這種新姿態，影響了中國一切的文藝作家。於是，無論年老的，年青的作家，以及文藝青年，都一致地同意着：『現階段的文藝，應該服務於抗戰。』

這樣的文藝，也有人稱爲抗戰文藝。

自抗戰以來，關於抗戰文藝的意義與任務內容與形式，以及寫作的方法，已有許多人在討論，並且提出可寶貴的意見。這些意見，雖不一定能够一致，但都傾向於同一的目標。間或有了爭論，也不至于一打岔就是一萬八千里，總會得到一個正確的結語，這是中國文藝界目前的好現象。雖然直到現在，抗戰的文藝運動因爲有種種困難，尚未能有計劃有組織地展開起來，是件遺憾的事。

收在這個集子里的，都是新舊作家們對於抗戰文藝各部門的可注意的見解，雖不是一部有系統的文藝理論嘗但從這些論文里，可以了解抗戰文藝的任務和內容，以及近一年來中國文藝運動的趨勢。同時，還可以在比較單薄的文化工作之一環的文藝工作中，看到一些不可忽視的成績。

可是，在「孤島」的環境里，收集全般的材料並非易事，也許有不少的遺珠，但主要的文藝論文，大都搜羅到了，這不能不歸功於洛君的努力。

這個集子出版之後，我希望有更多的作家及文藝青年，對於抗戰文藝諸問題，作更熱烈更深入的討論，使抗戰文藝運動能更充實更廣泛地發展開來，這才是出版這論文集的眞正意義。

目錄

第一輯　關於抗戰文藝

第二輯　關於藝術大眾化 145

抗戰文藝論集

第一輯：關於抗戰文藝

關於抗戰文藝

林琪

文學是時代的產物，也是歷史的號手。以『五四』運動爲啓端，中國的新文學最初便是在爭求民族革命解放的鬥爭當中產生的。廿年來，沿着反帝反封建這條基本路綫。我們的新文學在萬分艱苦的努力與鬥爭當中逐漸成長着。適應着這些年來國內外政治上與社會上的急劇的變化，我們的文學運動從文學革命發展到革命文學，從普羅文藝發展到國防文藝，不僅在中國的新文學的前進大路上樹立了堅實輝煌的里程碑，同時也鮮明地反映出了我們的民族走向革命解放的各階段途程。我們的文學，自始就是與我們的民族的對內（反封建）對外（反帝）的解放運動息息相關，相生相成的。

『九一八』以來，歷史給我們帶來了空前的災難，同時也帶來了空前的希望。國亡種滅的危機的日益加深，在每一個黃帝子孫的心中激起了一個熱切的不分彼此的共同要求。這時候，各社會層之間的相互關係，開始了一個新的基本的變動，階級力量的對比，開始被歷史現實重新配列；團結救亡，成了每一個不願坐以待亡的中國人民的唯一共同的目標。經過了淞滬戰役，華北事變，防禦綏遠直到蘆溝橋畔的前哨戰爭發生，這一股在全民族的各階層中不斷蔓延和醞釀着的潛力，終於匯合成一道汹湧澎湃沛然莫可抗遏的民族偉力的洪流。震動全世界的『八一三』的抗戰號砲響了，這洪流開始冲斷侵略者加在我們頭上的奴隸的鎖鍊，用血水洗刷掉若干年來捺印在我們的民族身上的屈辱的印迹。——我們的民族，我們的祖國，已像巨人一般地屹立了起來。憑着正義與眞理，憑着無畏的精神與堅定的信心，我們與侵略者展開了生死存亡的壯烈的搏鬥。戰爭，直接和間接地攪動了整個民族的每一社會層的生活，烽火的氣息，波及到了國土上最遼遠冷僻的角落。『一切服務於抗戰』這是歷史的莊嚴的號召，也是每一個不願作奴隸的中國人的神聖的職責。『文學本質上是戰鬥的』（高爾基）作爲抗戰的武器之一，我們的文學繼承着以往的光榮的革命傳統，在抗戰開始時就提出了抗戰文藝的口號。這口號，是立脚於抗戰的高潮上，正確地把握住文學與現實的關聯，向漢奸以外的每一個中國文藝工作者提出來的；同時，也是任何一個有良心的中國文藝工作者所應該而且願意勇敢地去實踐的。

抗戰的全民性，直接地決定了抗戰文藝運動的多面性。由於戰爭的普遍和深入，沒有一個中國人不直接或間接地受着血火的洗禮；文藝工作者，他首先是一個中國人，自然也不能例外。儘管以前大家在階級、集團、世界觀、創作方法以及理論認識上有着多麼不同的特質，但在此時，一個高於一切的共同目標，也就是每一個眞正中國人所應負的責任——抗戰，比什麼都更堅强更有力地把大家統一團結起來，成爲了親密的戰友。這，無疑地把我們的文藝隊伍的基礎空前地擴大了。這是一個要在鬥爭中去求得統一的文藝界的總動員。我們不僅要珍惜寶貴每一分最堅强的戰鬥力量，同時也不放鬆去招致與爭取每一單位的友軍。從意識最前進的文藝集團，一直到個別的，甚至是最落後的文藝知識份子，雖然各自的戰鬥力量在程度上有强弱的差別，使用的武器有鋒利與鈍敗的不同，但祇要不是叛國的，不是直接或間接有意爲敵作倀的，我們都需要把這些力量匯集起來，給與適宜的配置與編排，組成一個龐大有力的文藝隊伍。而作爲這個隊伍的中心的旗幟的，就是抗戰文藝。

不僅在組成上，就是在創作活動上，抗戰文藝的規範也是多面的。它不單規定了現在，也包含着遠景；它不是孤離的突然的發生，也承繼着過去的文藝的血統。在手法上，從最舊的到最新的，從浪漫主義到現實主義，都應當包含在抗戰文藝的創作方法之內。在形式上，則無論是大型的長篇巨作，短小的報告速寫，以至於小品雜文，通俗小說，連環圖畫，民歌唱本……等等一切的文藝形式，都應該採用。以爲抗戰文藝的作品必須要有最完整的新文藝的形式，必須要前進的新文藝工作者來完成，這是偏狹的理解。抗戰文藝的題材，也決不是狹隘地祇局限於描寫壯烈的民族戰爭，或是揭發敵人內奸的醜惡的罪行，同時也應該廣泛地容納一切現代的和歷史的生活與人事的素材，加以提鍊概括，來補足和完成我們的直接或間接，正面或側面的戰鬥的任務。抗戰文藝創作的活動，『是多樣的統一而不是一色的塗抹』(郭沫若)。我們要最有効地通過各階層的作家的筆，從社會生活的各個角度上去反映，去鼓動，去爭取他所接近和擁有的讀者羣，共同流注到一個總的勝利中去在『非賣國的』這一個最低的限度之內，對於抗戰文藝的創作活動，作家是有着絕對的自由的。

自然，這一個龐大多色的隊伍，在戰鬥的進軍當中，是隨時都需要着眞正的自我批評和敎育，需要着不斷的整飭與檢討的。但在一個共同的陣營中，我們應當絕對避免無原則的意氣之爭，宗派主義的論點，以及獨善其身式的革命的清高主義。在這裏，最前進也是最徹底的主力部隊，是担負着較多的敎育同志和整飭陣容的艱苦的重任的。我們要不傷亡一個眞正的友人，也不放過一個眞正的敵人；要用最大的耐心去說服和爭取友軍，也要用最嚴厲的打擊去掃滅敵人。第米特洛夫曾經指出過：『我們對於統一戰線之公開的或隱祕的敵人應該進行最嚴厲的鬥爭，同時對於……各種各樣的同盟者，也應該保持批評之完全的自由』這裏的批評，是含有教育與期望的意義的。在教育與期望的意義上，在希望『愈到後來這隊伍也就愈成爲純粹的銳隊伍』（魯迅）的意義上，作爲一個共同努力的中心。

離開了創作活動來提文藝運動的口號，那祇是一句毫無意義的空話。在整個抗戰建國的戰線中，文藝有它最能發揮自身的戰鬥力量的一定崗位。在這崗位上，它與其他各個有着特殊機能的部門，用分工合作的形式，互相結成整個戰線的有機的關聯。一個擁護抗戰的作者，自然可以用直接行動去參加鬥爭，但倘若他正如魯迅先生所說，所使用的武器不外乎『仍是一枝筆，所做的事仍是寫文章，譯書，』那麼，他是必然會創造出積極的，或消極接近於抗戰文藝的作品來的。我們並不否認在抗戰文藝與漢奸文藝之間，尙有許多比較模糊的中間文藝存在着。但，遠在四五年前，魯迅先生豈不是就給過我們一個很好的指示了麼？『……站在甲乙對立或相鬥之外的人，在實際上是不能有的。人體有胖和瘦，在理論上，是該能有不胖不瘦的第三種人的，然而事實上卻並沒有，一加比較，非近於胖就近於瘦。』在全國抗戰的高潮中，任何人都不能有『超然』的自由。不近於敵便近於我。抗戰文藝的號召，正是要吸收那些較弱的力量到文藝的抗戰陣線中來，在實踐中鍛鍊成爲更強的力量。這並不是以抗戰文藝爲條件，更不是命令和强迫。這是對於每一個有良心的中國作家的期望；是正當而且必需的。而一個眞正擁護抗戰的作家，縱然由於習慣或他種的原因，對抗戰文藝的製作還保持着相當的距離，但總不會拒絕朝着這一方向去的努力的吧。我們是有向每一個眞正的中國文藝工作者說明的義務和期待的權利的。

伊里奇曾經在一篇論及政治文章中指出過歷史上的非常事變，可以使得社會現實運動的一瞬間的發展有平時幾個月和幾年間的成就。我們目前的文藝運動，也多少可以適用這名言。抗戰使得大多數作家的生活，打破歷來與大衆遊離的狀態，而與之打成一片了。新的生活，無限地豐富了作家們的經驗與題材，使文藝由此開始眞正走入大衆當中去。若干年來所未能澈底解決的文藝大衆化的問題，在此獲得了實踐的客觀基礎，證實了那必要與可能。爲着新文藝發展的前途，爲着服務於目前的抗戰，爲着完成在抗戰勝利後建設自由的新中國所必需的提高大衆文化水準這一新的啓蒙的任務，同時也爲着完成批判地接受我們的固有的文學遺產這一工作，無論是通過利用舊形式或是創造新形式的路線，去創造「爲大衆所理解，所愛好……而使之提高」的大衆文學，是當前抗戰文藝運動的中心工作之一。

抗戰文藝運動的實踐，是多方面的。我們須要各自選定一個最適當的哨位，最有効地發揮自己的力量，使人盡所長，共同朝着一個終極的目標，努力邁進。

我們需要展開一個抗戰文藝運動

——一個緊急的動議

周行

到目前爲止，我們的文藝活動還是遠落後於抗戰現實的發展。這自然不是一種好現象，但它却是一件事實，我們不能也不必隱諱。據我看來，這主要是由於我們還沒有展開一個抗戰文藝運動，不，豈但沒有展開，我們其實連發動的工作也沒有有目的地做過。到目前爲止，我們有的只是一些零零星星的文藝活動，我們各自爲戰，沒有計劃，沒有組織，甚至沒有一個明確的工作目標；換句話，我們的抗戰文藝活動還處在一種自然發生的狀態中，還不曾轉化爲一個抗戰文藝運動。

而事實上，沒有一個廣大而有力的抗戰文藝運動，要文藝服務於民族解放戰爭以爭取最後的勝利，是不可能的。在敵騎日益深入，决勝的時機日益迫近，而動員更廣大的力量以從事戰爭的任務也日益成爲必要的今日，我們文藝陣地上的同志們還能够忽視這一事實麽？還可以不急起直追，整頓我們的陣容，一致我們的步伐，而甘於放棄自己的重大的責任麽？

這就是我們當前最現實最嚴重的一個問題。

因此，首先我們要對這一個問題加以充分的注意。這裏必須指出：文藝也是一種科學，因此同時也是一種戰鬥的武器。但雖說如此，一種武器儘讓它放着而不去利用它，那還是沒有用的；去利用它了，然而不知道怎樣用法，結果也還是不能發揮其應有的效用的。這就是說：對於文藝這一種武器，我們首先必須充分認識他的性質。不僅如此，同時我們也必須考察清楚在過去（姑且假定由「一九八」的時期算起罷，）它做過了一些什麼？怎樣做？它完成了那一些任務？那一些是它必須完成的任務而它卻沒有完成的？同樣，它現在做着一些什麼？怎樣做？那一些是它的優點？那一些是它的弱點？這樣做是否可以完成它可能而且必須完成的任務？只有完全清楚了這一切，我們才能夠考慮一種適當的對策，確定今後的工作方向，計劃今後的工作。

一個正確的工作綱領完全是必要的。這不僅不會阻礙我們的文藝活動的發展，而且只有加強它，使它躍過自然發生的階段而成爲一個巨大的運動。這樣的一個工作綱領將怎樣產生出來，而且將是怎樣的東西呢？這必須是就上述諸問題考察的結果，同時也必須是各地文藝界同志們互相交換意見的結果，不用說，這麼一個工作綱領，今後在實踐過程中將會隨時被修正的，它決不是什麼一成不變的硬化的東西；但儘管如此，我們却不能絲毫看低它的價值，因之一個工作綱領對於我們仍是非常的必要。我們必須馬上發動大衆注意這問題，熱烈的參加討論，毫不保留的貢獻出自己所有的意見。

依我個人一點貧弱的意見，我以爲這一個綱領必須包含着如下的幾個要點：

（1）**大衆的抗戰文藝的創造**　在抽象的理論上，非大衆的抗戰文藝是不能存在的。抗戰的文藝同時必然是大衆的文藝。但現實的社會現象就不一定是這麼簡單，它複雜得多，同時也曲折得多。事實上，現在儘有好一些作品對抗戰眞眞有幫助，但它無論如何還不能說是大衆的作品。我們不能滿足於它們；相反的，我們必須指出，正由於它們不是大衆的，所以作爲抗戰文藝的作用也就受了大大的限制。這一矛盾是必須努力克服的。而要實現這一必須實現的企圖，許多基本的問題如主題與方法的問題，舊形式的利用與新形式的創造的問題，技術問題，特別是大衆化問題等等，就必須一一加以究明，並在創作活動上作具體的實踐。我們需要一類這樣的作品，它能更深入的更廣泛的反映現實，「爲大衆所理解，所愛好，結合並提高大衆感情思想和意志。」——（伊里奇）我們需要提出如下的一個口號：「爲大衆的抗戰文藝的創造而鬥爭！」

（2）廣汎的通訊員運動的展開　這一工作，與創造大衆的抗戰文藝的工作有不可分的聯繫。這是文藝戰線上新的力量的貯水池，憑着它，創作活動上的大勝利才有了保證。輕視文藝通信報告文學等，是不對的。這錯誤不在於對它的形式的評價，而在於無視它的發展的動向，無視它會從較低級的轉化而爲高級的東西。還有一點：所謂更廣汎更深入的反映現實，所謂眞眞成爲大衆的東西，如何才能成爲事實呢？很明顯的，這必須文藝眞正生根於人民大衆的生活中然後才能成爲事實。而文藝通訊員運動，它要求作家們深入到各階層的社會生活當中，它擔負着從人民大衆當中提拔新人的任務，就恰好是實現上述要求的一個最基本的前提條件。由於它，新的文藝將以它的視野的廣闊（現實把握的廣度）勝於一切舊時代的文藝，因之它所盡的教育的作用也將是空前的巨大。這時候，文藝抗戰早已不單是觀念世界裏的東西，它已成爲實實在在的一件事實了。

（3）組織統一而活動分散的體系的確立　首先必須說明：所謂活動分散，指的只是工作的方法而不是工作本身的內容。更具體一點說，這指的是活動的地域化。爲什麼活動必須地域化呢？這爲的是：要配合着抗戰所展開的形勢，文藝工作者必須分散到全國各地，分別建立起許多新的陣地，組織起許多新的戰鬥部隊來，以執行持久抗戰的艱巨任務。而事實上從前集中在幾個文化都市的文藝人，也早已自然而然地分散到全國各內地去了。所以現在之提出這一點無非是要使這種活動形態更加成爲有目的的，使它更加確定，更加充實，更加發展。他方面，正因爲如此，我們同時就非常需要有一個統一的組織。粗略一看，這兩者似乎是不但沒有邏輯上的關聯，而且還是有點衝突的，但實際上並不如此；相反的，這只是一個組織活動問題的兩面，它們不僅不彼此衝突，而且還是相生相成的。正因爲作戰隊伍是分散在全國各地，它有許多長處，但也包含着一個相當嚴重的弱點，這就是容易陷於失掉聯絡，各自爲戰的混戰狀態中。爲了使這一種可能的缺陷不致發生，我們必須有一個全國性的統一組織，它是一個參謀本部，同時也是一個司令塔；文藝戰綫上總的作戰方針與計劃，可由這裏分發出去，達到各個較小的中心（交通站，）再轉到所有的支隊去，這樣，它們便可以根據當地具體的環境而分別執行；同時，各地的工作者也可以隨時把工作的情形，經驗，或任何的建議送到這裏來，與其他地方的同志互相交換意見。總之，「有組織的影響意識形態的影響，才能獲得實踐的意義。」（藏原惟人）我們非團結起一切力量，組成一條鋼鐵一般的文藝戰線不可。

（4）批評理論活動的强化　如上述，文藝創作活動是落後於抗戰的現實的，但文藝上的批評，理論活動，更落後於創作活動。這正是當前整個文藝活動上的一大危機。爲了保證上述的幾種工作，能够順利地展開，我們必須趕快在這一方面努力補救，使批評理論活動旺盛起來，並眞眞成爲一種指導的力量。再就另一方面說，抗戰是個長期鬥爭的事業，它的勝利，不僅是民族的解放，同時也是文化的解放的勝利；凡與此有關聯的問題，不論關係是直接的或間接的，都需要在理論上加以深化，也是不用說的。爲了文藝科學的確立，即在戰爭期也不能一刻放鬆理論研究的工作，難道不是一件很明白的事情嗎？

以上各點，不用說即在平時也有它的必要。但我在這裏必須指出：正因爲從前沒有給與澈底的解決，所以現在在抗戰期中就更加迫切的需要去解決它。同時我也必須指出：由於客觀環境的不同，在同一課題上不僅有了不少新的要求，而且也給與了許多便利於問題解決的條件。這一切，我們都必須加以注意，然後才能够得出一個正確的答案和一個具體的辦法，然後才能够使我們今後的工作有一個廣大的前途。

新的現實與文學上的新的任務

周揚

一　擺在作家面前的新的問題

舊的生活已經破壞　新的還沒有完全建立起來

記得一位偉大的思想家說過，社會劇烈變革時期的每一月，那內容的豐富，可以比上平時的一年；這句話可以應用於正在抗戰中的目前的——中國。空前規模的大抗戰堅持了十個月了，在這十個月當中，——中國民族在變化着，前進着。舊的在被血所洗滌，新的正在向剛健的形成的過程中，一切的人們都被民族革命的暴風所衝擊震盪，而被衝擊震盪得特別厲害的是一羣特別的人——作家，藝術家。我這並不是指由於文化中心城市的陷落，作家失去了出版上的依靠，因而生活上發生了恐慌的等等事實而言，這些對於作家固然有重大的影響，但是其他職業部門的人也都同樣或甚至更厲害地遭受了戰爭的打擊，我的意思是指精神上說的。

我稱作家爲特別的人，是有兩重的意義。第一，作家是敏感的知識分子中的最敏感的，他對於時代的脈博的每一跳動都能夠强烈地感覺着；第二，作家是藉形象的手段去表現客觀眞理的，而形象又是必須從現實中，從生活中去汲取。沒有實際生活的經驗就決寫不出眞實的藝術作品。作家必須到實際生活中去體驗。過去，我們的作家曾經因爲自己創作力的不旺盛而訴怨過周圍生活的沉滯和平凡。現在，我們的國家裏正發生了轟轟烈烈的事變，全國的生活都在繞着戰爭的軸心旋轉，這種生活正是作家所渴望了許久的。他們帶着很大的激動和喜悅歡迎了它，但是要立刻把自己捲入這個生活的漩渦的中心，那就還得克服橫在他們面前的一些困難和阻力。

舊的環境雖是不値得留戀的，但那究竟使作家有生活上的安定和從容寫作的餘裕和心情，現在這些都失去了。一種生活，習慣了之後，就不容易改變，作家的生活尤其如此。我們的大部分的作家，都並不在企圖建立適合於抗戰環境的新的生活，而祇是努力在把過去那種作家式的生活在可能的條件之下恢復起來。這祇要看一看許多作家都集中在武漢以及最近出版物之逐漸增多而趨於千篇一律，就可知道了。這裏我並不要抹殺有的作家已經從書齋走到了戰地，然而這祇是一小部分人的個別的行動，還沒有在作家，至少青年作家中間形成一個廣泛的運動。同時我也並不主張所有的作家都丟下筆拿起槍上戰場去，那不但是不可能，而且是不必要的；相反，作家應當隨時隨地運用他所熟悉的現成的武器——筆來服務於抗戰，寫關於抗戰的作品，無論是報告，通訊或甚至簡單的煽動的宣傳品。有一個要求是無條件的：作家的生活應和抗戰的實際緊密地聯系着。我們要反對那種不願與大衆爲伍，不屑做抗敵救亡的日常工作，而自鳴清高，孤芳自賞，以文學爲至上的觀點。不幸的，這樣的觀點竟反映在一二進步作家的身上。他們對於開會，募捐，慰勞，教育難民，作軍隊裏政治指導員，寫鋼板作壁報等等的工作表示了極大的慊厭，他們大聲疾叫這些工作是應該別人做的，文學家不應該做這些事。

「這些事不是我做的。讓一般的知識分子去做吧，我忙得很，我正在埋頭於一個偉大作品的創作。」

說這話的，是一位很優秀的青年作家，聽說他並沒有實踐他自己的話，就是說他並沒有埋頭於「偉大作品的創作，」而仍然是在軍隊裏跑動，不時地寫着報告通訊一類的小型作品。這自然是可慶幸的事但是他的疾叫却表現了一種傾向，在新生活的巨大的吸引力面前徒然抗拒的傾向。

作家被兩種力所牽引着：抗戰引導作家走向更緊張的生活去，舊的生活習慣却總是絆着他的脚。因此，作家雖對自己的生活感到了動搖和不滿，然而還不能够立刻建立一種新的生活來代替它。

這也就是爲甚麼他們『成天飄來飄去』且不能不以這種『飄來飄去』爲痛苦。這種抗戰生活中的『感覺，』『心境』正是戰時知識分子無着落的生活的反映，正是作家的生活的苦惱，同時也就是他們正在用各種各樣的方式去力圖解決的一個問題。突入生活的核心，就是解決這個問題的主要的關鍵。

新主題的困難

假如沒有生活經驗也能寫出好的作品，那末作家生活的問題就不會這麼嚴重吧。要作家參加抗戰，服務於抗戰，這不祇是一種政治上的要求，而同時也是創作本身的要求。因爲抗戰不但改變了作家的生活，同時也改變了一切中國人的生活。生活變化了，爲着敘述生活的眞實，就有要不落後地跟生活合着步調一同前進的必要。假如作家讓戰爭的風暴在四周圍吹打，自已卻緊緊地閉上窗子，把表現抗戰的主題所必需的時間和精力花在個人瑣屑的主題和題材上面，化在故事的巧妙的安排，文字的雕琢，技巧的賣弄上面，那就祇是心血的浪費，不但引不起讀者的共鳴，也不會成爲偉大的作品。或者是，並不深入生活的底層，也並不肯多研究一點具體的生活的材料，而單單憑據幾篇政治論文，剪接新聞上的一些消息，就寫成抗戰主題的作品，那也祇會產生出空洞概念標語口號的東西。

了解抗戰的情勢和每一新的發展以及它對於全國人民的意義，對於作家固然是重要的，但那祇能作成一個政治的報告，要把它們變成藝術的言語，那就還需要下一點功夫。作家必須在那具體性上去了解生活。而作為文藝作品之基本材料的是活生生的人。要描寫抗戰，首先就要描寫在抗戰的具體環境下行動着的一個個的中國人。而這是怎樣一個變化萬端令人驚異的環境呵！在這個環境之下，人又是變化得怎樣地迅速呵！昨天還是落後的，今天變成了進步的；昨天還是愚蒙的，今後變成了覺醒的；昨天還是消極的，今天變成了積極的。革命時期必然地伴以人類心靈上的深刻劇烈的變化，祇適合於社會停滯期的藝術家的那種靜的看法現在是完全不適用了。我們的現實中正湧現着新的人，新的抗日英雄的典型。我們不能把他寫成平時的人一樣，因為抗戰的不平凡的環境已經使他變質；同時我們也不能把他描成理想的化身，因為在他身上還負有過去歷史的負担。假如說表現抗日英雄的典型是我們作家的一個最光榮的任務，那末，不能不說這也是一個最艱難的任務。

中國新文學中可以稱為不朽的典型的，祇有魯迅的阿Q。在這個可笑又可憫的人物身上，反映出了中國農民的輭弱的黑暗的一面，因為中國的農民性和落後性，他又被視為中國國民性的代表者。現在，阿Q們抬起頭來了。關於覺醒了的阿Q，值得寫一部更大的作品。然而在今日的文壇上，有誰能够了解中國人民像魯迅那樣的深刻呢？我們的作家已經開始作了創造抗戰中人物典型的企圖，但是那企圖並沒有能够圓滿地實現。歐陽山東平等集體創作的「給予者」便是一個例子，作者不知是故意還是不自覺地，把知識分子所特有的細緻精微的感覺思想，和哲理深奧的言語加在普通工農士兵的身上，一個一字不識的士兵的嘴裏竟會說出甚麼「靈魂的縱深地帶」「強烈的內在的活動」等等字眼，那聽來實在叫人難於相信。我們的作家應當學一學魯迅對於人物的性格的描寫，以及成爲那描寫的重要一部分的人物的對話。如像阿Q，如像孔乙已，如像九斤老太那些人物的那種活生生的對話。當恩格斯說現實主義是「典型環境中的典型性格之正確的傳達」時，他並沒有忽視作爲文藝上的現實主義之一特點的「詳細情形的眞實性」。

詳細情形的不眞實正表示了作家對於自己所採取的主題的生疏。抗戰對於我們的作家是一個生疏的主題。作家對於抗戰的各個方面和複雜過程還不熟悉，即使在理論上能了解，也還不見得就能用藝術的言語表現出來。比如，對於抗戰，我們每個人都應該抱着最後勝利的信心，但同時也要知道，我們的敵人是一個强大的帝國主義國家，而我國本身又存在着許多弱點，所以要最後戰勝日本，還需要相當的時日，這中間還要經歷許多的彎曲和種種可能的挫折與失利。這理論，我們的作家也未嘗不懂得，然而在他們的作品中卻常常把這個最後勝利容易化簡單化了，總是所謂「中國四萬萬五千萬人如何如何」末了是「最後勝利屬於我們的」一套。我們反對民族悲觀主義，然也不贊成廉價的樂觀主義。作品要灌輸羣衆以勝利信心，那決不是憑一時的興奮的作用，而必須靠深長的教育的效果。它應當告訴讀者：抗戰中遇到了些甚麼困難和缺點，它們怎樣障礙着抗戰的發展，而抗戰的發展又怎樣在一步一步克服它們。要表現出這些來，那就非十分熟悉抗戰各方面的具體情形不可。

然而我們的作家大部分都沒有參加過戰爭，甚至也沒有到戰場上去看一看，連戰爭的基本常識都常常是缺乏的。在某一次的繪畫展覽會上，有一幅畫畫着一個火線上的抗日軍人，一隻手舉起望遠鏡，另一隻手把手槍瞄準着前面。這自然是一幅抗戰的圖畫，但是一位有軍事知識的人立刻看出了這畫的破綻，因爲用望遠鏡照的時候一定是還和敵人保有相當的距離，遠非手槍的射程所能達到的。這不過是一個小例子。作品中關於戰爭的某些細節的描寫使讀者或觀衆失笑的事是常有的。這就可見：寫自己所不熟悉的題材是一件多麼危險的事。我們的作家在創造典型的時候不要忘了「詳細情形的眞實性」是和典型的正確的傳達分不開的。

今天的抗戰是一個不但對於作家是新奇的，就在中國的歷史上也是前所未見的主題。作家現在還不能夠十分把握它，那有甚麼奇怪呢？現在向作家要求關於抗戰的偉大的作品，不但爲時尙早，且足以招致和現實的脫離或不成熟的早產的有害結果。作家現在和全國人民同處在與最頑强的敵人艱苦作戰的狀態中，他應當在這個戰鬥的實踐中貯蓄爲表現時代的歷史的主題所必需的精力，準備將來偉大的作品。

小形式的問題

產生以抗戰爲主題的大作品，無論從作家寫這種作品所必需的時間和精力上說，或是從出版的條件和一般讀者的需要上說，都是困難的。事實上，抗戰以來，長篇形式已經退到了最後的地位，在戰時的文壇上演了最活躍的脚色的，是報告通訊一類的小型作品。報告文學差不多成爲一個非常流行的運動。在廣州，由幾位青年作家組織了一個文藝通訊站，有計劃地來推動這一個運動，此外還有朗誦詩歌，活報等新形式的提倡和時調，鼓詞甚至皮簧戲等舊形式的改良與採用。這些形式最適合於戰爭的情勢和需要，是抗戰期文藝的主要的形式。但是就在這一方面，我們也不是沒有困難的。報告文學的製作者大都是第一次把名字印在紙上的青年作家。許多旣成作家因爲沒有實生活，所以寫不出報告文學，而報告文學者却常常給技巧的不足損壞了自己的作品。他們有生活經驗，有豐富感情，但他們還不熟練於驅使題材，駕馭字句，也不善於運用想像，控制情感，所以，他們的作品常常弄成了貧弱無力的，不是近乎枯燥的新聞記事，就是流於空洞的主觀叫喊。雖然這樣，這批抗戰中的文藝新軍的出現，對於中國新文藝的發展，仍然是有極大的意義的。

關於文藝的通俗化，大衆化問題的討論，在抗戰以後特別地熱烈，而在創作實踐上利用舊形式的嘗試也日見增多，但是這一方面的努力比起客觀的需要來，却還是非常不够。原因是：我們的作家大都習慣於歐化的知識分子的文字，一向以少數的所謂高級讀者爲滿足，從沒有把教育廣大落後羣衆當作自己的責任，似乎也並不屑於和張恨水爭奪讀者，因此從沒有認眞地研究過中國文學舊有的東西，尤其是民間的東西，那在羣衆中間根深蒂固的東西。過去的這種修養就一直妨礙了作家向大衆化的方向邁進。抗戰雖使作家對大衆化又接近了一步，但是文藝大衆化的方針能不能在抗戰期中貫徹到底，那就要看作家的誠意與努力的程度如何了。

在對於舊形式的已有的嘗試裏面，我們也看到了一些缺點。我們的作家常常學取了民間文藝中庸俗的，低級趣味的東西，而沒有汲收它那明朗健康的眞正大衆的要素。有時他們把舊形式和新內容作了極不調和的勉强的結合，逗引起人的滑稽之感。比如，在輕鬆的形式如『小放牛』那樣的小調裏，裝進了那種形式所不能裝載的過分嚴重的內容和老百姓所決聽不懂的專門的術語。另一方面，舊形式中常用的含有封建毒素的用語和表現法，却又毫無批判地被照舊採用。利用舊的形式是一個非常值得研究的題目，我們的作家應當一面研究舊的，一面探尋新的，使小形式在抗戰中成長發展到可能的完成的極限。我們現在所要求於作家的就是用這種大衆化的小型作品敏速地去反映當前息息變化的實際情況，而不是離開實際關起門來去創造甚麼『偉大的作品。』

如何改變舊的生活方式，眞正的深入到現實中，到羣衆中去，實地去接觸那赤血淋漓的生活現實，並用適合的形式去表現它們，這就是抗戰提供於作家面前的問題，都需要他們去解決的。

二　建立作家間的新的關係

團結的必要

擺在作家面前的另一個重大問題，就是作家間的團結的問題。要加强全國抗戰的力量，作家必須團結，因為他們是全國抗日力量的一部分；要應付抗戰以後他們本身所發生的生活上的和創作上的問題，作家也必須團結，因爲那些問題是大家所共同而又非單獨一人所能解決的；要完成中國新文學的一些基本任務，作家也必須團結，這個團結並不祇限於抗戰期間，而可以更長久。

中國新文學是一直和民族解放運動不可分離的。文學上的民族主義的內容，不是空洞狹隘的愛國思想，而是採取了一種反對一切壓迫和黑暗的，廣大的民主主義的現實主義的規模。反帝反封建的主題貫串了從『狂人日記』以來的一切優秀的作品。國防文藝，抗戰文藝是這個傳統的正當的繼承。要完成文學上的這個民主主義的任務並不祇是少數最進步的作家的事，而應當由所有愛好自由和進步的作家來共同完成。這是第一。第二，五四運動雖傳給了我們戰鬥的民主主義的傳統，但是由於它先天不足後天虧損的原故，它並沒有豐厚的文學遺產遺留給我們。在創作上不用說，就在翻譯介紹上，也都是很貧弱的。這一方面固然給了後來革命文學以順利發展的優勢，但同時却也造成了中國新文學的一般的貧乏，使革命文學一時眞成了如魯迅所說的『荒野中的萌芽』。在這一點上我們大家都需要反省和努力。翻譯世界名著，介紹世界文藝思想，這就是一個需要在較長的時間內（要在抗戰勝利以後）由較多文藝研究者協力來做的工作。第三，新文學的勢力還沒有深入普遍到民衆中間去，一般落後讀者的選擇還不是在徐志摩，沈從文與魯迅茅盾之間，而是在『七俠五義，』才子佳人小說與新文學作品之間。把讀者吸引到新文學方面來，培養他們正當的文藝的趣味，這是每個新文學者的責任。文藝大衆化並不祇是把文學去遷就大衆，同時也是要把大衆提高到文學的水平。

在共同的事業——完成文學上的抗戰與民主的任務這個事業中，各種思想派別的作家應當緊緊地團結在一起親密地合作。這個合作並不妨礙各個作家思想傾向於不同的色彩，也不妨礙他們爭相拿各自的主張（漢奸託派的主張當然除外）去向讀者伸訴，用自己思想上和藝術上的卓越性去爭取讀者。

互相尊重　互相探討

但是在這裏我們必須具備有這樣一種精神，就是，對於彼此的努力要能够互相尊重。過去作家因爲階級，集團，世界觀，創作方法等等的不同而互相對立，對立的尖銳的狀態生了宗派主義，獨斷主義等等的有害產物。抗戰的情勢雖沒有消滅這個對立的社會根源，却把作家互相間的關係建立在這個新的基礎上面了。我們對於一切都要有一個更正確的新的估價。過去駡革命文學爲標語口號或視之爲洪水猛獸的人，現在應當改變他的觀點；自以爲是革命作家，以此爲驕傲而輕視別人一切眞摯嚴肅的努力的那種自大的態度，也應澈底糾正過來。『向非黨的作家學習』，斯太林同志的這句話應當成爲我們的革命作家的座右銘。

互相尊重並不是一種紳士式的虛僞的態度，而必須是非常地坦白和誠懇，一切都是公平的。既不抹殺別人也不菲薄自己；既不犧牲自己的立場去遷就別人，也不强迫別人服從自己的意見。思想獨立的尊嚴是最値得重視的，眞理比甚麼都更爲可貴。正因爲如此。在眞理的探求上必須嚴肅認眞，絲毫不苟。雖然『條條道路通羅馬』，然而要研究出那一條是捷徑，我們不妨切實地來互相商討，這對於彼此都有益處。在抗日的共同原則下不容許有越出這個原則的對立，以及一切不必要的瑣屑的爭論，但是自己與別人的思想上的些微色調的不同，也必須嚴格區別，不能把它弄成模糊。曾經有一二進步理論家，因爲强調文化運動上的統一而竟抹殺思想上的『左』『右』的差別；還有，以爲在統一戰線下提倡辯證法的唯物論，都有妨礙統一的危險。這種種見解都是我們所不能同意的，在一個大的變動的時代，要把握它的方向，不致在任何驚濤駭浪中被湮捲了去，理論的學習和研究，比平時更重要百倍。要求作家先獲得正確的世界觀，然後再去創作，這固然不對，但希望作家學習政治，研究理論來幫助他創作的實踐，却是完全必要的。保持思想立場的獨立性，創作上的獨特風格的自由和批評的權利，假如說作家在抗日的共同目標下的聯合也需要條件的話，那末這些就是條件了。

共同的切實工作

作家的團體不祇是在形式上把作家聯合起來，而是要明確規定作家當前的共同的任務和共同的工作，並動員一切力量來實行。一個文藝團體如果沒有它切實的具體的工作，那結果就會成爲一種報銷主義。

全國文藝界抗敵協會成立起來前，這是值得慶祝的事。它發表了表明宗旨的宣言，並且定出了自己工作的計劃，如像組織全國文藝通信網，發動通俗文藝問題的討論，創作給士兵閱讀的書物等等，這些都是切合時宜而且十分重要的。

全國文藝界抗敵協會是全國文藝運動的最高領導機關，它的負責工作人員應當用最大的努力來完成已經定下的工作計劃，開展更多的工作，眞正担負起它所担負的時代的使命。一切會員或非會員的作家文藝愛好者都應積極地從旁來推動它的工作，對於這個團體的一切現象大家都要負一分責任。站在團體外邊說風涼話，好像這個團體的好壞都與他個人無關的那種不負責任的態度，是應當永遠成爲過去的。

二　中國新文學應走的道路

從上面的簡單的敍述，中國新文學今後應走的路向大致上是已經可以明白地窺看出去了。目前的情況是：作家已經不能再繼續過去的「作家式的生活」部分的作家已經開始深入到生活中，深入到大衆中去，但是對於新的現實的遊離或抗拒的傾向依然存在；作家已開始貫注全力於新的主題，把注意漸漸轉向於大衆化的通俗的形式，但是要把中華民族解放的這個偉大壯烈的主題，用千百萬人都能感動那樣單純有力的形式表現出來，那除了作家的修養與才能之外，就還需要有對於生活的更深的實踐和與大衆的更緊密的聯系。

因此，目前的任務就是要加强和推動現實所造就的形勢改變作家的生活，發動我們到戰場上去，到游擊區域去，到一切內地城市鄉村中去。一面把旣成作家送進生活中去，使他們受到現實的教育，一面要培養從實際生活中不斷地產生出來的新的作家，給他們寫作技術上的幫助。我們不贊成自己關起門來去寫偉大的作品的那種作家主義，也不同意於說偉大的作品自會在將來的新人中產生的那種自發論的觀點。舊的作家和新的作家都應當和現實一同前進。爲了適應在抗戰時期特別增高起來的大衆對文化藝術的要求，文學方面的幹部更有大大地擴充的必要。我們不能容許文學的發展帶有自發的性質。我們要有計劃地大量地製作爲大衆閱讀的作品，就是對於將來偉大的作品，每個文學工作者也都負有艱辛的孕育與小心翼翼的催生的責任。

保存過去新文學的一切優良成果，繼承它一貫下來的現實主義的傳統精神，把這些成果和傳統在新的現實中發揚光大；繼續文藝大衆化的路線，學習大衆的活生生的言語，研究民間文藝的形式攝取其中的長處和精華，把大衆化的路線貫澈到底，中國新文藝就在這個爲更深入於現實，更深入於大衆而鬥爭的旗幟底下邁步前進，展開在中國新文學面前的將是一片無限遼闊的新天地。

抗戰以來文藝的展望

郭沫若　老舍　張申府　潘梓年　夏衍
臧雲遠　郁達夫　奚如　北鷗

本來擬了題目和綱要，想在某川菜館的一個聚會上，開一個座談會的，然而那天四圍是那麼吵嚷，沒法安靜的談，當綱要交給郭沫若先生看的時候，郭先生用笑話開始地說，東西還不會吃進去，先要吐出來，眞是難事，接着大聲地把綱要朗讀了一遍，並且提議：把四項大綱作爲問題，在座的人，祇在紙上答不必談了，大家全都同意，於是低頭寫起。因爲既不座談，可以更廣泛的徵求作家家意見，在中國這還是開始的嘗試，希望在郭沫若先生倡導之下，那新的嘗試將收到完美的成果。

——北鷗・雲遠・孫陵

一　現階段文藝的特徵

以品類言，詩歌，短劇，速寫，報告文學之類最受鼓舞。

以品質言，則簡短，敏捷，而有煽動性，通俗化，大衆化。（郭沫若）

在現階段，「文藝」的定義和觀感都改變了，文藝再不是少數文人和文化人自賞的東西，而變成了組織和教育大衆的工具。同意這新的定義的人正在有効地發揚這工具的功能，不同意這定義的「藝術至上主義者」在大衆眼中也判定了是漢奸的一種了。（夏衍）

以前文藝的甘泉只能灌溉在幾個都會和少數市鎮的知識圈內，頗難流進廣大民衆的胃口，現在，由於舉國上下的精誠團結，由於文藝工作者的散兵陣，由於舊有的民間讀物的被揚棄，由於精神動員提高情緒的被注意，文藝大衆化的問題，由以前的理論階段而逐漸向實行的路途上試步邁進。（臧雲遠）

大約也是反映着前線的戰略戰術吧，文藝的特徵，普遍地是一種「游擊戰」的形式，自然，「運動戰」的形式也有，但還不多，至於「陣地戰」，似乎就很少，我就希望能夠擴大「運動戰」發展「陣地戰」——那是說不光製作些報告文學，要創造些規模宏大的史篇！（吳奚如）

在現階段，文藝作品更切實地成爲現實的反映。作品走向「把握事件的文藝性與文藝的事件性」的緊密聯繫的路途上。在中國英勇抗戰期間，作家所要描寫的現實，同暴風雨前的天空一樣地變動着，作家會同畫家似的，將拿起筆來調好色彩天空的雲霧已經變動了，作家為了銳敏地迅速地抓着那偉大幻變的現實，所以在作品上最顯著的特徵是速寫文學，報告文學，訪問記，通訊，詩歌等在量上的增加在質上的充實。（北鷗）

二　現階段文藝工作者的成果

有人性急地在悲觀一年以來沒有好的作品，但這悲觀的原因是由於將文藝的功能限定在印在紙上的「作品」的緣故。在羣衆集會，在露天舞台，在戰場，我們的青年藝術家已經產生了無數的優秀的不寫在紙上的作品，這些「作品」，振奮，滋養和潤溼了千千萬萬萎靡，貧血，和乾枯了的中國兒女的心；醫治他們，慰藉他們，強壯他們，使他們變成另一種新的戰鬥的人，這大的成果是不能用「初版二千」「再版一千」的數量來評價的。（夏衍）

作品頗不少，似以詩歌為最有成績。但劃時代的作品尚未見，大約還需要相當的醞釀的時期吧。集體創作「華北的烽火」，內容尚未過細的讀，但是值得紀念的作品。（郭沫若）

關於一年來文藝工作者的成果可分四點來說明：

1.報告文學的中興——隨着戰線的延長，戰地服務團的增多，前線或者是後防，都需要彼此明瞭，征步一致，互相感染，互相慰勞，報告文學便以短小有力的姿態應運而發揚其光芒。

2.戲劇的收穫——上海戲劇運動者的分隊到內地工作，不獨得了許多寶貴的經驗，創作了許多劇本，更給偏僻的內地留下戲劇的種子，內地的人也組織了劇團到軍隊裏或下鄉工作着。

3.詩的朗誦——詩的朗誦是針對着曾經有過的或還沒出現的，只重美感或竟成了畫畫的詩而言，朗誦的提倡和普及，可以使詩的語言接近大衆語，大衆語變成詩的語言，朗誦是新詩歌運動中一段起碼的路程而不是目的，古今中外現實主義者的詩是都能成誦的。

4.歌曲的流行——歌曲差不多在每一個集會每一次行軍裏都能聽到，每一篇記載集會或行軍的文章裏也都能看到，希望以後就能有更多更好的歌曲產生。（臧雲遠）

局部地反映了戰場上的英勇事蹟，相當鼓勵了民氣，但是暴露殘酷的獸行的寫作，還少有。我就希望能够做到——通過文藝作品，號召廣大的人民對侵略者難忍的憤怒，激勵廣大的人民到神聖的戰場去！（吳奚如）

似不太多。(請注意似字。)(張申府)

在中國這急轉直下的偉大時代，我們看不到鴻篇巨著是不足怪的。在法國，蘇聯的革命期間也同樣地沒有這大篇幅的作品。目前我們在許許多多報紙雜誌上所刊載的報告速寫通訊，都是最迅速地表達出最現實最特徵的題材，這是一年來的偉大的新收穫。我們相信這一片段一片段的匯合，就會同電影片一樣地，聯繫起來將就成為集體的偉大巨篇。(北鷗)

三　現階段文藝工作者的任務

個人認為現階段文藝工作者最重要的任務是在於建立與發展各戰場的戰壕文藝，各農村的鄉村文藝；是在於培養出千百萬前方後方的報導的通訊員，是在於建立起戰地的與窮鄉僻壤的小型報紙或壁報。(潘梓年)

現階段文藝工作者的任務，除了一方面使大衆接近文藝，明白文藝，認識文藝，一方面推動並發揚文藝的創造性藝術性以及建國性的效能而外，還要使每一個文藝工作者不因戰爭而停了筆，以完成現階段文藝工作者的總動員。(臧雲遠)

盡量鼓起民衆情緒，喚起民族意識，鼓吹民族氣節，描敍抗戰實況，博得國際同情。（張申府）

激動士氣民氣，堅强抗戰精神。（老舍）

反映這一偉大時代的全面生活，作爲對我們這一代人的鼓舞的怒吼，對後一代人的享受而懷念不已的遺產。（吳奚如）

我們要在抗戰中建國，一樣地我們要在抗戰中建設新的文藝。（夏衍）

1. 應利用文藝的多樣性以調劑言論之定型式。

2. 應緊抓着戰爭的經過把偉大的時代記錄下來。

3. 應採用集體創作的方式。

4. 應積極參加實際工作。

5. 應洗盡文人的潔癖，盡量地大衆化。（郭沫若）

文藝工作者不但常描寫現實，說明現實，必須要推動現實。所以在現階段必須描寫戰爭，說明戰爭，必須在爭取勝利的基礎上，以最鋒利的筆喚醒，鼓勵，訓練全國人民作堅强的反攻。（北鷗）

四　中國文藝的前途

一九二五——一九二七年的大革命，既然能够產生以後相當燦爛的作品——尤其是小說；那末，在現在全國空前的大時代中，必然將會產生以後更加燦爛的作品。所以，中國文藝的前途，我認爲是光明的，樂觀的。但這自然有待於新作家的奮勇苦幹，老作家的重振旗鼓！（吳奚如）

站在新寫實主義上，認識充實之謂美的教訓，努力使文藝與生活，尤其大衆生活，合拍，——如此，中國文藝，不但本身是有前途的，必然有益於新國家新社會的建設。（張申府）

將由抒情的，傷感的，變成熱烈粗莽。寫我們的情緒崇高，心懷爽朗，把自已犧牲了，以求民族的永遠獨立自由。（老舍）

只要文藝工作者肯努力，並肯通力合作，必然有偉大光明的前途。（郭沫若）

中國的眞眞的新的大衆的文藝，現在已經在豐腴的土壤中播了種，發了芽，對於這種子的成長，我是樂觀的。（夏衍）

戰爭給文藝工作者以無比豐富的創作力的泉源，無邊廣闊的觀察力的視野，無限前途的新步調的嘗試。只要文藝工作者「萬衆一心，」不獨將承中華民族的優秀傳統而發揚光大，在逐步走向光榮勝利的前途上，留下無數燦爛奪目的文藝之花，而且將在世界文藝的園地裏，插上永不消滅的中華民族的建國的文藝標記。（臧雲遠）

全國文藝界協會的成立，表現了中國文藝工作者空前未有的團結。在筆鋒一致對外的今日，再也見不到「文人相輕」的漫駡，冷諷熱嘲的醜惡觀衆。青年作家不少跑到前線或是敵人的後方，在更充實的生活裏從事文藝的工作，在後方的作家也緊張地從事於文藝通俗運動，從事於編輯，從事於發展各個人的所長，在每個文藝工作者緊張努力工作中，我們已看到隨着戰爭的勝利，將建樹起燦爛於世界的文藝。（北鷗）

我在二期的本誌上，已經有過千字內外的短文，把這個問題，都約略說過了。（郁達夫）

論持久戰中的文化運動

——我們獲得了些什麼？

胡風

民族革命戰爭全面爆發了以後，當時的文化界（我的意思是指的一向被視爲全國文化中心的上海文化界，）雖然不一定表現出了成體系的理論，主要地是被兩種態度支配着的。一個是，文化活動從此不關緊要了，文化工作者應該都跑到前線去，還有人發起過「投筆從戎」運動，而出版商底罷工是和這互相呼應的；但還在當時就已經被諡做了「前綫主義」。還有一個是，我們是文化人，還得做文化工作，但現在是戰時了，我們底材料也得是戰時的，和戰爭配合……然而，這里面第一，沒有文化工作底戰略問題，第二，沒有文化工作和戰爭結合過程中的幹部問題，第三，沒有文化工作在本質上的形式上的變化和發展問題，……對於這，好像當時並沒有什麼批判，如果我們不妨魯莽一點，就暫時把這叫做「市儈主義」罷。

戰爭進行了一年以上了，我們付出了龐大的土地，龐大的生命，龐大的財產，然而在這個大的犧牲下面，我們底民族也就爭得了不少（雖然還遠不能和這個犧牲相抵）的進步，在政治軍事上是這樣，在文化上也是這樣，這個文化上的進步，雖然是無計劃地各自爲戰地，在重重的阻礙下面取得的，却堅決地否定了前線主義和市儈主義底觀點。它否定了前線主義，因爲它用事實證明了文化活動對於戰爭的有用，必要，因爲它還暗示了文化工作者和戰爭的結合，決不是一個簡單的「投筆從戎」問題而且，我們所估定的這進步，並不是依據書籍或雜誌底出版和發行數字，而是着眼在文化活動和現實鬥爭的進一步的結合，人民大衆底文化生活有空前地得到提高和普及的可能，這一串特徵上面，就開始脫出了市儈主義底文化路綫，甚至逼得他們不得不一再地改變方針，想努力在「文化事業」里面做一個「適者。」

所以，在今天，我們要進一步地探求文化活動底方向，就不能不提出並且分析這個初步的收穫，從這里看一看我們能够得到的是什麽，應該克服的是什麽。

首先，文化活動和現實鬥爭的結合，在原則上這並不是現在才有的，然而，在現在還不僅僅表現在理論或作品是反映現實，綜合現實，批判現實的這一方面，尤其重要的是表現在文化工作者廣泛地散進了人民大衆中間，給現實以刺激或被現實所刺激，各各在特定的領域下面提起了或者參加了文化活動。舉例說罷：第一，我們有了無數的「戰地服務團」「宣傳隊」「演劇隊」「工作團」一類的工作單位，經過了而且散佈在廣大的土地上面，它們里面有的甚至走了幾省的道路，公演或者宣傳了幾百次，分散了許多印刷品，影響了幾萬人。第二，原來聚居在幾個中心地的文化工作者底另一部份分散到了各地，抱有工作計劃的固不必說，就是爲「逃難」而去的也會漸漸被民族底命運和身邊的環境所刺激，而走進工作里面。地方性的小雜誌（鉛印的，石印的，油印的）地方報紙底附刊，壁報，我們都經常地接到了不少，那大多數是得助於由外面回去的力量的。第三，固有的文化機關，例如學校又能够生存的都向落後的內地分散了；那里面的積極份子固然大半由學校走向了實際工作領域，但留下的積極份子和逐漸積極化的份子依然能够越過種種阻力，多多少少地提起或扶助着當地的文化活動。還有，因爲戰爭底需要，無數的文化份子參進了軍隊里面，以百萬計算的兵士得到了或者將會逐漸得到政治教育（文化生活）的機會，而最進步的軍隊却隨時隨地教育民衆，使民衆向文化生活前進等等。

在這樣的形勢下面，產生了而且會產生什麽結果呢？如果簡單地回答，那就是，大衆底啓蒙運動，卽初步的文化運動或者說文化運動底基礎得到了空前的發展。當然，我說空前，是祇指文化運動本身走進了到現在不會有過的和大衆的結合這一特點，並不是肯定我們底工作已經達到了現實條件底可能限度，更不是肯定我們已經能够和迫切的鬥爭任務相應。

那麽，重視這一個發展，把住這一個發展，我們就不難看到具體的，雖然薄弱然而是新的勝利。

首先是在內容上現實主義佔着了絕對的優勢，一切活動都是爲的反映現實問題，解答現實問題。在血肉模糊的戰火下面，既不能有美麗的遐思織成幻境，而不客氣的粗暴的事實又不是克羅車這樣說，柏格森那樣說，這樣是「誤認旁人的意見爲自己的思想的惡風氣，」那樣才是「冷靜與謙虛」的那一套觀念游戲所能够爲力的。當然，進步的文化活動里面所存在的那些弱的傾向還在一同發展，從這產生了無力和無意的錯誤，政治上的磨擦也還沒有充份融合，因而紛歧和有意的錯誤還到處出現，然而雖然這樣，但大致上都是面向着現實問題而且尋求着解答這一點，就是大大的一步前進，而且這前進還預約了一個勝利的遠景。

從這里，其次就有了文化工作底舊幹部底改造和新幹部底發現。爲現實鬥爭所激動，被現實問題所圍繞，人底意識就會自然而然地和現實接近；我看到了許多在過去是迷戀骸骨的，玩弄觀念的，筆尖上隨機應變的，甚至是瘋瘋癲癲的文化人現在都在努力地和現實問題格鬥，有的簡直弄得一身塵土，滿頭臭汗，不得不和「俗物」們「愚民」們打着交道，而現實鬥爭的洪爐又創造了成千成萬的青年男女，那些在日晒雨淋的條件下面面色紅黑但心地純潔，鬥志堅强的，幫助民衆學習，從民衆學習的，深進民衆里面或者從民衆里面成長出來的文化幹部底健美的新芽。

然而，這些勝利底獲得，以及它們底含有大大發展的風景，都是由於文化運動（文化工作者底活動）得到了在新的形式下面和它底對象（民衆）結合這一個特點。不僅僅依存於以出版資本爲基礎的所謂「文化中心」和出版資本底發行路綫，直接地投進一地方一領域（例如軍隊）底大衆里面，那就是或將是地方文化底形成和發展。

爲什麽抗日民族革命戰爭期中的文化運動底一面不得不是發展「地方文化」的形式呢？一方面，第一，從社會經濟發展底不均衡和政治底不統一而來的各地文化發展底不均衡，第二，大衆的統一的國語底沒有誕生和方言語系底分佈（註一）使它原有着歷史的基礎，但在目前，那主要地是由於抗日民族革命戰爭底性質——持久戰底戰略所決定。

關於這個戰略問題，在毛澤東先生底「游擊戰的戰略問題」和「論持久戰」里面，我們有了用人類歷史底理論遺產綜合了一年來的痛苦經驗的可寶貴的綱領，我在這里只就手頭現有的一點材料舉出例證。

第一，浙江福建皖南贛東南這塊廣大的土地，因爲敵人由南潯路切斷浙贛路的威脅，有可能變成獨立作戰的軍區，而由於交通底困難，文化活動就已經到了非自己開闢不可的情勢，在金華，在諸暨，在龍泉，在永嘉，開始有了出版活動，如果主觀的努力加强或者戰局變動，隨着政治軍事底開展，無疑地那里將出現一個或幾個文化活動區域。

其次，在華北，除掉那些根基未穩的游擊區，我們已經有了一些堅强的抗日根據地：

晉西根據地，

晉西北根據地，

晉東南根據地，

冀西根據地，

晉察冀邊區，

魯西北根據地……（註二）

在各各支配着廣大地區的這些根據地里面，隨着政治軍事底建設，隨着民衆動員底開展，文化活動一定會一天一天地深入旺盛，魯西北就是一個典型的例子。（註三）那里的文化活動，有：

一、抗戰日報——每日發行四五千份，有副刊魯西北。有「名詞淺釋」有大衆課本大家看，還有戰時兒童，婦女前哨，以及戲劇的副刊。

二、先鋒——民族解放先鋒隊編輯的半月刋。

三、抗日小學讀本。

四、戰地文化供應社——出版了統一戰線，游擊戰術，以及政治經濟的書籍。

如果鬥爭能够養育文化，文化也能够養育鬥爭，那麽伸展在我們底預想里面的將是活潑的生氣，蓬勃的天地，雖然爲了它底實現，我們得投入鬥爭，忍受困苦，甚至付出生命，在魯西北，我們已經看到了它底雛型。

而且，如果能够說獨立作戰的軍區或根據地主要地是被交通線和地形（山脈或河流）決定的，和社會經濟底發展狀况尤其是方言語系大體上能够相應，那麽，地方文化底發展前途就更加遠大了。

論到文藝大衆化問題的時候，我作過這樣的結論：

在工作底對象上，將由全國範圍的讀者特殊化到某一地方或某一領域底大衆；

在發表的方法上，將由全國性的大型刋物發展爲地方性的小型刋物，以至於油印壁報，以至於口講，朗誦；

在語言上，將由文化讀者底「普通話」發展爲方言成分逐漸加多的地方語，文字將由漢字發展爲漢字和拉丁化新文字的混合……（註四）

對於文化問題，我以爲這依然是可以適用的。

當然，在現在，這還只是一個發端，然而却是走向勝利的發端，和統一戰線底鞏固擴大一般，和戰爭底堅決持久一般，它將逐漸得到成長，它將用自己底成長使戰爭走向必勝的大路。

必須要把住這一點，對於文化活動底現勢才有進行批判和展望的根據。

〔註〕

（一）一九三四年大衆語論爭的時候，我在三篇繼續的短文里面提出過發展方言和地方文學問題，附收在未出版的聶紺弩底論文集「語言，文字，思想」一書里面。

（二）八月二十五日的新華日報通訊華北游擊戰爭現勢（克寒）和八月十一日同報通訊

魯西北抗日根據地（企程）

（三）魯西北根據地。

（四）大衆化問題在今天，全民週刊第四號。

關於抗戰文藝活動

以羣

一　動態的一斑

「八一三」在中國歷史上，是一個空前的偉大的日子；在中國文藝史上，也將是一個值得永久紀念的日子。隨着抗戰的進展，文藝方面也發生了許多的變動。下列幾點是最顯著的：

第一，近幾十年來全國文化中心的上海底淪陷，使全滬的出版事業，被迫陷於停頓狀態中。而一向定居在上海，靠賣稿維持生活的作家們底生活秩序，也就完全破壞了。爲着工作，爲着生活，他們有的隨着軍隊，踏上了硝烟砲火籠罩下的前線；有的隨着流亡的難民，深入了荒涼落後的內地。這結果是——一方面毀滅了一個有多年歷史的文化中心，另一方面則建立起了無數新興的文化堡壘，跟着文藝作家們的蹤跡，較小規模的文藝團體和刊物也陸續發生了；這使一向很少或不會接觸到新的文藝的內地，也開始發芽滋長起了文藝底花朵，而文藝讀者底範圍，亦有猛速的擴大。

第二，在過去（一九三〇年以來）曾經有人多番地提起，作家底生活要接近大衆，作品底題材要現實化，然而實際上一般文藝作家——即使是前進的——大都還是不能捨棄特殊的「作家羣」底生活。由此而來的結果生活範圍底狹窄，生活環境底單純，更使他們感覺到寫作材料底枯窘而，不能不以「想像」和「回憶」爲題材底主要源泉。可是，現在舊有的生活秩序既被完全破壞，自然不能不開始建立起一種新的生活秩序。這新的生活秩序底取得，使他們很自然地離開了狹隘單純的所謂「作家羣」底生活，因而作品底取材範圍也就有了新的展開。

第三，「七七」事變以來，社會現實底演變供給了作家們以異常豐富的材料，然而那變動却太急劇，太迅速，竟使作家們沒有餘裕去綜合和概括那複雜豐富的材料；而且，作家生活底煩忙（他們除寫作之外，大都還要担負許多實際的工作，）和出版條件底惡劣（部分出版業底停頓，紙張底缺乏，發行底困難，）也限制着作家們寫較長的作品；適應着這些客觀的條件，作家們不能不採取短小輕捷的形式——速寫，報告，通訊之類，以把握住劇變的現實底斷片。於是，這一類小型的作品，就成了現階段文藝底主流！

這一切的事實都說明了中國文藝隨着社會現實底演變而踏上了一個新階段。今後，沿著這一條路綫而展開廣大的發展，自是必然的事。

二　一點感想

如上所述，作家們底生活已經發生了很大的變動，然而，倘若嚴格地說、則作家生活底改變實在還祇是在「開始。」當然不能否認有少數作家確實毫無戀惜地拋棄了所謂「文人底本色」（這是專指生活習氣方面而說的，）而無痕跡地溶入了軍隊或民衆底隊伍，但是那畢竟是極少數，大部份却還是不能輕易地跨過「作家」和「大衆」之間底無形的牆垣。他們雖然參加了軍隊或後方底戰鬥，然而在主觀的感覺上，卻還保持着自己底「特殊」的傳統，固定着自己底「旁觀」的地位。

這「旁觀」的地位，限定了作家對於他所接觸的人物和生活的認識以及了解底深度。他們雖然參加了集團，然而却祇能以「參觀者」或「訪問者」底資格去收集關于人民生活的資料。這，恰如一個從未到過中國的外國人，跑到中國來搜集關於中國民衆生活的資料一樣，無論「訪問」得怎樣周詳，「參觀」得怎樣普遍，卻決不能了解到中國民衆生活底深處；因爲他不能溶合在中國民衆之中，而消失掉自己底特殊的地位。他雖然可以獲得許多關於中國民衆生活的智識，却不能了解中國民衆自身底「感覺，」因而也不能發生對於中國民衆的深切的「同感。」而這「感覺」和「

同感，」卻正是文藝底生命。作家決然無法以不透過感覺的生活智識寫成滲透着感情的文藝作品。作家們可以看見人民哭，可以看見人民笑，也容易明白人民爲什麼哭，爲什麼笑；然而，在他沒有和人民一起哭，一起笑之前，却決不能了解人民怎樣地哭或怎樣地笑。而要獲得與人民一致的感覺——感情，則非先毀棄自己生活上的旁觀態度和旁觀地位不可。

我以爲現階段的文藝作品，所以使我們不能滿足的第一個原因就在這里。無疑的，那些作品是表現出了社會生活底各面的，這證明了作家們並不缺乏關于各種生活的智識。然而，大部份的作品祇記錄了一些生活的事實（參觀記或訪問記，）而沒有把握住生活底核心，却也是不可諱言的事。這證明作家們還沒有洗刷掉那旁觀的態度，這旁觀的態度——妨礙着他突進人民生活底內層，了解人民生活底基底，也妨礙着他底感情和大衆底感情溶合成一體。譬如關於傷兵的生活，是作家們寫得最多的；但是所寫的，却大都限于受傷前的簡史，受傷時的概況以及受傷後的幾句憤慨話而已。他傷前傷後的日常生活以及對於『傷』的微妙的感覺感情，却從來不曾被寫到過。

當然，我們決不能否認：在現階段，作家們底生活已經改進很多，他們已經隨着抗戰底進展，逐漸地克服了孤立的傾向。我們也決不該苛求，說要所有的作家都參加軍隊工作——這不但是不可能，而且也不合理。我們只希望作家們在生活上，能更進一步，放棄旁觀的地位，在作品裏，能更進一層把握住人民生活底核心。

這里，需要特別說明的，就是我們所謂作家們應該在生活上和民衆溶合成一片，決不是要求作家們放棄他們底特殊的任務，放鬆他們的特殊的修養。正相反，我們要求作家們更嚴肅地從事他底工作。

作家在生活上，固然應該和周圍打成一片，和他們共甘苦共患難，一起哭，一起笑；但是，他却必須緊緊地抓住他底特殊的武器——文藝。這生活底一般化（和人民一致）和工作底特殊化，決不相衝突。世界偉人高爾基在幾十年的生涯中，沒有一天隔離了人民，也沒有一天不傾心于文藝工作，就是一個顯明的例子。

現階段的大部份文藝作品，所以使我們不能滿足的另一個原因，我以爲正在於作家們對于文藝工作的態度欠嚴肅。固然，這時期作家們底生活太煩忙，現實底演變太急驟，往往限制着作家們在作品上所費的時間和精力。然而，假使作家底寫作態度是嚴肅忠實而謹愼的，那末，這時期作品底數量容或減少，篇幅容或縮短，但是作品底質卻是不會趨低的。因爲生活底忙迫和現實底急變，祇能妨礙作家寫「巨大」的作品，而不會妨礙作家寫「精鍊」的作品。速寫，報告，通訊……之類，正是必須「精鍊」然後耐人咀嚼而不至于淺薄。

有一位從前綫回來的某路軍底工作者對寫文章的人說：現階段不需要文藝作品是不對的，像我們在軍隊裏工作的人，休息的時候就很想讀點文藝作品，祇是近來大部分作品都太不够味。這是一位文學圈外的人底意見，我想大概也可以代表一般人底要求。

爲什麼會不「够味」呢？也許有人會說，這是短小的形式限定了作品內容底深度。其實並不然；這恐怕倒是作家底不正確的寫作態度弄成的結果。有些作家往往有一種成見，以爲「速寫」「報告」「通訊」之類，就是「簡易」「省力」的文藝形式底別稱；所以一選用這樣的形式，就覺得可以「隨便」「馬虎。」在這樣的寫作態度之下，要寫出精鍊的小型作品，當然是不可能的。所以作家們似乎應該有這樣的自覺：作品形式底「大」或「小」完全是由現實底情勢和作品底內容來決定，兩者之間決沒有「輕」「重」「精」「粗」底分別；文藝底範圍內是沒有「隨便」「馬虎」一格的。

總結起來，我以爲現階段的文藝作品，所以大部分顯得不够充實，不够深刻的原因，第一是作家在生活上還保持着旁觀的地位，未能突進人民生活底內層，抓着人民生活底核心；第二則在於作家底寫作態度欠嚴肅，對於新形式的理解欠正確。

三　當前的急務

我覺得現今擺在作家面前的，有兩項急迫的任務：

第一，是完成自身底健全的組織——全國的軍隊必須有統一的編制，統一的指揮，然後才能做到配備恰當進退有序的地步，文藝作家也同樣，必須自身有整齊嚴密的組織，然後才能有系統，有計劃地執行自己底工作。

茅盾先生曾經說：「我常常這樣感得：我們有抗戰文藝作品，然而沒有抗戰文藝運動！『所謂抗戰文藝運動』……是就現實中看清了何者是中心問題，問題的實際怎樣，然後由此而決定文藝工作的方案，有了這樣的方案，然後文藝工作者不會在心中浮起了『我的工作究竟有無裨益』的徬徨；亦惟有了這樣的方案，然後抗戰文藝能有整齊的陣容，能與現實血脈相通，然後能有眞正反映現實的現實主義文學。」「而這所謂『方案，』又須接觸到現實各方面的文藝界同人各舉所見所

知，以相比較，從而研究分析，以期能正確，能深入，一二人的見聞思慮，斷然不能周到。」（見文藝展望之發端）

這里，已很明顯地指出了現階段全國性的作家組織底必要。有了嚴密的文藝組織，則作家們儘管散處在四方而他們底行動，他們底工作都會整齊一致，猶如一個巨人，然後，作家們才有機會表現出自身底强大的力量。新近成立的「全國文藝界抗敵協會，」希望它能够確切地担負起這任務來。

第二，是擴展文藝大衆化底工作——我們都知道：文藝是宣傳，組織，教育的有力武器；在現在自然更應該發揮它底偉大的作用，而要達到這目的，則切實而深刻地擴大和展開文藝大衆化的工作，就成了目前最迫切的任務。

「九一八」以來，關于文藝大衆化問題，已經作了不少的討論，那些意見即在目前，大部分也還是適用的，然而實際的大衆化工作却遠遠地落在理論底達成之後。直到現在，文藝大衆化始終還只是極少數作家底工作，因而大衆文藝和非大衆文藝（狹義的歐化文藝）底對立也始終沒有消除。

現在，面對著這樣緊張的局勢，我們應該嚴重地提出「大衆化」是一切文藝工作底總原則，所有的文藝工作者都必須沿著「大衆化」底路綫進行，在文藝工作底範圍內，應該沒有非大衆化的文藝工作，更沒有反大衆化的文藝工作，因而「大衆化」也就不成爲「特殊」的工作了，——這正說明著大衆文藝和非大衆文藝之間的界限底消失。

我們的工作應該以一般人民爲對象。但也不可放鬆以青年學生，智識份子爲對象的文藝工作。然而，這一切的工作却都必須嚴格地沿著「大衆化」的路線進行；它們之間在「大衆化」這一點上，只有程度底差別，沒有性質底不同。

唯有這樣，然後一般人民底文化水準，才得因文藝工作而逐漸提高，而智識分子底偏愛「歐化」的癖性也才能由文藝工作而逐漸拔除，而大衆化的文藝工作也才能深刻而廣泛地展開。

以上祇是我個人底芻見，希望能够得到大家底指示！

論抗戰文藝的新啓蒙意義

洛蝕文

一

目前的革命任務反映到思想文化上來的就是新啓蒙運動。

但這並非是五四啓蒙運動的簡單再版。相反的，它是在於把五四階段上所提出的任務放到一個更高的基礎上來給與解決。因之，它也是五四文化的「否定之否定。」五四的新思潮含有一個重要意義：價值的重新估定。那時有兩個主要的口號：第一是民主，第二是科學。可是目前的新啓蒙運動卻具有別種的意義，同時它也不同於一般資本主義社會的啓蒙運動，由於中國是一個半封建半殖民地的社會，因此它必須強調反對日本帝國主義的外來侵略。所以新啓蒙運動存有著它自己的特殊性。我們可以把它的中心內容總括到下面兩點：

（一）民主的愛國主義。

（二）反獨斷的自由主義。

同時，在另一意義上來講，它又必然的是一個大衆化運動。

抗戰文藝是文學上的新啓蒙運動發展到現階段的一個具體口號——也就是目前文藝運動的總目標，總方向。那意思是說它應該號召各派別的作家共同走到文藝抗戰化這條路上來。

抗戰文藝否定了普羅文藝階段的絕對對立性和思想派別的宗派性。一般說來，普羅文藝是無產階級的文學，但抗戰文藝卻是一個民族統一戰綫的文學運動。另方面，它與國防文藝也不同，因爲抗戰的事實已爆發在各處，所以抗戰文藝也不僅僅是號召聯合，同時更具體的它是號召戰鬥。

最近，又有人提起「作家關係間的標幟」和「作品原則上的標幟」的劃分；照他們的意思，抗戰文藝仍是「作家關係間的標幟」而不是「作品原則上的標幟。」現在我們暫且不管這句話在本身上是有多少的語病，依上面的說法，抗戰文藝只是作家在政治立場上的結合，而不是作爲文藝運動的總口號，這種觀點顯然是錯誤的。因爲即使作家在政治立場上結合了，假設他在作品上仍然寫的是些封建思想的反動意識的內容，那我們也不能稱爲那些東西是抗戰文藝，因爲它實在對抗戰毫無益處。所以，抗戰文藝不僅是號召作家在政治立場上的結合的口號，同時，它更是一個創作方向的文藝運動的口號。

自然，我們也不應該宗派地來理解這問題：以爲只有新寫實主義的作家才能寫出抗戰文藝，或者寫不出抗戰文藝的作家我們就要把他們當做漢奸來打擊。其實抗戰文藝是屬於各階層的，它的內容也是多方面的，假設一定要強迫別人放棄他們的階級立場，而來用自己的創作方法，那簡直就是過「左」的獨斷傾向，是與新啓蒙運動的自由主義相矛盾的。——但，我說的也並不是所謂「廣現實主義」的辦法，叫人放棄「主義的門限。」我認爲抗戰文藝是有階級性的，新寫實主義的創作方法是抗戰文藝的一支生力軍，因爲它能正確的反映現實把握住抗戰的意識；不過，不應該把它誇張爲「獨佔」的形式。而我們對於那些寫不出抗戰文藝的作家，只有誠懇的在工作中去影響和推動他們。關於這點，我們只有認淸抗戰文藝的聯合陣線的意義性才能得到正確的結論。

我們應該更深刻的了解，新啓蒙運動是目前思想文化上的一個範疇，抗戰文藝只是這個範疇內的一部門，我們要時時注意它與其它部門的聯系性。

二

抗戰文藝的內容必然是理性的，作家在分析現實和把握主題的時候不應該作過火的估計。我們必須看淸現實的發展，用正確的語言表達出來。

最近有人在利用舊形式的一篇文章裏，甚至於這樣的寫道：「管教××把國亡，」「要把××一掃平。」這些荒謬的句子，實在引人走到另一錯誤的境地，對於抗戰不能說是有利的。新啓蒙運動所以提出理性這口號，實是它必須抑止無謂的感情衝動，反對任何籠統的幻想，才能達到認識現實的道路。

同時，又有人在作品裏表現著民族失敗主義的傾向，這種毒害更加大了。這些原因都是在於對現實的把握還不够，但假設沒有理性，那麼怎能看淸現實呢？

因此，抗戰文藝對於理性運動是不能放鬆的。

爲了使抗戰文藝能够走到一條更圓滿的路上去，那麼在自己的營壘裏進行自我批判也是必要的。不過，我却不贊成最近一部份人所提出「抗戰八股」的口號，我並不是說不應該反對公式主義，而主要的「抗戰八股」這話是包含有抹殺意味的，我們不應該對於犯有錯誤的抗戰作品，抱著取消主義的態度。

另方面，自我批判也不限於只針對同一派別的作家，同時還要批判聯合陣線裏的各派別的作家。這樣也許有人懷疑會影響到聯合陣綫的鞏固，其實在批判中只要不武斷，不宗派就決不會有惡劣的影響。只有在合理的批判中聯合陣線才能鞏固的生長，抗戰文藝才能健全的展開。

記得前幾天在一個報紙的副刊上，看到一篇解釋日蘇問題的文章，那裏面的大意是：日蘇衝突的地點在張鼓峯，張鼓峯的意義就是戰鼓打得最緊，到了最高峯的時候，所以結論日蘇必戰。這副刊的觀點一向是相當正確的，但在這裏，顯然有着非理性的錯誤。對於這種錯誤，我們應該誠懇的批判它；要在批判中去號召這些作者對於主題的把握來一個理性運動。

其次，關於反對反動意識和封建倫理觀念也是抗戰文藝的一個重要課題。目前有一個不可否認的事實，就是大多數的人還是保存着封建的倫理觀念，那麼，假使拿反封建當做簡單的教條，大刀闊斧的砍下去，無非惹起大衆的反感。我們不能忘了大衆還有一個更高級更重要的倫理觀念：抗戰。這是一個矛盾。所以我們要反對那些反動的倫理觀念，只有把它放在更高級的倫理觀念上給與解決，只有强調這點，才能解決這個矛盾。這也就是，通過抗戰的關係，間接的進行了反封建的任務。

陳伯達先生在一篇論思想的自由與自由的思想里面講的非常透徹：

『民族的統一運動，是絕對不受文化鬥爭限制的，民族統一是容納着一切不同信仰的人們，就是說我們在文化上反對獨斷，反對迷信，但對於那迷信任何獨斷迷信任何宗教的同胞，我們不但不應反對他們，而且要盡力避免刺激他們的宗教感情，號召他們合作，以引進他們到民族鬬爭的漩渦中，使他們能够在鬥爭中克服自己的迷信。』（認識月刊創刊號，頁二七。）

我們只有把握住這個結論，克制感情的濫用，發揚理性的精神，才能完成抗戰文藝的反對反動倫理觀念的任務。

三

抗戰文藝還負有一個重大的使命：教化工作的深入和普及。我們不能不承認五四啓蒙運動的不澈底，新文化運動只徘徊在少數知識份子和小市民的圈子當中，而同大衆始終是割離的。把這個問題放到現階段上來求完滿的解決，實是刻不容緩的急務了。所以目前又重新提起的文藝大衆化運動，絕不是偶然的現象。同時由此也可以看出目前新啓蒙運動乃是五四啓蒙運動的更高一級的發展。

但，我們並不把大衆化運動看作現階段文藝運動的一個總目標，那原因就是在於抗戰文藝作品並不就只有大衆化一條路綫；不過，大衆化運動却是抗戰文藝中的一個主要手段。

我們明白了大衆化運動的新啓蒙的意義，就應該了解單是創作大衆化的作品仍是不够的，我們還應該號召文藝理論的大衆化運動，只有這樣才能展開廣汎的抗戰文藝運動，只有這樣才能使大衆眞正與文藝聯系在一起。目前，要推進抗戰文藝，光是幾個文人已不够了，它必須號召大衆一起來完成這工作。最近，如華美週刋主辦的「上海一日」和內地所提倡的「展開廣汎通訊員運動」這都表現著大衆不但只是消極的接受文藝作品，並且還應該積極的來參加文藝運動。但我們試想大衆在鬥爭里所用的武器是什麼呢？假使還是那些十七八世紀的粗劣傢伙，那麼是否能正確的反映現實呢？所以號召文藝理論大衆化運動實屬必要。

其次，五四新文化運動還留下另一個沒有解決的任務：批判地接收「文化遺產。」那時對於舊文化完全站在毀滅的姿態。我們可以看到五四新文化運動的健將魯迅，吳虞，李守常等這些人對於禮教國粹的確來了一個很大的掃蕩，但這只是進行了文學革命的第一個任務，而跟著接收「文化遺產」的問題却始終沒有解决，同時，第一個任務也做得不廣汎不深刻，眞正反禮教的還是一小部份的知識份子和小市民的工作，而大衆仍沉醉於舊文化裹面，一部份原因也是由於五四啓蒙運動忽視了大衆的緣故。

我們既然認淸了大衆沒有揚棄舊文化，而相反的舊文化却是密切的與大衆聯系在一起，這對於文藝大衆化運動實是一個嚴重問題。所以現階段就應該來完成揚棄舊文化的任務，大衆化運動的利用舊形式就是解決這任務的最好方法。因爲利用舊形式也就是批判地接收舊文化，在批判地接收過程中，必然地揚棄了舊文化的否定部份，而使它用本身蛻變成一種新的文化了。

担負起我們的開拓者的任務來

穆木天

在抗戰局勢一天一天地緊張起來的現在，每個文藝工作者，是越法地感覺到自已的任務的重大了。在保衛大武漢的號召之下，每個文藝工作者，是更加切實地感覺到自已必須更有力地更能動地動員起來戰鬥起來。每個文藝工作者都深深地感覺到，自已的文藝活動必須更加實際他，必須更加深入民衆。每個文藝工作者，都深深地感覺到，抗戰文藝活動，是必須隨着抗戰的發展，更有力地發揮出他的力量來。這一種普遍的要求，雖然因於客觀上的種種的限制，沒有能獲得到他的充分的實現，可是，終歸是一天一天地更有力地生長起來了。隨着抗戰的發展，文藝工作者的生活實踐和藝術實踐，一天一天地，更加協調起來。這是一件非常地值得歡喜的事實。這一種事實，也就是說明出來，文藝工作者的抗戰要求，到了現在，已不是被動的，而是能動的了，而且，那一種能動性是一天一天地更加有力起來。

在這一種强烈的要求之下，我們的文藝工作者都相當地了解到了偉大作品的要求是含有着幾分夢想了。「八・一三」以來，我們的文藝工作者，都集中在抗戰文藝的旗幟之下，要爲神聖的民族革命戰爭盡他的最後的一滴血，可是，究竟因爲我們的文藝工作者大多數是在象牙之塔中長大成人的，（可憐的很，而且，那種象牙之塔，事實上，是用 Celluloid 做成的！）終沒能克服下去他的過去的藝術至上主義的殘滓。抗戰文藝里邊，因之，無形中形成了一種抗戰藝術至上主義的傾向。不過，在偉大的現實的前邊，這一種偏傾，是一天一天地被消滅了。隨着抗戰建國的進展，我們的文藝工作者，一天一天地，向着現實主義邁進。在保衛大武漢的號召下，我們淸淸楚楚地看出來過去的印象主義唯美主義等等舊世紀的末流的支配，是完全歸于瓦解了。

由于一年間的抗戰建國的戰鬥，我們的文藝工作者，是相當健全地能動起來了，不過，我們文藝工作者的能動性，還是不够。我們的文藝工作者，大部分，好像是在追着現實賽跑，而還不是在有力地推動着現實。就是說，我們的文藝工作者，大部分還是在被動中能動起來。認眞說，那樣是不够的。一個文藝工作者，必須從主觀出發，能動起來才行。文藝工作者，是人類的心靈的機師。他必須站在時代的前邊，他才能支配着，運轉着，或者是修理着人類的心靈的機構。不管是歌德，是雨果，是惠特曼，還是高爾基，他們都是站在時代前邊的。他們的偉大，就是因爲他們的偉大的開拓者的精神，他們的對于時代的偉大的推動力。高爾基的偉大，專就他的作品的藝術的完成中去了解，是不够的，而主要地是要從他在生活上的推動力去了解。偉大的作家，是時代的開拓者。他是時代的前衛。在我們的抗戰建國的民族革命戰爭中，我們的文藝工作者，是要拿出開拓者的精神來。他要吹起開拓者的號筒，向着廣大的羣衆作强有力的號召。而尤其是他要把握住一切的問題，一切的契機，對于廣大的抗日民衆，給以一極有力的教育。

一個抗戰文藝工作者，必須是很機敏地，而且是很有力地，去把握住在抗戰建國中的一切的政治上的，軍事上的，社會上的問題，而且是要很機敏地，很有力地，用他的作品給表現出來。這令我想起俄國大革命中的詩人倍得芮宜等等的藝術工作的實踐來。貝德芮宜等等，是很機敏地，很有力地，在他們的文藝作品中，提示出來當時的社會問題，而與大衆以有力的教育的。可是，我們的文藝工作者呢，大部分，還是「馬後課」，到了昨日黃華的時節，他們才慢慢徐徐地把一個問題提示出來。譬如，抗戰週年紀念會，獻金運動，等等，我們的文藝工作者，幷沒有用他的藝術去作有力的宣傳。我們的文藝工作者，還是不能克服對于作品本身的偏愛。這恐怕是每個抗戰文藝工作者都要相當地加以自責的一個缺點。在我們的友邦蘇聯是什麼情形呢？在蘇聯，藝術工作，是同政治工作相協調着的。譬如，在大選時，他們的詩人和歌曲者，就制作出有力的大選的歌來。這一點，是我們要加以學習着。雖然，在過去，我們也是有我們的應時的作品，但是，大部分，還是止於是很表面的點綴，而對于一個問題不能深入。我們要捉住一切的政治軍事社會上的契機，很深入地完成我們的表現，很有力地發揮出我們的社會的機能才行。我這樣地說，並不是要每個文藝工作者都要作應時的宣傳。自然拿出長的時間，用大的體裁，很充分地去描寫典型的事件典型的人物，也是非常地必要的。但是，這兩方面的工作，是需要同時並進。我們需要「鐵流」「毀滅」，我們也需要貝德芮宜等等的捷敏地反映現實的作品。一個文藝工作者，一方面，要從事著作他的處理大問題的長篇巨製，而同時，在另一方面，他要捉住一個一個的政治上軍事上社會上的契機，與大衆以有力的教育。

說到這一點，大概，每個文藝工作者，在心里，都會起了一種强有力的要求。每個文藝工作者，都會對於藝術與政治的協調，對於藝術與政治的適合的配合，作出强有力的要求來。有些文藝工作者，也許因爲政治上的種種的瑣碎問題，會更感到徨彷動搖不定。事實上，不管在抗戰建國的過程中是有多少多少的缺點，我們從整個的動向看來，這一年中國的進步，也不能不算是驚人的。拿今年今日同去年今日去比較一下，我們就清清楚楚地明白了。一個文藝工作者，就是要認識到這種大的動向，把握住這種大的動向，而且，同他的藝術，把這種大的動向，更有力地推動起來。藝術的活動必須同政治軍事社會的活動協調起來，而且，是要互相加以推動的。但是，藝術的活動同政治，軍事，社會的活動的協調，如果是被了解到只是跟着政治軍事社會的活動去做盲目的賽跑，那就是危險極了。一個文藝工作者要從他的政治的實踐去推動他的藝術的實踐，但是，他的藝術，反過來，也更必須是能更有力地去推動政治才行。要求藝術活動與政治活動的協調，一個文藝工作者，是必須從能動的地位才行。藝術活動，同其他一切的抗戰活動要協調起來，要配合起來。但是，一個文藝工作者必須拿出他的開拓者的精神，能動地，去把他的藝術活動同其他的一切的抗戰活動配合起來。事實上，一切文藝活動必須同其他的一切的抗戰活動配合起來，協調起來，才能沒有浪費，才能減少消耗。尤其是，文藝大衆化的活動，如果是不同政治活動軍事活動協調起來，配合起來，效果也可以說會減低到極小的限度上？在這個非常緊急的期間，我希望，從政治上去動員文藝工作者去積極地參加抗戰建國，而在文藝工作者，也更要自動地去爭取他的藝術活動，在抗戰建國中，同政治活動軍事活動等等協調起來，以發生藝術的更大的效果。作爲一個開拓者的文藝工作者，是必須在大時代的潮流中，對準着正確的動向，去推動政治軍事和社會方面的一切的活動。我們要求着文藝活動和政治軍事以及社會等等

活動協調起來配合起來，我們要能動地去爭取這一種事實的有力的實現，

爲的使我們的開拓者的任務有力地被完成起來起見，我們必須把我們的組織活動健全起來。必須有健全的組織活動，我們的宣傳活動才能健全起來。文藝工作者必須對於我們的全國民衆，徹底地從事實際的文化服務。不管是在前方，還是在後方，文藝工作者必須完成他們的有機的，靈活的組織活動。自然，這也是必須靠文藝活動與政治軍事社會的諸活動的協調，才能有力地實現出來。我們文藝工作者，必須在全國文藝界抗敵協會裏，集中起來，而在前方和後方的各地方里，作成功分會或者是文藝服務隊或者是文藝宣傳隊等的組織。在健全的組織之下，我們要把各地域的文藝工作，平衡地，普遍地，發展起來。我們要組織起來我們的健全的，靈活的通信網，發行網。我們要有我們的廣大的通訊員的組織。平衡的普遍的發展，有機的靈活的連繫，是我們所要特別地强調的。同時，爲的完成我們的抗戰文藝的宣傳工作，我們要廣汎地訓練和組織起來文藝宣傳員，文藝廣播員，或者是動員文藝青年來參加這種抗戰文藝的傳播工作，或者在各地域中，就着戰區或後方的文化工作人員，加以訓練，提高他們對于文藝的了解和認識。文藝作品本身，就是一種宣傳，是不錯的；可是，對于文藝作品的傳播工作加强起來，它才能完成它的宣傳作用。報告文學，須要經過報告工作者的廣播，朗誦

詩，必須經過朗誦者的朗誦，大鼓書必須經過演唱者的演唱，才能廣汎地傳播起來。光靠幾個作者，還是不够的，必須經過文藝宣傳員，文藝廣播員的廣汎的傳播，才能收到大的効果。培養文藝宣傳的青年，一方面是爲普及化大衆化我們的抗戰文藝，而同時，在另一方面，也是準備文藝工作的後備軍。

爲的完成我們的開拓者的任務，我們必須同時加强我們的理論批評活動，我們的創作活動，我們的組織活動，我們的宣傳活動。這樣，文藝大衆化的運動才可以開展，文藝的宣傳的力量才可以發揮。尤其是，文藝傳播活動（宣傳活動，）是同樣地很切要的。因爲，有的人或者忽視了這一點，所以這一點，是值得强調的。譬如說，蘇聯的文藝生產品，有好多是值得我們傳播到我們的抗戰大衆裏邊的，拿電影片作例罷，如「克隆斯達海軍」如「保衛祖國」如「尼港戰爭」等等，都是對於我們抗戰建國的很好的教訓，這一類的作品，在文藝上，也是很多，可是，這一類的東西，我們始終沒有廣汎地傳播開去。就是在都市中，也是只有少數的人能够得到他的教訓。這一類的東西，今後要廣汎地到兵營中到農村中到工廠中去傳播起來。這樣，中蘇的提攜，才更能發揮出它的反抗强盜集團的力量，至于理論批評活動的切要呢，是用不着說的。今後，我們要在理論批評上盡我們的努力。而尤其是我們要對着抗戰建國的神聖目標作我們的建設的理論批評活動。在我們抗戰文藝工作的實踐中，我們就是要把理論批評活動，創作活動，組織活動，宣傳活動，有機地連繫起來。我們就是要那樣地，把我們的開拓者的任務完成起來。

抗戰建國期中的文藝工作者，必須以開拓者自任。朋友們，我們是要担負起而且要完成在我們的開拓者的任務的。

抗戰時期的文學

周揚

一　抗戰後文藝界的情況

要論抗戰時期的文學，先要問在抗戰發動以後，文藝界發生了一些甚麼新的現象？

首先我們看到了文藝活動的相當的沉滯。由於戰事的影響，出版界陷入了暗淡的狀態，不但文藝的，就是一般的書籍的印行都成了非常困難的事體。大型刊物是無法繼續出版了，小刊物和小册子是打破出版界沉寂的唯一的東西。有比較悠久歷史的『文學』，後起之秀的『文叢』，擁有廣大讀者的『光明』和『中流』都一齊停刊，雖然沒有多久，這些刊物的戰時特刊都先後與牠們的讀者相見，但已經是小小的薄薄的本子了。戰事對於出版的影響，同時使作家在生活上失了保障，他們不能不紛紛離散，有的跑回自己的故鄉，有的投奔到前線去。作家沒有了從容寫作的餘裕和心情，抗戰以外的題材的精心傑構的作品，在這時候也不容易喚起讀者的共鳴。這個事變對於作家雖是這樣巨大，這樣刺激，這樣興奮人，但是沒有對於這個事變的親身參加和深刻體驗，一個謹慎的作家是不甘願把這樣偉大的題材寫成空泛淺薄的作品的，對於這個全國性的全民族的抗戰，他們也並沒有袖手旁觀。他們寫的抗敵救亡的政論來代替作品，做一般的救國的工作來代替文藝的活動。在上海，在西北，以及其他各地，都組織了文藝界戰時或戰地的服務團。他們進行了募捐籌款救濟難民，慰勞傷兵，發動組織城市和鄉村的民衆等等一般的工作。爲了救國，應該利用一切可能的手段。文藝是許多手段中的一種，文藝家首先應當使用自己所最長於使用的工具，這是當然的，不過文藝並不是甚麼時候都被需要着，作家也並不是除了文藝以外再沒有別的救國的門路。凡是一個普通國民所應做所能做的工作，文藝家都沒有權利把自己除外。先是國民，然後才是文藝家，先有生活，然後才有文藝。所以一部份作家放下了筆去做救國工作雖形成了文藝活動沉滯的一個主觀上的原因，但這並不是可指責的現象。知道作家豐富的生活經驗的蓄積正是新文學的更偉大的將來的保證和基礎。

另一方面，我們也不能說在抗戰期間文藝活動必然要停止。『在戰爭中，謬司沉默』的說法是我們所不能同意的。事實上，抗戰以來文藝活動並沒有停止，而是採取了一種比較以前不同的方式。以抗戰救亡的事實爲題材的小形式的作品取得了最優越的幾乎是獨霸的地位。這是抗戰期文藝的一個重要特點。假如說華北事變以後，反日的文藝有了大量的發展，那末，目前的作品就差不多全部集中於反日的主題，短篇小說是中國新文學的最主要的類型，目前所採取的就是比短篇小說更小的形式，散見在各報章刊物上的盡是戰時隨筆，前線通訊，報告文學，牆頭小說，街頭劇等等。這些作品都是急就章的，沒有經過多少藝術上的斟酌和推敲，都具有一種宣傳鼓動的性質。牠們能够很迅速地反映抗戰救亡運動中的每個事件，而且極有效地把民族革命的精神和思想廣播在讀者大衆的腦中。雖然，到今天，我們還沒有看到很多材料充實，情緒飽滿，藝術的感染力和煽動效果同時具備的作品，但是這類的作品形式爲目前文學的潮流所趨，爲抗戰環境之所需要，爲抗戰期文學的正當發展的方向，却是毫無疑問的事情。

和小形式作品的流行同時是通俗文藝的特別的活躍。在許多報紙和刊物上登載了不少討論通俗文藝問題的文章。在那些文章裏面，通俗文藝實際是大衆文藝的同義語，而且這個名辭也祇有這樣地去了解才是正確的。大衆文藝的問題不是今天才提出來的，革命文學是在文藝大衆化的旗幟底下鬥爭過來的，現在也還是繼續鬥爭着在這一方面，特別是在舊形式的批判地採用一方面，我們已經有了顯然的進步。在「一二八」時候，反日的小調，如「時調大觀」「救國歌曲」「時新小曲，『中日交戰景緻』等。出版了七十六種之多（見阿英作的『上海事變與大衆歌曲』）當時和這些有毒的東西對抗的，僅僅有秋白寫的幾首小調，如『東洋人出兵』等等。五年後的今天，情形就兩樣了。在上海抗戰發動後兩個月中間，封建小調的產量還不及『一二八』時一個月中的產量的三分之一，而從革命的作家詩人方面，却產出了不少的通俗故事，歌曲，以至小調，鼓詞。包天笑趙景深等先生也都努力於進步性的通俗讀物的提倡和製作。趙景深先生作了好幾首大鼓詞，其中的一首『平型關』就是歌頌第八路軍的勝利的。

這些就是抗戰以來文藝界的大致的情況，文藝和抗戰密切結合，這是新文學發展的一條正路。要使這個結合不成爲機械的，浮面的，就祇有通過作家的對於現實更深的理解和實踐。不用掩飾，目前的文藝還是落在抗戰的現實後面，以抗日救亡爲題材的作品在量和質兩方面都還不能使人完全滿意。現在擺在我們面前的任務就是要使文學和抗戰的實際更接近，把文學在抗戰中的作用最大限度地發揮。

二　在抗戰時期我們的新任務

第一，文學必須成爲在抗戰中教育羣衆的武器，就是她必須反映民族自衛戰爭的現實，把民族革命的精神灌輸給廣大的讀者。中國的新文學是沿着現實主義的主流發展來的。現實主義和文學的功利性常常連結在一起。爲藝術而藝術的思想在中國新文學史上不曾佔有過地位。新文化運動的創始者諸人，就都是文學上現實主義的主張者。他們反對彫琢虛僞的文學，反對把文學當作裝飾品，而主張文學的實用性，主張文學應當於羣衆之大多數有所裨益，應當成爲革新政治的一種工具，作爲新文學創作上最初也是最不朽的收獲的魯迅的作品便是現實主義的東西。他寫小說正抱有功利的目的，就是要「將舊社會的病根暴露出來，催人留心，設法加以治療」（見魯迅自選集序。）在中國新文學運動史上雖曾有過浪漫主義與寫實主義的論爭，但是浪漫主義者的一派並沒有逃避現實，而一味地沉於空想，相反地，他們對於醜惡的社會燃爆着憎惡，而抱着改革社會的無限的熱情。他們也主張藝術應關心於社會問題，應成爲對於人類之教育的最有力的手段。這一派後來成了革命文學之最初的提倡者，並不是偶然的，一九二七年以後抬頭的革命文學，經歷了她的幼稚的初期，在十年的苦鬥中間發展成了現代中國文學的主力。她明確地提出了文學上反帝反封建殘餘的問題，公開指明了文學的民族和階級立場的相互關係和政治作用。從『狂人日記』以來，反封建殘餘的主題有力地支配着新文學。到「九一八」和華北事變之後，反帝，特別是反日的作品才漸漸佔着優勢，在那些作品裏面反映了亡國滅種的危險，和一種新穎的動人的愛國主義，形成了革命文學的新的內容，一九三六年幾乎成了一個國防文學年，這就是我們的新文學所走過來的路程。在今天，全國的抗戰已遭受了暫時的部分的失敗，祇有堅持抗戰，中華民族才能生存下去的這樣一個時候，文學的最大使命就是在各方面來反映和鼓吹這個抗戰，影響並教育羣衆來參加這個神聖的戰爭，要達到這目的就需要把文學和民族自衛戰爭更密切地結合起來。文學和民族革命的實踐的關係愈密切，文學在大衆教育的事業和民族解放的事業上就愈有用，牠的價值也就愈高，以前有人嘲笑我們，說我們主張文學爲革命，爲國防，是新載道派，我們應當回答他們說：文學上的現實主義，功利主義的主張，正是五四以來新文學的優秀的傳統，我們今天主張文學應成爲抗戰中教育和推動羣衆的武器，就正是把這個傳統在新的現實基礎上發揚。

我們說文學應當反映民族革命的現實，那並不是把文學題材的範圍限制在抗日戰爭的範圍的場面，我們的抗戰是有持久性，全國性的，要保證這個抗戰的勝利，必須有全體民衆的參加，要動員全體民衆參加，就必須給予人民以民主權利，改善人民的生活。這裏，民族民權民生的問題是不能分開來解決的。文學既是現實生活的全面的反映，這三個問題就都可以成爲牠藝術地來處理的對象。不過目前這三個問題中，民族的問題是首要的問題。描寫守土衛國的民族英雄，他們的英勇壯烈的事蹟，如姚營的殉寶山，羅團的殉南口，這應是作家的最神聖的責任。但是藝術的創造有賴於實生活的經驗，沒有經驗而向壁虛構，藝術上一定會帶來失敗。寫你所熟悉的題材，這無論何時對於作家都是可貴的忠告。這樣說我們就沒有意義的題材可寫了嗎？抗戰正在全國範圍內進行着，沒有一個角落，一個人民不受牠的影響，祇要有細心的觀察和有機的理解，有意義的題材是不愁沒有的。人民對戰爭的態度，和兵士的關係，他們的生活狀況，他們的被喚起到參加鬥爭，這些都和抗戰有不可分離的關係，這些選材不都是我們應當去描寫的嗎？

更廣泛地說，從目前全民族的抗戰回溯到一九二五到二九年大革命，一直到辛亥革命，太平天國每個史實都可以寫成中華民族解放的偉大的敘事詩。假如有誰能够在現在寫出這樣一部大的藝術作品來，我們一定用熱烈的拍手來歡迎牠，因爲這不但於新文學的發展，就是於抗戰，也有益處。但是在現在的抗戰的環境之下，顧慮到出版的不易，作家創作的艱難，讀者的無暇欣賞長篇這等等的條件，對於大藝術作品的期望恐怕也許要放在稍遠的將來，目前的問題是如何迅速而有効地使文學服務於抗戰，服務於大衆。因此通俗的小形式的作品成了當前的急需。要完成在抗戰中教育羣衆的任務，小冊子的作用是很大的。福祿特爾就是一個最重視小冊子（PamPhlet）用處的人，他利用她對法國革命給與了非常寶貴的貢獻。為了抗戰，我們應當大量地製作這樣的作品：牠形式短小，內容通俗，而富於煽動性。中國的新文學創作差不多都是歐化的，近幾年來技術的水準的確是大大提高了，但是同時我們不能否認這些在技術上優秀的作品的基本讀者，還祇限於狹小的知識分子學生的階層。歐化的文字技巧在作者和落後的讀者中間築起了一道障壁。在今天，急需要把民族革命的思想普遍到最廣泛的羣衆中間去的時候，這個障壁，就應當用種種方法來打破，我們主張利用舊的形式，從小調，大鼓，皮簧，到評書，演義等等，就是為的這些形式是一般大衆所熟悉，所親近的，通過他們，可以順利地把民族的革命的思想輸送入他們的腦裏。一般羣衆正在以宣傳宿命論，因果報應說的封建思想的讀物，來滿足他們反日的精神上的要求，在內地，在抗戰的直接影響尚未達到的地方，「七俠五義」之類的書籍還保有着牠的廣大的讀者，要爭取抗戰的勝利，不把大多數落後的羣衆都動員起來是不成功的，通俗文藝就是教育和動員這些羣衆的一種武器。自然，通俗文藝並不完全採取舊的形式，凡是適合於大衆的新的形式，我們都要作大胆的探求。通俗文藝一時一刻都不能和藝術的質的提高，文學中正確思想的指導地位離開，通俗文藝和所謂純文藝的界限應當儘可能使之逐漸消泯，愈是藝術的作品文字愈應簡潔和流暢，這一面是可以發揮文學在抗戰中教育羣衆的功用，一面也是爲了新文學本身的正當的發展。

第二，作家間需要有新的鞏固的團結和集體的活動，我們的民族正發生着偉大的事變，我們要做配參加這個事變的人。在大的變動面前，要能夠不張皇失措，不凌亂渙散。統一文藝界的步調，結合文藝界的力量，是完成文學上抗戰的任務的一個重要的條件。從華北事變以後，隨着國內階級關係的急遽變化，作家間的關係也變化了，絕大多數的作家，都轉向抗日。以抗敵救國爲目標的，包含百餘作家的統一的文學團體也組織起來了。可惜這個團體在她存在的期間沒有作出能預想的成績，主要的原因就是：作家間還存在着非原則的對立，無謂的磨擦，彼此之間還沒有很好的相互的了解，因而沒有能夠達到如所豫期的力量的統一，但是文學上全民族統一的戰線第一次在組織上的形成，給文藝界今後更緊的團結打下了一個基礎。所以在抗戰發動以後，作家能夠保持了團結，而且把團結的範圍更加擴大了。

文學上統一戰線的團體不但應當規定抗戰時期文學活動的共同目標，而且還應當規定達到這個目標的具體步驟，並動員文藝界所有的力量來完成他們。一個團體沒有具體的實際的活動是不能堅實地存在的。在戰時文藝家的一切活動中，集體創作的活動應當佔一個地位。創作祇能是個人的，不能是集團的，這種陳腐的傳統觀念是應當拋棄了。創作的集體的方式和個人的獨創性不是互相排斥而是互相補充的。要迅速地反映當前不斷發生的許多事變，尤有賴於集體的力量。在這方面我們是已經有了一些初步的嘗試。由劇作家夏衍等集體創作的『保衛蘆溝橋』一劇在舞台上收到了成功，由小說家張天翼艾蕪沙汀等共同執筆的『蘆溝橋演義』也在上海抗戰的前後完成了，雖然因爲戰爭的影響而沒有能够印行。集體創作並不一定要用專門的作家，而可以由許多非作家的作家來寫，已出版的『中國的一日』便是例了。抗戰中巨大的多方面的經驗需要大批有這些經驗的人們集體地來紀錄。即使這些人不都是專門的作家，寫出來的都是片鱗半爪，在藝術上不完整的粗糙的東西，也將會比對於這些經驗生疏的作家所寫的含有更多的生活的眞實和意義。

第三，作家應當到前線去，到內地去。抗戰發動以後，集中在一個文化地帶的作家開始向各地移動，有的是抱有積極的計劃，有的多少帶着被動的逃難的性質。我們歡迎作家分散到各地去，但要有組織，有計劃，相互間有聯絡地去。在這一點上，救亡演劇隊的活動足爲我們的模範，雖則戲劇本身的性質原是比文字更民主，更多帶集體性一些，在移動中間，作家所起的作用遠不如戲劇家，是事實，但是作家到前方和內地去，將來也一定可以收到很大的成果。離開了出版活動的中心，暫時沒有了，至少減少了發表文章的機會，這個表面上的損失將由實際上的更大的好處來彌補。那首先就是使作家出了書齋，走進了眞正的人羣，接觸了活生生的實際的生活。不管是前線陣地，或是窮鄉僻壤，都可給作家提供不少新奇有味的生活材料。作家可以不必再在編輯和書店老闆之門奔走了，那種奔走是祇會使一個作家才思枯竭的。有人說二三朋友的往返和幾部翻譯的小說就是我們的作家的修養的全部，這雖是一個近於惡意的譏笑，但我們也不怕承認作家生活空虛的現象是存在的，是一個必須克服的缺點。到前線去，到內地去，就是克服這個缺點的最實際的辦法。很短的時間內許還不能產生出大的優秀的作品，要把當前民族的偉大的事變加以藝術的概括，這是不能太性急的事。但是在今天在這些作家身上已担了一個重大的責任。寫前方通訊，寫內地通訊，是他們必須做的工作。這些通訊偏重於事實的報導，夾雜着個人情感的抒寫，是抗戰文學的一個最重要的範疇。

最後，要建立抗戰時期的文藝批評。在作家力量的配置和動員上，在抗戰期文藝運動的推進上，批評負了很大的重負。牠應當在團結一切作家抗日救國的總目標之下對各種不正確的文學思想進行嚴正的批判。牠對於當前文學上的一些具體的問題，如通俗文藝，舊形式的利用，集體創作等等，應當作品的實踐的聯系之下來加以更深的檢討和研究。對於文學上可能表現出來的任何悲觀失望的情緒，牠不應放鬆牠的鬥爭，另一方面，創作上的公式主義也應該反對。

『光明』編者沈起予先生在一篇題名『悲哀的文學』的短文裏，說他所見的外面投來的稿子大都是『四萬萬五千萬人如何如何』末了是『最後勝利屬於我們』的一套，對於公式主義的這種指摘是完全合時的，正確的，但是我有一點和起予不同意的，就是我們反對公式主義並不需要悲哀的文學。不錯，我們的民族正觸受着大的災難，祇要想想在華北，在東南，一點鐘有多少在前綫的戰士死亡或殘廢，有多少難民在敵人的炸彈或槍斃下完結他們的生命，有多少屋宇建築化爲灰燼，誰能够說我們所處的不是一個大悲劇的時代？這些悲慘的事實應當反映在藝術作品裏，不過假使作者是一個革命的作家，那末任何悲慘的事實他都不會寫成悲哀的文學，因爲他能够用革命的眼光去看的原故。『毀滅』寫一隊游擊隊犧牲到祇剩下十九個人，那結尾是悲哀的，『夏伯陽』寫到夏伯陽的最後，那結尾也是悲哀的，但是這兩篇作品都無論如何不是悲哀的文學，因爲牠們灌輸讀者以勝利的信念，並且教育讀者怎樣去繼續鬥爭，這是戰鬥的文學，我們目前需要的，就近是這樣的作品。批評應當把作品活動引導到正當的方向，牠應當成爲抗戰期文學運動的引路者，祇有健全的批評的建立，才能把文學上抗敵救亡的任務很好地完成。

現實主義的抗戰文學論

祝秀俠

目前對於抗戰文學，有一個要求，就是：質的提高。因爲要使我們的文學作品，在抗戰中盡它最大限度的作用，必須使那些作品眞切感人。眞切感人須得提高作品的質的方面，須得强調現實主義。所謂「現實主義，」就是：「廣泛，多面而正確地描寫現實生活的傾向。」文學是現實的反映，我們的作品，目前應正確地把握着抗戰的現實的各方面，以藝術的形象具體表現出來。

現實是複雜的，多方面的，抗戰文學反映抗戰的現實，也應該是複雜的，多方面的。在全面抗戰之下，社會的任何一角落不都在抗戰的氛圍下嗎？因此，第一，現實的題材該是非常廣泛。抗戰作品的內容該是包涵各方面。但檢討一下現在抗戰文學的內容題材却隘窄得可憐。他們簡直把「抗戰文學」縮小爲「戰爭文學，」以爲非寫前線將士的戰爭，戰場的砲火，便算不得抗戰文學。所以沒有到過前線的作家，也勉强在那裏寫八百壯士，——寶山之役等戰爭作品。有一些胆小的作家，安於守拙，就慨嘆地擱了筆，他們嚇得不敢去寫他們所熟悉的事件，雖然那些事件也是與抗戰有關的，但他們以爲不夠「偉大」其實前綫的戰爭，不過是軍事的一面。整個社會都在戰時狀態中的今日的中國各方面是都在抗戰的。前方在抗戰，後方何嘗不在抗戰？描寫前方抗戰的現實，爲什麼不描寫後方抗戰的現實呢？要反映整個戰時中國的現實，必須從各方面去表現它。前方與後方不過是戰時整體的兩面，都有同樣的重要。固然，民族鬥爭最積極的一面，是在前綫。最光榮的一面，是在將士英勇的血肉戰爭。這種壯烈事績，是絕對應當加以描寫，頌揚的，但認爲這才是抗戰文學的唯一主題，便是錯誤。因爲除了這些題材之外，我們的周圍還是許多事象須要去描寫的。茅盾先生說：「抗戰文藝不應當只在歌頌壯烈行爲這圈子里自己束縛自己，我們的描寫點要異常廣大，我們需要激昂慷慨，悲壯英武的內容，但我們也需要嘻笑唾駡的內容，抗戰文藝的題材，應當廣博而複雜，什麼都有。」（文藝大衆化問題）全國大衆在抗戰中的生活變動，心理反映，社會在抗戰中的一切動態，都是作者視線的廣闊範圍，抗戰題材可說到處都是。并且還可以擴展到國際的關係上，例如：法西斯國家的態度，國際公正人士的同情，日本人民兵士的反戰等，我們只要深刻的觀察，有機的理解，這些題材都可以成爲有意義的抗戰文學作品，固不必一定要把筆端觸到前方。而且毫無戰場經驗的文藝工作者，即使勉强去寫不熟悉的題材，幻想虛構，作品一定是空洞平凡的。自然我們希望文學工作者也能參加前綫作戰，以實踐的豐富生活來創作，但拿不起槍的作家們，能够深入後方生活的里層，體驗觀察，寫熟習的種種，較之架空的描寫，更有成效。鐵流毀滅寫英勇作戰的故事，固然是反映了蘇聯戰時現實的偉大作品；但維里尼亞，不走正路的安得倫，寫社會的小事件，小人物，誰能說它不是同樣反映戰時現實的偉大作品？假如在抗戰中貪官汚吏仍然所在多有，那末描寫政治的黑暗，官吏的貪汚底諷刺或暴露的作品，像郭戈里的巡按李伯元的官場現形記，一樣是現實的。假如在抗戰期中，公子哥兒仍然在那裏醉生夢死，歌舞娛情，那末描寫腐爛生活的諷刺或暴露的作品，一樣是現實的。由於全面抗戰的展開，中國到處都展開戰時的樣貌，不祇是可歌頌的東西，同時也有可詛咒的東西；無論寫任何一方面，敵人的殘暴與陰謀也好，難民的流離失所也好，漢奸的醜惡也好，甚至寫一個老太婆，一個小孩子，在抗戰中的行爲心理也好。只要正確的認識，用藝術的手段表現出來，便一樣成功。

我們更要知道，抗戰這個階段，幷不是突然出現的，它仍是中國歷史發展過程中的一個階段。抗戰現階段，不是從歷史進展中孤立起來的階段，而是歷史發展的一環。國難的嚴重已不自今日始，構成國難的許多原因社會條件，早就存在着。我們抗戰時期的文化運動以至文學運動，是「繼往開來，承上啓下」的一個階段。是從整個中國文化運動文學運動中的一個階段。認取目前這一階段，抓緊這一階段，同時不能忘記歷史的發展，是我們文化人的必要的努力所在。我們不能把它從歷史上截斷，只見到臨時的現象，只做着臨時救急的工作，把一切活動集中於局限於作戰這一小圈子里。我們須得了解民族危機的根源，了解文學運動的長期性，從這根源上來認取抗戰期間文學工作的本質。這不是忽視抗戰中的文學特性，正是要從一般性中去把握抗戰文學的特性，才能使抗戰文學走上正確的路。這樣，抗戰期間的文學，要表現抗戰，要反映國難，便不能忽視了抗戰社會的背景，歷史發展的諸因素而社會背景歷史發展的諸因素，是複雜的。主題的廣泛性，多樣性，正是現實主義抗戰文學的主要條件之一。

第二。現實主義的抗戰文學該是客觀認識與主觀感情的統一。單憑熱情，以感情出發的作品，是不眞實的，是空虛的。現在一般的抗戰作品，由於作者的過份的感情衝動，急切的熱中於最後的勝利，結果作品理論化，原則化；只有主觀的充溢的感情，沒有表現出客觀事實的複雜性，沒有具體反映出眞實；變成觀念論的俘虜。

描寫義勇軍，前線的英勇將士，一定把他寫成高大的身材，堅強的體魄，嚴肅而沉毅的面孔，幾乎個個都是中世紀的騎士英雄一樣；描寫漢奸一定把它寫成四五十歲的年紀，穿着長衫，有兩撇鬍子的；描寫敵人的個性，一定把他寫成無理性的兇暴，臉肉橫生，手上長了毛，用盡魔鬼野獸等字眼。千篇一律，所謂典型全都是概念化的，其實義勇軍，前線的將士，幷不是「理想」中的那麽傳奇式的英雄模樣。也許有些是瘦弱的，皮黃骨瘦的，有些是活潑而有趣的，漢奸也幷不是盡是穿長衫上了年紀的昏庸老朽，也有些是穿洋裝頂年青漂亮的人物。日本的軍隊，也幷不盡是野獸，魔鬼般殘暴，他們有些被逼而來，胆怯的，悲哀的，脆弱的人物也有；而且我們不能概括的只寫出他們的兇暴的一面，他們也有假慈祥的陰險的一面。在廣東三灶島的日軍，起初就是應用他們的所謂「政治手段」裝出非常慈和的樣子的。他們拿貴重的東西向農民換取糧食，水，故意裝出不懂物價的樣子，用雙倍的價錢買東西。他們是需要收買漢奸的。假如我們祇誇張他們的兇暴的一面，而忘記了他們更陰險的一面，不去指出這種柔性的毒辣手段，還是不足以顯示敵人的全貌，給大衆對敵人以多樣的認識。但現在的一般作品，尤其是圖畫方面，都只誇大了兇暴的一面，人物事件全是「差不多」。中國的農民肌肉會像賽球員一樣的强壯，日本軍隊臉上有一張血盆大口，長着虎牙，這全是理想概念化的描寫方法。

正如穆木天先生所指出的一樣，「有人把九一八以前的東北寫成世外桃源，把九一八後的東北，突然地寫成人間地獄，是不對的。用龍爭虎鬥去形容抗戰，用命歸陰曹的字眼去形容死，也是不對的。」（關於抗戰大鼓詞。）現實主義的創作方法，須反映客觀的眞實，須描寫得生動，具體，用形象的活的語言。

又有人指出中國詩壇上一首殺到東京去的詩的意識上的錯誤，那首詩是這樣寫着：「炸！炸平東京！炸平神戶！炸平三島！」這意識上的錯誤，就是純然由感情主義出發。他把中國這次的神聖自衛抗戰變成報復主義，甚至變成侵略的戰爭。由於熱情，他把抗戰的意義歪曲了。他忘記了東京神戶三島的大衆也正同我們國內的大衆一樣，都是無罪的，殘殺我們的只是日本的法西斯軍閥，我們只要把日本的軍隊趕出國土，我們不需要殺到東京，炸平三島。

觀念的情感作用，使文學作品也流露着另一種壞的傾向。就是只愛寫樂觀的事實，而不愛寫艱難悲觀的事實。

寫人們對於抗戰的信念，幾乎四萬萬五千萬人都是堅强的。結論就是毫無條件的「最後勝利必屬於我。」假如每一個人都堅信抗戰勝利必屬於我，那末什麼「民族失敗主義，」「唯武器論，」「主和論」的人們那裏去了。失敗主義自然是極壞的事情，然而在抗戰之中，尤其是初期抗戰之中，確有不少人存有這種思想，我們爲什麼不把這一悲觀方面的事實也不隱瞞的寫述出來？抗戰是必須歷盡千辛萬苦才能得到勝利的，在這期間人們所反映的心理行爲，至爲複雜，惟有盡情地各方面去揭露，才能顯示這一偉大戰爭所影響於大衆心理的，行爲的是怎樣？而由事實必然的發展，把人們的心理行爲歸納到堅決抗戰的總方面去，過程又是怎樣？綏拉菲摩維支寫十月革命事件的鐵流里面表現的農民，起初並不擁護蘇維埃政權，後來經過了千辛萬苦，才覺悟到那是他們的救星。作者幷不隱藏農民的混亂，無組織，愚昧的方面。又書中主人翁革命英雄郭如鶴，作者沒有隱藏他的虛榮心。作者沒有將他的壞的方面不寫，完全把郭如鶴變成一個十全十美的概念式的英雄，「因爲不能想着一個人完全用一種顏色塗出來的。一個最純潔，最高尙，一生都獻給革命的一個革命者，如果說他在心靈上連一點虛榮心的種子都沒有，你說是對的嗎？」（我怎樣寫鐵流的。）而寫水兵，起初簡直完全跟土匪一樣，後來才寫他們懺悔，也幷沒有隱藏他們的反革命的方面。綏拉菲維支重複的說：「那時是這樣的事實，在文藝作品里首先要免除的是說謊和粉飾實際。」

現在的抗戰作品，顯然側重樂觀方面，似乎描寫悲觀方面就會有壞的影響。大家把將士如何英勇，日軍如何怯於抗戰，後方人民如何對抗戰熱烈，寫得萬事順利，如同報紙的「公式」紀載一樣，「敵機倉皇遁去，我無損失，」「敵決不能逞。」一切艱苦，缺點，不良的事實，都不去管它。把抗戰中許多存在的慘淡的事實，視若無覩。

沈起予先生在一篇悲哀的文學里說：「在這抗戰的昂奮的時候，帶哀感的文學就一定無好處嗎？弱小禦强的事實，根本是可哀的，在這樣的戰事中根本有無數的悲哀事發生。」這種說法，在指出抗戰文學也需要反映出可悲的事實，是對的。抗戰的現實「是悲喜劇交織成的偉大場面。」現實朝向光明的總的趨向，雖已決定，但「革命」不是走直線的，其中須經過許多曲折，從過程中揚棄許多事件。只見到總的方面，只見到樂觀的現象，而抹煞悲觀的現象，是粉飾實際。譬如一般在誇張游擊隊的壯烈驚人的成績，用頌揚的調子去寫出他們的收穫，便把現實過程鬥爭中的他們的艱苦，困難，失敗，傷亡等等的悲劇的方面忽視了。抗戰是從無限的艱苦，掙扎中，開展出勝利的前途的，悲觀的事實與樂觀的事實都在發展，有可悲的一面，才可以顯出可喜的一面，抗戰的最後成功，正要經過無數的可悲的事實。這些可悲的壞的方面，我們要在藝術上忠實的反映，一個有正確意識的作家，即使寫可悲的壞的事實，并不就給人以消極頹喪之感的。

粉飾現實，以虛偽的感情注入作品之中，不是現實主義的抗戰文學。

第三。跟着上面所說的熱情主義而來的所謂「題材積極性」問題，也有提出之必要。抗戰文學，是必須題材積極性的嗎？答案不能簡單說是。作品勉强積極化，紮上積極的尾巴，幷不就能表示意識的正確的。反之，它是不能深刻的表現現實，損害了藝術的價值，而變成「公式主義」的東西。積極性須站在作品的現實性的條件下而發展的。就是積極性必須依附於現實的眞實本質的方向上面，不是單由觀念所決定。

無條件的强調抗戰文學的題材積極性之一面，就是成爲上面所說過的把題材限制於「作戰這激昂熱烈的小圈子里。有人以爲「一切抗戰作品的主題」都應該歸納到抗日及反漢奸這歷史前進的積極傾向。」什麼是積極的傾向呢？「東北的義勇軍在崇山峻嶺之間進行的反日游擊戰爭，各戰場的嚴肅的血的搏鬥，各地人民的反日情緒和反日鬥爭。」一切題材歸納到「抗日」這種總方向，是對的，但以作戰性高過一切，却失之偏狹。

題材積極性的另一面是：攏統地在作品上拖着積極性的尾巴。這猶之以前一部分的革命文學，不管任何一個典型，結局一定要歸結到革命。似乎非如此「大團圓，」便不能提示題材的積極性。現在許多抗戰文學，又來一次重複的類似的毛病。作者生怕內容不積極，「到前線去，」便成爲時髦的寫作中心。「最後勝利」便成爲作品的一個必然的結局。不管作品眞實的本質方面應不應該如此，作者勢非勉强虛構有一條積極的尾巴不可。「差不多」現象和「公式主義」的產生，還是一個大原因。

我看到一篇叫做咳嗽的陣地特寫報告文學（刊七月十一號）內容是說有一個哨兵患着咳嗽病，排長叫他休息，但他不肯，他說：「我多站一分鐘是一分鐘，心里好過一點，今天不站，明天就會不成功，到了死了，打日本打不成，做不成。……亡國我也沒辦法了，你叫我休息，還是槍斃我好些。」他在那裏啜泣起來，排長也哭起來，結果他因爲在守崗上不斷的咳嗽，妨礙了偵察的工作，反而給敵人知道，驚走了敵人。這故事不知是作者親身體驗的，還是向壁虛構，但從事實看來，總不能說眞確。固然，這樣的誇張一個前線士兵抗敵的决心，是很激昂盡致的，但士兵應該服從長官的指揮，尤其應顧到大體，除了守崗以外，這個兵士應有其好多事可做，排長叫他休息，他會哭起來，而排長也居然說是感動了而哭起來，都似乎不近情理。也許作者是借此來箴戒士兵的感情作用，因而誤了大事；但即使如此，他這題材也選得不大恰當，因爲它不近情理。

又常看到一些作品寫受傷將士在醫院里醫養，總是一套激昂的老調，他們躺在床上這樣對女看護訴說前方殺敵的勇敢。只顧到「積極性，」把將士們在醫院的生活寫得呆板枯寂。絕不敢超出這個範圍去寫其他枝節的情形，我見到一篇西班牙作者寫前線傷兵醫院里事情的報告文學，却幷不這樣公式化，寫得活潑而有風趣。里面有一段是：

「在陸軍醫院里，也塞滿了病人，他們跟他們的女看護談起愛情來了。他們也許不會明白，她們那麼好心，完全不過是一種有着唯一的目的和純潔的希望的本性，去完成她們所意識到的責任罷了。有些傷兵在眼那兒還紮着綳帶，好像很感激而又多情似的半吞半吐地說道「你是多麼的溫柔呀！我醫好了，你可以跟我結婚嗎！你願意不願意呀！」「哎呀謝謝你」她（女看護）就這樣回答：「還呀！我可不能了。因爲我還要留在這兒呢，假使像你那樣的別的傷兵來了，我也要安慰他們和看護他們呢。」——見西班牙世界語人民陣線卅一號：一個金髮女看護，洪業譯文。

也許我們的傷兵醫院里，也有這樣的傷兵和女看護調侃的情形，但我們的作者斷不敢去寫它，因爲這是多麼不「積極性」呵。

第四。抗戰文學，該不要忘記「文學」這兩個字。所謂文學，就有文學的特殊性。沒有履行這特殊性的條件，根本就不能算文學，更何有於「抗戰文學」之足云！所謂文學的特殊性，主要的就是現實的形象化，用具體的形象表現出來的現實。因此它不是標語，不是傳單，不是一篇政論，不是一本流水賬。抗戰文學不講求藝術，就不能發揮它的傳感作用。而檢討一下我們的抗戰作品，卻多半是標語口號似的東西。順手舉一個例——一篇題目叫做加强抗戰筆桿的詩，這樣寫着：

「矮寇的鐵蹄，
踏遍我大好河山。
全中華的兒女喲！
快拿出全力，
貢獻到民族解放的戰場！
捏槍桿的健兒，
正英勇地衝鋒殺上，
捏筆桿的文化人，
更該緊握筆槍。
把抗戰的力量加强。
一個字，一篇文章，
更使它變成炸彈，

……………

快組織起文化游擊隊，
深入民間，肅清殘敵，殺盡漢奸，
快組織起文化遠征團，
開到全世界每個愛好和平人士面前，
打緊反日陣綫，站穩文化戰士的崗位，突擊猛攻，交鋒對壘，
直到戰退瘋狂的魔鬼！
直到中華民族獨立解放萬歲！」

像這種詩，假如直排起來，不就是一篇「宣言」嗎？「宣言」和詩可以沒有分別的嗎？但這還是一個處在邊區雲南的青年寫的，其他詩人們類似這樣的作品也有不少。在一些小說報告文學里，也一樣存在着不少理論的成分，那些理論，往往借人物的口里一大套的像演講似的吐出來，可以沒有故事，只要「神聖的民族解放鬥爭」「最後勝利」等抽象的理論安得進去，就以為盡了抗戰文學的能事。假如除去了人物，除去了人物對話所用的括號，不就是一篇政論嗎？政論和文藝作品可以沒

有分別的嗎？

像這種毫無藝術性的標語，宣言，政論式的作品，自然離「現實主義」很遠。簡直可以說離「文學」也很遠！

現實主義的抗戰文學：第一，是不能不有「藝術性」的。

文學必須以活生生的形象來反映現實世界，才能使讀者對它發生眞實感，它不是直接的現實紀錄。社會科學從抽象的法則去分析現實世界，文學却從具體的形象來反映現實世界。而這些具體的形象是需要經過藝術的加工與藝術的概括。

藝術性就是使得文藝和其他的社會科學論文，及宣言，標語等的宣傳品不同的唯一的地方。它是文學的本質，文學的特徵。除了這，文學便不成其爲文學。抗戰文學，在文學本身上說，它是中國歷史發展的現階段的文學。是文學的一個新階段。要從文學的本質特性上去發揮這新階段的任務。所以，抗戰文學絕不是局限於救急的宣傳品這一狹義上。救急的宣傳品，早有標語宣傳等形式，文學所要達到的宣傳的目的，不能採用那樣簡單的手段。

藝術性不單純是所謂技巧問題，技巧是要依附於對現實認識所表現的內容上的，如何認識現實，是屬於作者的世界觀問題。如何表現現實，是屬於作者的創作方法問題。但在創作的過程上，認識現實和表現現實也是不能機械地分開的，所以「藝術性」從表面來看只屬於創作的方法，而其實，它是創作過程中的全面顯示。

要豐富我們的抗戰文學，便須提高抗戰文學的藝術性，提高抗戰文學的藝術性，即所以充實抗戰文學。

如何才能提高藝術？除對現實的正確認識而外，要能扼要而生動明瞭的表現具體的形象，愈能扼要明瞭表現出抗戰現實的本質，動向，藝術性就愈高。其次，要注意技巧上的修練，對於人物，景物，語言等等，都應有細緻的描寫。抗戰文學作品并不是粗枝大葉的東西，在藝術上，它仍不離開精緻的描寫。

第二，現實主義的抗戰文學須有「典型性。」

「典型性」是文學的基本特質之一。藝術作品的反映現實，不是像攝影一樣的，它要透過作家的藝術的概括。作家能將現實用典型的形象表現出來，就是他的成功。一切偉大作家的作品，都是有偉大的典型存在的。屠格涅夫的羅亭，西萬提反的唐吉訶德，郭戈里的乞乞科夫，魯迅的阿Q，都是現實的典型人物的創造。

現階段的抗戰文學作品，正須要着活生生的有肉有血的現實的典型人物，使人們認識抗戰階段的各種人物的具體的樣態，使人們從這典型中激勵自己。在這抗戰的偉大的時代中，是有多方面的明顯的典型人物性格可以創造的。如站在前線不斷的戰鬥的戰士，卑鄙無恥的漢奸，渾水摸魚的貪官汚吏，悲觀失望的份子……等等。

而現在的作品，還沒有創造出無論那方面的深刻的典型。現實的英雄人物，已經有了不少，但作品所表現的姚子青，八百壯士，都是模模糊糊的個性，不够深刻，不够細緻。

典型性一方面固然是概括相同的人物而抽出它的一般性的特徵加以深化，擴大。但一方面也必須注重個別的特殊性，個人的性格。典型不是單純的一般化，而是一般化中仍有特殊性的存在，假如誤會了典型就是一般化，就變成公式了。昂格斯說：「每個人物都是典型，同時也是完全獨特的個性。」這兩句話扼要地說明了典型人物創造的社會性與個性的關係。高爾基更具體地說着：「從幾百個商人，官吏或工人底每個人當中，抽出最特質的階層特徵——習慣，趣味，動作，信仰，言論等，而能够將它們統一在一個商人官吏或工人身上，那末作家就會由這樣的手法而創造成典型。」「但我們知道人是各種各樣的，有的多言，有的沉默，有的執拗而自尊心強，有的靦覥而不信任自己……作者有權利從他們里有採取任何性質，而加深它擴大它使它尖銳和明瞭，而將各人物底性格弄成主要的明確的東西。」

假如寫前方將士的典型，只有一般化的壯烈行為，而不顧到個性，作品是會變成乾強而不眞切。我們的抗戰作品里的人們，多數是這些沒有個性的典型——人物的輪廓。我們的文學工作者總得對於典型性有正確的認識。

「藝術性」與「典型性」是抗戰文學創作方法上的兩個基本條件，已如上述。但文學的表現現實，是透過作者的「思想」的。作者的思想，就是所謂「世界觀。」因此，最後一個條件，也就是最先的一個條件，作者必須有正確的世界觀，才可以正確的盡至大限度的表現現實而且負起向上的傾向底指導作用。這就是現實主義與舊寫實主義的不同之點。現實主義不是機械的，也不是無關心地去反映社會，它是要求有積極的態度，正確而深刻的去透視現實的本質，傾向，及其多樣性，矛盾性，關聯性，活動性。要完成這樣的現實主義，就非有健全的世界觀不可。

換言之，世界觀是作者的對現實的理性的認識。抗戰現實的複雜的現象及其發展的必然性，不是感情的直觀能够反映出它的本質的；而一切抗戰文學的作家，更需要藉正確的世界觀來堅定抗戰的意識，洗鍊行動的戰術使抗戰文學向更高度發展。

但怎樣才能獲得正確的世界觀呢？這須由作者深入現實的生活，從實踐中去獲取它。單用熱情來關心現實，還是不够的，一定要參加到現實的鬭爭里，才能深入現實的生活，滲融在現實的最深的內容里。對於抗戰，要獲得正確的認識，只有參加抗戰的工作（一切救亡抗戰工作）才有深刻的體驗和理解。從事抗戰文學的工作者，不深入抗戰現實的生活中而祇閉門虛構，必不能成功優秀的抗戰作品；可無疑義。

現實主義的主觀和客觀是統一着的。作家的世界觀和創作方法是不可分開的。我們的文學工作者必須把握着創作過程和生活過程的相互關係，必首先作爲一個現實的戰士而生活。

其次，我們還要學習一切偉大作家的藝術手法，接取一切偉大現實主義文學遺產的成果，來增加抗戰文學作品的藝術性。

抗戰文學，以現實主義的姿態，隨着抗戰現實的光明前途而發展，長成，是必然的；但，其間，須得文學工作者加深的努力。

再廣現實主義

李南桌

曾經有一位戲劇史的名教授說過，一部文學史只要三個字就可以統統包括在內了；當時受教的學生都大爲詫異，等候這奇蹟一樣的下文，——可是所得到的是非常之平凡的三個字，人人口邊上都掛着的三個字，即古典主義，（Classicism）浪漫主義，（Romanticism）和寫實主義，（Realism）這好象是一句漂亮話或是一句廢話，所以大家聽完都笑起來了。其實在他，這是當做一句實話說的。

自己也曾胡亂看過一些作品。由於興趣的不能專一，這些作品是既不同宗，又不同派，既不同國，又不同方。看完之後，大約都覺到有可喜的地方，也都難免覺到有不可喜的地方。基於一種人類的天性，總願意把自己所愛好的聯在一起，於是發現這些地方都有一個共同點，——就是他們的眞實性。所以如果要我用少數的字眼來概括一部文學史的話，那我的答案比那位教授的還要簡單。只須一個字就行了，這個字就是「現實主義」，——可是這裏所說的「現實主義」究竟不與傳統所說的完全相同。可以說是廣義的多了，他的容積擴大了。

一般人差不多都有一個無形的見解，以爲「現實」就是一般日常生活中最容易使人聽到，看到，嗅到，覺到……的物事……這就是現實主義者應該活動的範圍；出了這個範圍就是非現實了。然而依照這個規定，却有許多偉大的作品會被擯於文藝的領域之外：浮士德（Faust）中除了浮士德同瑪格麗（Margaret）戀愛的部分以及其他的少數幾個場景之外，就幾乎全有問題：同海倫（Halena）的戀愛已經一錢不值，更不要提那些幻景了。仲夏夜之夢（Amidsummer Night's Dream）則完全是囈語虛言，華而不實，比較差強人意的恐怕只有波塔姆（Bottom）一羣手工業者的描繪吧！同樣的，暴風雨（The Tempest）也是一篇充滿了虛構的東西。至於純象徵的作品當然更是一種逃避，沒有一顧的必要了。

有一個時期，莎士比亞只是一個貴族的奴役，歌德不過是魏瑪的小宰相。巴爾扎克同王國維一樣的想復辟，左拉是個只知道悲觀的大夫，托爾斯泰則是庸俗的，沒有勇氣的教徒，柴霍甫固然不積極，易卜生也欠正確，——這同責問孔孟爲什麼不懂ABC實有異曲同工之妙；至於對付當代的文人則更加嚴厲，有早就預備下的尺寸大襟一尺七，領口二寸五……是有一定的。最後，自然正確的只剩下偉大的批評家和他的偉大的法寶，——一些機械的，只知取消的，關門的公式觀念了。過去這種理論也會盡過一些作用，「去舊生新。」現在是已經過去了。「舊」不止應「去」，而且還該選擇；吸收，「新」也是要「生」才行。光只打好圖樣，孩子恐怕還是不一定有的。

直到現在，我們還是不能不承認，許多文藝上的「古典」沒有正確的，深刻的解釋。我們還未能把這些最可寶貴的遺產——人類的光榮，從觀念論的學究們手裏接收過來。我們從前只知道侮蔑，輕視，現在知道尊重了；然光只尊重是不够的，主要的還是融化他們，使他們變成我們的骨肉。他們可以使我們更加强壯，更加健康。

在自然科學上，我們也可以看到類似的現象。現在是相對論電子論的世界，比靜止的機械的牛頓體系要接近眞理多了，也可以說是辯證的多了，然而這還不是意識的舉動。如果將來辯證法經過意識的，大規模的，天才的應用到自然科學上去，那所獲得的成績一定更驚人。但這種艱巨的工作決不是從社會科學已有的成果中，抽出幾條死規律再向自然科學的成果上一套就成功的。這樣做的結果，一定連既有的這些也套不上去，更不用說一個更新的體系的創造了；因爲新體系的建立不是別的，乃是更新，更廣的，對新事實的包含。

這是兩件恨事：卡爾沒有寫一篇莎士比亞論，或一篇巴爾扎克論，——據說他曾想過；又恩格斯未生在相對論的現代，給自然科學一個更新的面目。可是他們的遺範猶在，可資學習；除了在他們的著作品中尋找一些社會科學的例證來順便尊重一下一些「古典」外，應該更進一步，做一點藝術上的研究，完成他們之所未完成的。這是每一個後生的責任。

科學的對象是自然，社會，——直接的現實；文藝科學的對象則是那些作品——複製過的現實。科學著作經過一個時期，便成過去，只有歷史的意義了；而文藝作品則常流芳萬世。

文藝上的「現實，」決不止是限於簡單的直接的有形的東西，而是非常繁複，非常屈折的，舉一個假設的例吧！

有一天一個科學家——無神論者，他獨自走進一座陰森的樹林。他聽到梟鳥叫，碰到蝙蝠的翅子，看見古墳上的「鬼火，」一團團的，或東或西的在滾，而他是一個在幼年時聽過許多神怪的故事，成年時也讀過許多這一類小說的，這時他雖然在意識界還是不承認恐懼，但他的毛髮卻豎起來了，一些幻象會像電影一樣在他的腦中活動着；但同時這位科學家的意識是清醒的，他知道梟鳥同蝙蝠是晝伏夜出的兩種動物，「鬼火」不過是死人骨頭裏的燐質同自己夜光錶錶針上塗的東西並無多少差異，森林呢，則大部分是由松杉科的樹木組成的，時間是距離天亮還有六小時另四十三分半。不錯，這都是「現實」可是儘管他這樣分析着，震壓着，一些虛幻的影子還是出現了；——我認爲這些幻象也是現實因爲他們的產生不但有歷史的根源，而且如前面所說的幾種自然現象的組合，也確會使人發生一種陰森的感覺。最後，他跑起來了，到家，他發現丟了一隻靴子，那是他新近用那嚇過他的樹林中的杉木，經過化學變化後製成的，最後因爲他還會寫詩，譜曲，在自嘲之餘，寫下一篇『魔的舞蹈』。

我常想，假如有一個人能把人類的頭腦的各種活動澈底的究明，那他一定是文化史上的一個大功臣；因爲許多纏夾多年的問題，如像哲學上的本體論，認識論，文藝上的理想與現實，古典與浪漫，心理與生理……都可以迎刃而解了。

卓別麟曾在一個片子（大概是Modern Times）裏面描寫一個窮漢的痴想：他把一間一進門天花板同地板都會從上下起來迎接他的小房間幻作一個小天堂；粗糙的桌子上有美麗的花瓶裝飾着，葡萄一直生在門口，可以隨手採摘，無須選求；有母牛從門前過，自然會停下，等候這位機械工人只消像壓抽水機的柄一樣的壓兩下她的尾巴，便有鮮奶流到下面放好的杯子裏去，杯滿，牛又自然的走了；——這種幻想是很可憐的，當然也不是「現實，」而且他頗有導人入迷，引人做夢的嫌疑，可是這段情景，我總忘不掉牠只增加了我對現實的憤慨，他的要求是多麼微薄，而他得到的是什麼呢？這部片子也曾觸及手與腦的對立，機械反倒治理人……等等問題，當然都欠正確，但終於比淺薄的，正確的作品有力的原因，我想是在牠比牠們現實。

有些人的着眼點只在「正確」與「歪曲」我的意見却是深刻的「歪曲」常比淺薄的「正確」更接近眞理，更現實一點，更正確一點。當然，對深刻的「歪曲」的正確的批判是非常必要的。

主觀與客觀的統一是眞理的實證，也是藝術成功的實證。「眞理」是從現實來的，有時他們簡直是一樣的意義。所以入現實越深，入眞理也越深。——卡爾說：「若干經濟學家所未能完成的理論，巴爾扎克却以他的小說達到了。」——這個奇蹟恐怕只有在他的現實主義這一點去解釋才成。一切藝術的大師之所以歷時愈久而愈光明燦爛者，恐怕也是同一的理由，文藝是命定的以形象爲工具，直接從現實中吸取材料的。這一特點可以說明爲什麼她可以走到比更下層的經濟學還要前邊的地方去。

在把現實的意義加了新的規定以後，底下想用這個觀點來看一看文藝史上的主潮。依照前面說過的某教授的分法，只要「古典主義，」「浪漫主義，」「寫實主義」這三個名詞就夠了。在十九世紀以前，這個看法是相當恰當的，如果一直敍述到今日，我認爲至少還要加上一個「象徵主義（Symbolism）」——關於這個名詞，我是當做弗理采（V.Friche）用過的「未來主義」（廣義的Futurism）的同義字用的。因爲往長一點看，「未來」是也會過去的。再說，「未來主義」的傾向也不足以代表其他近代的諸流派，而「象徵主義」的意義如果擴大一點，却能够包容他們。底下想從兩方面來攷察：一是這些主義的本質，二是這些主義如果儘量擴展，將成怎樣的東西。

「古典主義」的特色可以說是在規範的，形式的着重。講和協，講統一，求普遍，是理智凌於情感之上的；牠把人對自然的鬥爭過程，詩化了，英雄化了，——當然這些英雄都有光榮的門第，平民是不能踏進詩的天國的。牠的功績可以說是在「人性」的發現和體現。

「浪漫主義」的特色，則正相反，是在同那些既成的規範的博鬥。求特殊，是直接的情感之流的崩瀉，是情感超過理智的。牠把人同人在社會中的鬥爭引進藝術的園地裏去。牠的英雄是單人對社會的反抗，所以特別着重的是單獨的「個性」——普通即是作者自己。

「寫實主義」的發展比較的是更密切的適應着社會的發展的。消極的寫實主義象徵着舊的衰落，積極的寫實主義象徵着新的勃興；消極的比較客觀，積極的比較主觀，積極的寫實主義也可以看做是寫實主義同浪漫主義結合後的產物，——社會各階層的廣泛的描繪至此方有端倪。特別着重的是「典型的情勢中的典型的性格的創造。」

「古典主義」同「浪漫主義」是相反相成的兩個對立物。我曾用孔子的兩句話來代表這兩種傾向，後者是以「從心所欲」爲理想，前者是以「不踰矩」爲依歸，——然如欲達到這兩者的極致，不論從那一端開始，一定會走到其另一端，過去「浪漫主義」的作品實在都未能做到「從心所欲」結局多半都是悲劇，或假想的喜劇；而「古典主義」的「矩」呢，雖然自己以爲是已够崇高偉大，其實是頗爲狹窄的，如想前進，擴展，則非用浪漫的精神——「從心」之「所欲」——來補救不可。特殊的與普通的合起來才是現實的。人性同個性合而爲一，才能產生典型。

「古典主義」的精神被現實主義融化的，還是非常之少。我想這正同人的遺傳一樣，有些是直接付與的，有些要隔代才會顯現。

關於象徵主義，我想將作品分爲三類來攷察：

第一類是品格劇，寓言，童話（一部分）——特色是把一些品格給人格化了，使他們之間發生鬥爭，糾葛，來象徵那些抽象的原素間所發生的。例如，斯賓塞爾(Edmund Spenser)的仙后(Faerie

Queen 列那狐的故事伊索寓言等等。

第二類就是普通所謂象徵主義的東西了。主要是雰圍的製造，情緒的感染，多半活動於「有」「無」之間，「潛」「明」之際。例如梅特林克的青鳥，霍普特曼的沉鐘。

第三類——也可以說是最高級的象徵；最好的代表是哥德的浮士德。這個文藝上的偉象是非常多面的。有人說浮士德是一個猜不破的謎語，不斷的長謎；這句話是可以當做牠的象徵的豐富的感嘆語來看的。理臣伯格（Lichtenberger）教授甚至說：「因其謎語的程度愈深，而使讀者的興趣也愈濃厚」；歌德自己也說他「好像是一個在幼年擁有很多銀幣銅幣的人，一點一點的兌換，到老年都換成了金幣。」——這種「兌換」依照吉爾波丁，就是「把形象（？）替換爲象徵」由此我們可以看出「象徵主義」中之最高級的東西，也就是最深刻的鑽入現實的東西。這些最可貴的「金幣」不是憑空來的，是花了時光，由那些「銀幣銅幣」兌換成的；這些「銀幣銅幣」是現實，也就是浮士德這個不斷的長謎的謎底。

「象徵主義」的長處是典型的情勢的創造，短處是典型的性格的模糊。（雖然意指有時是很明顯的，然因出自觀念，不易具象，）同「寫實主義」的分合，於此可以看出。

至於近代文藝上的諸流派，那多半都有點楊朱氣味大都不大求懂，——且多少有點標奇立異，所以不好懂。然而不是不可懂的不可懂的東西在藝術世界中不能存在。達達派的畫在局外人看了，莫名其妙，但他們的同志看了，却會嘖嘖稱讚，而且還可以說出個所以然。這證明牠還是現實的因爲眞正離開現實，人同人是無法交通的。這些流派有一個同點，都想利用一點新技巧，探求一點新形式，用一些新的符號來把內面的新意義象徵出來。在這一點講來，他們都是象徵主義的，——他們所表現的大都是近代的，動的主題。他們的成績是把靜的文字部分的動化了。

這些流派的繁多恐怕是空前的，色彩的光怪陸離恐怕也是空前的，——但如果把這些作品通統抹殺，那人類的活歷史上一定要現出一段空白。近代人複雜的心理過程，一定得不到一個完善的表現，他們在技巧方面，形式方面的功績，是不可磨滅的。吉爾波丁說帕索斯（Johr Dos Passos）的作品中的新技巧，如「電影眼鏡」（Kinoglass）是他的弱點；我想說他在那部第四十二平行線中用得不當是可以的，究竟這不失爲一種新表現方法的探求。

蘇聯的名導演愛森斯坦曾有將資本論電影化的企圖，日本一位銀行職員坂本勝出版過一本戲曲資本論，都未成功。我想如果有人再做嘗試，除掉「現實主義」的手法以外，「象徵主義」以及近代文藝諸流派的表現方法也是非借鏡不可的。

在廣現實主義一文中，我說，「主義的門限是不必要的，」現在我還要重覆這句話。當然這並不是說不需要批判，只要盲目的胡撞就行了，有一個原則是必需遵守的，——就是擴展之後的現實主義的強調！

古典的，浪漫的，寫實的，象徵的，從縱的方面看，是一整部文藝史；縱橫的方面綜合起來看，或者是一個表現全現實的一個較全的方法。

抗戰文學的創作方法

林淡秋

一　什麼叫做創作方法

對於「什麼叫做創作方法」這一問題，我想一定有人回答：

『創作方法就是文藝作品的作法，如小說作法，詩歌作法，戲曲作法等等。就小說來說。故事應如何結構，場面應如何穿插，人物應如何描寫，風景應如何描寫，環境應如何配合……等等，都是屬於創作方法的範圍的。一句話，創作方法就是文藝上的表現法與描寫法。』

這個回答是不大正確的，因爲雖然所述各點都是屬於創作方法的範圍，但不是創作方法的全部，一個最基本的要素被遺漏了；這被遺漏了的要素就是作家對於現實材料（題材）的「看法。」

創作方法應該是在創作全過程中所運用的方法，從選取題材，研究和分析題材，剪裁題材起直到作品完成爲止。因此創作方法不僅僅是文藝創作上的技術，牠必然包含作家對於題材的「看法，」即作家的世界觀。

由於作家的「看法」不同，同樣的題材，可以有不同的表現法和描寫法。例如侵略者有時用「恩威並施」的毒辣手段對付被侵略者以達到其侵略的目的；在刀光劍影的閃耀中，在血海屍山的襯托下，侵略者有時也會給落後的被侵略者一點「小惠。」在有奴才思想的人們看來，這種「小惠」正是他們的「慈悲」的具體表現，是敵人好於自已人的證據。如果他們中也有作家的話，一定會把敵人的笑裏藏刀的嘴臉寫成大慈大悲的活觀音。但在有正確思想的作家們看來，侵略者給與被侵略者的「小惠，」正是包着白糖的砒霜，牠所包含的毒素，勝過炸彈毒瓦斯無數倍。在他們正確的世界觀的光照中，在他們的筆下，侵略者必然會因此「小惠」而更顯出面目的猙獰，更引起被侵略者對他們的仇恨。又如寫一個大學生因迫於生活而做綁匪，終被鎗斃的故事，由於作者對於現實的態度和看法不同，就是由於作者的世界觀不同，可以帶着勝過冰霜的冷嘲僅僅把牠寫成一個沒出息的大學生的悲劇，也可以帶着熱烈的同情與憤恨把牠寫成一篇暴露現實社會的缺陷的作品。現在我們可以明白了：作家對於題材的「看法」是決定他的表現法與描寫法的前題。

在過去，作家們對於現實的態度和看法大都不外兩種，即「唯心主義」的態度和看法與「唯物主義」的態度和看法。前者是純主觀的看法，牠所根據的不是客觀的現實，而是主觀的空洞的甚至神祕的原則；後者是一種現實主義的看法，牠所根據的純是客觀的現實。由這兩種不同的基本的看法，通過各種不同的時代和階層產生了創作方法上各種不同的「主義」，如古典主義，浪漫主義寫實主義（包括自然主義，）象徵主義……等等，而浪漫主義和寫實主義（特別是自然主義，）是文學上唯心主義和唯物主義的最典型的表現形態。

不過作家也跟一般同類一樣，不是生活在半空的「超人」，而是社會的動物。因此，唯心主義的世界觀與唯物主義的世界觀，浪漫主義的創作方法與自然主義的創作方法，不管取着怎樣對立的形態，但同樣可以在現實社會中找到各自的根源。浪漫主義文學的主潮是發生於十八世紀末到十九世紀初的時代，那時候，封建社會基礎正在崩潰，但沒有完全解體；新興資產階級正在抬頭，但牠的社會基礎還不十分穩固，一切都在新舊兩種勢力的鬥爭中猛烈地激盪着。在這種動亂的時代，封建階級的作家感覺到自己階級的生活無可挽救地日漸沒落下去，必然會激起悲觀絕望的情緒，引起對現實環境的不滿，因此不願正視現實，要從現實世界逃避到幻想世界裏去，企圖用美麗的幻想來安慰苦悶的靈魂。有人稱他們的浪漫主義——交織着悲觀和幻想之浪漫主義爲逃避現實的「消極的浪漫主義，」原因卽在於此。同時帶着蓬勃的朝氣和上進的熱情的新興資產階級作家，因爲他們的階級生活的基礎還沒有十分穩固，他們有很多理想和要求不能實現，而同時又不能正確地把握現實社會進化的動向，不知道怎樣實現自己的理想與要求，結果就帶着火一般的熱情向現實社會發出激烈的抗議，而這抗議的方法又不是針對着現實社會的缺陷加以正確的指摘與提示，而是根據他們自己主觀的要求描出一個理想的境界，希望這個理想境界者能够代替現實社會。這種具有進步性的浪漫主義，有人稱爲「積極的浪漫主義。」

　與浪漫主義文學相對的自然主義文學的主潮是出現於十九世紀末至二十世紀初的時期。那時候，大模規的資本主義經濟的發展，自然科學之飛躍的進步大大影響了文學。自然主義是自然科學精神在文學上具體的表現。自然主義的作家處理分析現實材料的態度，正如生物學家在解剖室裏解剖生物的態度一樣，是一種無批審的客觀主義的態度。我們只要看看自然主義文學巨匠福祿貝爾的一段議論，就可以明白自然主義文學的特徵的梗概了：

「自然與歷史是我們眼後的模型。我們某一天的意見，並不能改變這模型之過去現在與未來的形態的。所以我們必須用一切藝術手段，努力寫出牠的眞實形態，自然的模仿應當是藝術的目的，而服從這模型就是藝術上的手段。藝術家的個性在他所創造的眞實之中消滅，這可說就是藝術的勝利。」

浪漫主義與自然主義雖然取着最鮮明的對立姿態，但決不能把牠們絕對機械地劃分開來。二者在創作的實踐中往往緊密地聯在一起，兩種精神交流在同一的作品裏。在文學史上，英國的拜倫和雪萊，法國的雨果，德國的海涅，都是有名的浪漫主義的作家，但你能說他們的作品絕對沒有寫實成份在裏邊嗎？同樣，左拉，福祿貝爾和巴爾札克等是自然主義文學的大師，但你能說他們的作品裏絕對沒有一點主觀的浪漫的成份，而眞像鏡子反映物像一樣地客觀嗎？所謂浪漫主義的作品或寫實主義的作品，不過是根據牠們的主要成份而劃分吧了。

二　抗戰文學的創作方法

那麼抗戰文學應該用那一種創作方法呢？浪漫主義的創作方法呢，自然主義的創作方法呢，還是其他什麼創作方法呢？

這個問題在我的「從一般文學談到抗戰文學」一文中已經有了回答。『抗戰文學非單包含無限豐富的題材與主題，而且包含多樣的創作方法與多樣的文學形式。爲要動員全國愛國作家共同參加寫作活動，爲要集中團結所有愛國的新舊作家的力量獻給神聖的抗戰，在「抗戰第一」的原則下，作家應該有根據各自的寫作傳統選用任何創作方法和任何文學形式的自由……」

這說得很明白了，一句話，就是在「抗戰第一」的原則下，什要創作方法都可以用。

然而這並不是說我們不應該提倡一種抗戰文學最進步最正確的創作方法，供大家學習，而是說不應該強迫一切作家一下子踢開各自的寫作傳統，齊來運用最進步的創作方法。爲要加速度地提高抗戰文學的水準，爲要使文學界發揮出更大的力量，進步的作家們應該在理論上號召最進步最正確的創作方法，在創作實踐中應用最進步最正確的創作方法，確立此種創作方法的模範，發揮出此種創作方法的無比的力量，使一切作家在根據各自的寫作傳統的寫作實踐過程中漸漸學習此種創作方法。要求一切團集在抗戰文學旗幟下的愛國作家在創作實踐中學習比較進步比較正確的創作方法，應該是沒有錯的。

抗戰文學最正確的創作方法，當然不是「主觀主義」的創作方法，也不是「客觀主義」的創作方法，換句話說不是「浪漫主義」的創作方法，也不是「寫實主義」的創作方法，而是吸收了二者的精華，比二者更高級，更能表現出社會現實中的眞實的一種創作方法，就是「新現實主義」（

或新寫實主義」的創作方法。

「新現實主義」的創作方法固然不像「浪漫主義」一樣，專門玩弄超現實的主觀的幻想，同時也不像「寫實主義」一樣，機械地死抱住現實，因而往往停留於現實的表皮。雖然有一二「自然主義」的出色作家如巴爾札克者也能運用鋒利的筆尖刺進現實的內層，深刻地掘發出現實社會的缺陷，但始終不能有意識地把握住社會現實的核心，不能有意識地刻劃出社會現實中的進化潛流的必然動向。舊寫實主義的此種不能補償的缺陷，不再存在於新現實主義中。「新現實主義」的特徵之一，就是要透過現實的表皮掘發出現實的核心，要表現出現實中的眞實，就是要通過事物的現象把握住事物的本質。例如侵略者有時也會給與被侵略者一點蜜一樣甜的「小惠，」如果先從表面上去看，這的確是侵略者的慈悲，但如果通過這「慈悲」的現象去發掘牠的本質，則立刻可以看出包藏在這一樣蜜甜的「小惠」裏的是勝過砒霜的毒素。跟着這種基本「看法」的不同，作品的一切表現法和描寫法都不同了，這在上面已經說過。

其次，「寫實主義」把認識的主體（人）和客體（現實）以及認識本身都看成死的不變的東西，而「新現實主義」則把他們看成不斷地演變着，發展着的活的東西。「新現實主義」就從事物的發展過程中去把握牠的本質，發掘牠的眞實。例如我們一年來的抗戰，犧牲確實不小：大片國土被佔領了，不可估計的生命財產被毀滅了，傀儡政權相繼出現。如果把這種現實看成死的不變的現實，則不是悲觀失望，就是自欺欺人的樂觀。但事實上我們抗戰的現實是在不斷地演變着，發展着的，如果能用正確的觀點從牠的發展中去把握抗戰的來龍去脈，去把握抗戰發展的動向及其前途，則必然會得到如下的信念：只要我們四萬萬五千萬同胞齊心合力去爭取，最後勝利一定是我們的，在觸目傷心的廣大的焦土上，我們會建造起金碧輝煌的新中國來。

再次，現實社會中的任何事物都不是孤立的，而是跟其他事物有密切的關聯。「新現實主義」不像「寫實主義」一樣，把個別事物從其他事物切斷，而是從事物的相互關聯上去考察，分析，把握。例如考察軍事上勝敗的原因，必須聯系到政治，經濟等各方面的情勢；同樣考察政治經濟的好壞時也必須注意到軍事方面及其他各方面的情形。全面抗戰的爆發與學生的愛國運動不無關係，而台兒莊的大勝，與山西游擊隊的活動也不能說沒有一點兒關聯。如果機械地扭於個別的事實，則往往引起不必要的悲觀或「廉價的樂觀」。

最後，「新現實主義」不像「寫實主義」一樣把認識的主體與客體對立起來，把作家描寫現實看作攝影師攝影一樣，而是把現實看成人類的活動，把主體和客體統一在人類生活的實踐中。換句話說，就是把主體（人）看成客體（現實）的一部份。因此，新現實主義作家描寫現實，並不是以「局外人」的態度，用純客觀的觀照的寫法，而是以「當事人」的一份子的態度，根據現實的發展法則，配合着主觀的理想和昂揚的熱情，好惡和喜怒，從表現現實中去推動現實，提高現實。因此「新現實主義」不像「寫實主義」尤其是「自然主義」一樣，絕對排斥「浪漫主義，」牠本身就含有浪漫主義的成份，不過此種浪漫主義與過去的「浪漫主義」不同，牠不是超現實的幻想的玩弄，而是從理智的土壤裏培養出來的感情的昂揚，是推動現實發展的利器。所以有人稱之爲「革命的浪漫主義。」關於這一問題，高爾基說過如下的話，很可以供我們參考：

「我們的藝術，必須不把人與現實分離，而站得比現實高，把人提高到現實之上。還是浪漫主義的說教嗎？是的，社會的英雄主義，文化的進步的熱狂既然是在我國所示現的形態上的新的生活條件之創造的結果，則這也不妨稱之爲浪漫主義。當然這種浪漫主義不允許和席勒，雨果及象徵主義者的浪漫主義相混同。」

他雖然是針對着蘇聯文學說的，但我覺得這對於我們的抗戰文學也是很好的提示。

作爲抗戰文學最正確的創作方法的「新現實主義」的創作方法，約略地說過了，我們有權利希望一切愛國的新舊作家都慢慢地學習此種創作方法，但當然不是僅僅在書本裏學習，而是在生活實踐和創作實踐中學習；絕不是等學會了才來動筆寫作，因爲這樣永遠學不會的。

抗戰文藝的戰略

——文藝的游擊戰

天佐

一

在陳獨秀先生等人看來，所謂遊擊戰是『毀多於譽』的，就是說，是個成事不足敗事有餘的玩兒，根本要不得。那些領導遊擊，參加遊擊的人們固然罪大惡極，就是那些稱讚稱讚，宣傳宣傳的，也應該受一套陳先生那樣的口誅筆伐。

可是我們管不了這些。我們知道侵略者怕游擊戰，所以我們就格外歡喜它。我們要把它從軍事的領域搬到文藝的領域，學習這個戰略，使文化領域的敵人害怕。

文藝活動也是一種戰鬥，這一眞理，時至今日，反對的人已經很少了。因爲，假使不否認文藝在抗戰中的作用，就不能否認文藝也是一種鬥爭的武器。那麼，如何運用這武器進而發揮文藝鬥爭的力量呢？

這——首先是個策略問題。其次，戰略問題。策略問題，那就是文藝統一戰線的問題。在這裏，我們不談這個。我們的題目只是整個抗戰文藝運動的戰略部份，而且只是這部份的解釋而已。

奚如先生在幾月以前的自由中國上談到目前文藝運動的時候說：

『依照抗戰時期的諸種條件看來，大體上；我們的文藝運動可說是一種文藝的游擊戰。』（大意如此）

這是一點也不錯的。而且事實上，特別是抗戰以來，文藝的游擊戰早已廣泛地展開，這是有目共睹的事實了。

但是，文藝的游擊戰究竟是怎樣的特徵和姿態？在什麼條件之下才能展開和發展呢？

正如恩格斯所說，人們應用辯證法遠在知道什麼叫辯證法之前，文藝的游擊戰，遠在確立這名字之前早有過光榮的戰鬥了。而且更重要的，在無數次光榮的戰鬥中還產生了一個偉大的不朽的典型，這就是魯迅先生的偉績。

關於這點，在去年魯迅先生周年祭的時候，我曾經簡略地說過：

『……在頑強的鬥爭中他創造了犀利無比的文藝武器，戰鬥的雜文……但是豈止創造了無比的武器而且鍛鍊了無敵的戰略……這戰略是中國革命文學運動的典型，是生長在惡劣的環境中，配合在中國的特殊條件下，頑强地，光榮地鍛鍊出來的文藝的游擊戰。（言林紀念特刊）

雖然魯迅先生自己沒有說明他的戰略，但是闡明他的戰略却正是我們的任務。『運用導師指示給我們的戰略，拾起他遺留下來的武器，組成文藝戰線的游擊軍』（同前）代替各自爲戰的自發的，無組織的苦鬥。這是萬分必要的。

那麽，歸根結底，文藝的游擊戰是怎樣的呢？

二

第一：是文藝游擊戰表現形式的多樣性。

在沒有獲得解放之前，大衆的鬥爭永遠是艱苦的。大衆被剝奪了武裝和一切優良的物質條件，而且在生活的重壓之下幾乎氣也喘不過來。迫害，虐殺，永遠沒有完結。可是，鬥爭是必要的。不會等到什麽救星的。考茨基之流所幻想的，一聲總罷工的號召，全世界立刻就翻了過來的事，到底是不會有的。於是大衆在艱苦的條件之下，創造了特殊的，適應的戰略。這就是暴動組織化了，經常化了的游擊戰。壓迫是嚴厲的，但是戰鬥進行着；武器是沒有的，但是鬥爭進行着；生活是艱難萬分的，但是鬥爭仍然進行着。鬥爭在一切可能的地方，以一切可能的形式進行着，直到勝利的一天。在文藝上也正是如此。

大衆被剝奪了精神的武裝，沒有言論寫作的自由。大衆的文藝鬥爭只能表現爲零星的，小規模的甚至不顯著的姿態。往往是流動性的，也往往是間接的，灣灣曲曲的。但是全部充滿着反抗性，和猛烈的，頑強的生命力。用魯迅先生的話說，這種大衆的文藝鬥爭『猶如巨石下的幼芽』灣灣曲曲的生長着。又好像使托爾斯泰感動的野薊，雖然受了致命的摧折，但是頑强地開放了鮮花。

大衆最了解文藝的武器作用，大衆也是最善用文藝的武器。雖然大衆往往被剝奪了運用文藝的機會，但是抓住一次機會，便是一次勝利。正如魯迅先生在野草上所說，雖然是『蠻人所用的……投槍，』但『一擲，却正中了他們的心窩。』『投槍』也好，『機關鎗』也好，『飛機大炮』也好，只有大衆善於在一切可能的條件下把它們充分的運用。文藝的游擊戰要動員一切文藝部門作無孔不入的戰鬥，假使這種游擊戰獲得最高發展的時候，各種各樣文藝的樣式如形式，運轉在大衆的掌中會像機器一般靈活。

當然，文藝游擊戰的表現形式的多樣性必需建立在大衆鬥爭的內容上。離開大衆的鬥爭，多樣性只是駕空的幻景而已。所以第二個問題就是：

文藝游擊戰的革命的，廣泛的內容。

馬克吐溫用喜劇的形式轉灣抹角地諷刺了美國市民社會但是他不能算個戰士。首先他自己就屈伏在市民社會的支配者——金錢的魔力之下。我們只可以說他是市民社會的一個良善的靈魂而已。希特林（薩爾杜可夫）在沙皇的淫威之下，用寓言和故事的武器猛烈地突擊了封建的反動統治。他是一個眞的戰士。但是他沒有抓住大衆的心。他終於是一個孤獨者。不能認識歷史發展的道路的，即是說，不能把握住大衆發展的動向的，那麼任何出色的奇襲，任何英勇的反抗，都不能稱爲眞正的游擊戰，至多只好說是暴動吧。

至於不僅脫離大衆而且出賣大衆的無恥之徒，剽竊一些末技，借文藝的形式行使招搖撞騙，或是偷偷掩掩，冷箭傷人，像幾年前的一班獵犬和如今的那些叭兒袖狗之類，那不過是文藝的匪徒而已。

文藝游擊，像散佈大地各處的無數川流河港，必需歸聚到一個偉大的海洋。這海洋就是一個政治目標。什麼政治目標？——大衆的解放。運用投鎗，是爲了大衆的解放；運用大炮，也是爲了大衆的解放。一切的武器，要在適當的時間和空間運用，而這總的目標則永遠是一個。把握住這個目標，則文藝的游擊戰不論表現成怎麼多種多樣的形式，總是生根於大衆之中的。

譬如魯迅先生，就是這樣的游擊戰略家。他的心永遠和大衆共鳴。在中國大衆解放運動的每一階段，他永遠是巨人一般站在尖端。他運用了各種各樣的武器；小說，散文，故事，雜文……以至文言小說，五七言詩。他用奇襲與突擊和封建勢力搏鬥，和帝國主義及其附庸搏鬥。一切是爲了大衆的解放。頑强的鬥爭性貫串了他每一篇作品，貫串了他整個的人格。連他的書信，談話，甚至細微的單言片語，都是一種戰鬥。從魯迅先生學習如何運用諸種的文藝形式反映大衆的政治要求，是異常重要的。

但是，雖然迅速，透澈而靈活地反映大衆的政治鬥爭是文藝游擊戰的不可缺的特性，却決不因此而使文藝游擊陷於偏狹和貧乏。有人也許會認爲反映政治鬥爭就是使文藝成爲宣傳口號。但是事實決不如此，因爲所謂政治鬥爭決不是單純的宣傳和口號。也許沙龍革命家，官僚主義者，或者像張天翼先生所描寫的華威先生之流的政治鬥爭就是那樣。但是大衆的政治鬥爭，却截然不同。大衆的喜，怒，哀，樂，嘆息，呼號和掙扎，一切的生活的奮鬥，在奔向一個方向，在尋求一個軌道。這軌道就是政治的鬥爭。這軌道載着大衆的血肉，心和靈魂衝向解放之路。大衆在生活的掙扎中尋求出路，也許他還沒有知道什麽叫做政治，但是他走上去了。爲什麽？因爲政治鬥爭正是有血有肉的生活的道路。離開大衆生活的政治鬥爭，大衆是不敢領教的。

因此，文藝游擊戰決不局限於偏狹的內容。它的任務正是要表現大衆的血肉和靈魂，大衆的喜怒哀樂，一切生活的掙扎。但必須透徹地把握政治鬥爭的軌道：一方面反映大衆如何沿着這軌道邁進，一方面指點大衆如何走到這軌道上來。

三

上面已經說過，文藝游擊是整個抗戰文藝運動的戰略部分。因此在抗戰時期文藝游擊戰如何展開的問題是很有興趣的。

首先要指出現階段客觀形勢的發展給文藝游擊戰造成了優良的條件。不利的條件不是沒有的。例如經濟的拮据，印刷的困難，文藝工作者生活的忙亂，交通運輸的不便，甚至地方當局的摧殘，封建勢力的壓制，至於淪陷地區，更不需說得了。但是所有這些不利的條件在另一意義上恰恰正是逼迫文藝運動走上游擊戰的道路。而況還有重要的有利條件給與文藝游擊的無限生命和力量。這些條件是：

一，在統一戰線之下展開的澎湃全國的抗X鬥爭。本來，文藝游擊是從鬥爭中生長，也只能在鬥爭中發展。鬥爭是它的生命。空前熱烈的，全民全國規模的鬥爭會如何的反映到它上面，這是很明白的。

二，新的力量迅速地不絕地增加。偉大抗戰喚醒的無數的大衆，毫無疑問會不斷地參加進文藝游擊的隊伍，成爲最優秀的生力軍。

三，新的區域不斷地擴展。抗戰鬥爭不僅喚醒了落後的大衆，同時開發了落後的地方，文藝游擊的活動漸漸展開到每一個角落了。

在這諸種條件之下，一年來文藝游擊戰獲得了飛躍的發展是當然的。

短小精悍的雜文發揮了空前未有的力量。報告，通訊已獲得驚人的產量。小型小說，速寫之類急速地流行。一切簡易活潑的形式在文藝創作中佔壓倒的優勢。但這些還不能證明是游擊戰略的運用。這戰略的運用主要的表現在作者視野的擴大，舊形式的利用和戰鬥性的提高諸點。第一，作者從觀念世界的探索走進現實生活的體驗，無疑是展開文藝游擊的基本條件。第二，由於面向現實的結果，發現了舊文藝廣泛地根深蒂固地存在的事實。因此，舊形式的問題成爲運用一切武器從事戰鬥的游擊戰略者的迫切問題子。至於第三，戰鬥性的提高是尤其重要的。——魯迅先生在談神說鬼的時候（如女弔）還是充滿了戰鬥的精神。每個游擊戰略者應該不放棄任何形式和機會的戰鬥。

同時，作家們分散到那些從來沒有到過的地方，在那裏散播種子培植幼芽，這造成了文藝游擊的橫的發達是無需多說了。

最後必需提出的：文藝游擊戰略的運用，爲了達到敎育和啓發大衆走向解放鬥爭的目的，必需和新啓蒙運動（包括文藝的啓蒙運動）以及文藝大衆化運動（包括通俗化運動）密切配合起來。而且必需把握整個中國文藝運動的地方性問題和拉丁化運動配合起來。

任務是艱苦的，前途是光明的。

第二輯：關於藝術大衆化

關於藝術大衆化

馮雪峯

這篇文章是作者應浙江大風社之請而作，同時，又承作者寄了一份給我們發表。我們接讀之下，覺得作者對於藝術認識之深刻與理論的綿密，是近來文藝批評界極少見到的文章。這里有可注意的幾點：一，是對於「藝術大衆化」問題的全面性的把握——即它的現實主義的統一性。二說明了「藝術大衆化」本身的展開，是藝術向更高發展之一種發展的內容和形式。三，是在藝術大衆化的發展過程中，必須進行着藝術與政治之間的劇烈的矛盾的鬥爭，同樣，還須進行藝術自身的矛盾的鬥爭。從這些原則上出發，它提出了具體的問題及任務，也都非常扼要而且切實。這是一篇立脚於社會科學觀的藝術理論，該是從事「藝術大衆化」運動的我們作家應予以深切的注意的吧。

巴人十二月卅日

一 一個論點

開頭這一節話，是在諸位所索的問題之外，我設爲一個問題的解釋放在答案之前了。

「藝術大衆化」這口號，到底表現着什麼意義？

我想可以對這一點，先記下如下的意見。——就是，「藝術大衆化」這口號的根本任務，是配合着整個政治和文化的情勢，在解決着現在很迫切的兩個問題的：一方面是迫不及待的革命（抗戰）的大衆政治宣傳，一方面又是藝術向更高階段的飛躍。

配合整個政治文化情勢而提出的「藝術大衆化，」要求在藝術上統一着這兩個「矛盾的」任務，並表現着藝術的發展的意義。這是，我想，我們可以理解的。我們略加說明，作爲我們的論据罷。

根本上，正確地解決着藝術與政治之間的關係的最基本的原則，是現實主義的創作原則，這在現在，大家都承認的。如此，我們也可以承認——對於以上所說的現在具體的歷史任務，現實主義就在政治和文化的現在背景中，而結出了一個明確的具體原則，「藝術大衆化，」作爲完成現在歷史任務的具體路線。政治與藝術的關係之趨於統一的解決，由於整個國家政治與抗戰之（辯證的地）統一的開展，抗戰與革命之統一的開展，在現在，且比平時更爲加快和更爲幅廣了。

「藝術大衆化，」由於牠的問題的提法——牠包含廣大的全面的內容，和這些內容的歷史背景及廣大而堅實的現實根據，得到了牠的現實主義的統一性與發展性。

「藝術大衆化」運動的沒有被歪曲的眞實的具體內容，現在附記如下——這是七八年前所提出，而現在要更明確了，即是：大衆文化生活及藝術生活的組織，大衆革命藝術的創造及大衆作家的培養，智識者作家之大衆生活的體驗及藝術形式內容之新的改造，以至大衆語的研究及創造，革命文化的啓蒙及包括識字運動在內的大衆文化水平的提高甚至革命政治的通過初步藝術形式的大衆宣傳等等，這當然是最高的容量的內容；但問題的提法是統一的，一些藝術以外的要素不但作爲政治和文化的一般任務，也作爲藝術發展的條件而統一於一個藝術運動之內的。我們不能忘記，這以配合整個政治和文化的情勢爲一條件。現實主義，在這裏被試着適用到藝術運動的組織及藝術創造的預備條件之準備上去。

關於革命（抗戰）對藝術的最廣和最高的任務，藝術是否能夠在一個運動中實踐，以及關於「藝術大衆化」是否代表了藝術在這種實踐中的鬥爭和發展，——我們研究了以下的幾點，當可以明白。

（一）一般所說的現在歷史環境給予出藝術向更高階級發展的廣大基礎，指的什麼？

（二）所謂藝術向更高階段的發展，是什麼意義？

（三）對於那些根本否認藝術與政治的關係是統一的人，我們不必去說；但我們也不是將兩者看作同一東西的單一論者，那麼，現在，藝術在怎樣地解決着和政治的關係？等等。

我以爲我們能夠明白地解決這幾個問題的理由就因爲——倘若在現在藝術向更高階段發展的巨大可能是在於政治戰鬥和大衆活躍的廣大深遠的藝術湧泉及出口；那麼在現在，藝術之向更高階段發展的意義，就在於藝術的革命戰鬥力之更廣大，更堅實，更雄偉等等，此外不能再有別的意義。而且，如此，則現實主義的「藝術大衆化」運動，便非成爲藝術向更高飛躍的一個階梯及飛躍本身之表現不可了。在現在，換句話說，倘若藝術向更高發展是可能的，則「藝術大衆化」——牠的問題提法及內容如上所說——乃是實現這可能的基礎條件，「藝術大衆化」本身的開展就成爲藝術向更高發展之一種發展的內容和形式。這是很明白的。

然而還有一點，藝術運動或藝術的主動發展之達到這一種認識，趨近這一種和政治的統一，分明是頗長地經過着，並且現在還在進行着藝術與政治之間的劇烈的矛盾的鬥爭的：而且頗長地經過着，現在還在進行着艱苦的藝術自身的矛盾的鬥爭的。而且，這種鬥爭現在不過在開展，並不是全部已解决；並且，如果我們愈加要藝術的發展，那便愈加需要着這一種鬥爭。因爲藝術不是僅僅被動地服從政治的，而是主動地，有自己的戰鬥律，活潑地爲着政治而戰鬥着的。發展的藝術，重複的說，和別的發展的運動一樣，向更高發展是牠的本性；我們的藝術運動取着「藝術大衆化」的路綫，雖然抵抗綫很大，在藝術有牠自己的正當的最高目的，即一切「藝術大衆化」課題中的革命的抗戰的任務之初步的實踐，都要使其歸結到一點：自己向更高階段的發展，而跳到對革命的更高的實踐。

我們說「藝術大衆化」運動，在現在歷史背景上，在統一着政治宣傳與藝術向更高飛躍這兩個「矛盾」的任務，於是那主要點就在於牠表現着——藝術進行着與政治之間的矛盾的鬥爭，進而進行着藝術自身的從低級向高級發展的矛盾的鬥爭，使從對革命（抗戰）的初步的實踐，進到對革命（抗戰）的高級的實踐。「藝術大衆化」，所以，很明顯的是在實踐政治文化的一般任務中，表現着，在我們是促進着現在藝術發展的這種鬥爭的過程，使藝術能眞實地實現向更高階段飛躍的一種運動。

×　　×　　×

這個論點是平凡的。我們去看我們的藝術運動的實際發展，也正是這樣情形。「藝術大衆化」

運動，現在已成爲我們文藝運動的基調，明確地說，即我們現在文藝活動和運動的全貌，已可以民族革命戰鬥的大衆藝術的創造和運動一語概括了的。

但事實，我們的藝術運動，促進着藝術發展的鬥爭的努力却顯然還不足，我們還遠未使藝術發展的鬥爭達到了高點。這表現於創作界的情形，在後面答案中或可具體地提到，而表現於理論界的若干偏見，我在這裏可順便略舉一二：例如對「藝術大衆化」的這種開展的可能，現在還有人抱着根本上懷疑的態度的，這產生兩種偏向——或則以對立的，或分離的觀點，將「藝術大衆化」看成僅是政治宣傳和低級藝術活動，而使其和藝術向更高發展的任務分離甚至對立。或則是一種「藝術大衆化」的單純論（不是統一論）在根本上否認了現在藝術向更高發展的可能與必要，於是乃不得不將「大衆化」還原到「通俗化」以至「低級化」那極端的理論，至以爲在抗戰時期，我們只需極端的單純，一切高深的理論等於跡近漢奸的陰謀，我們只要使民衆從有條件的反射變成爲無條件的反射就够了，云云。（這是郭沫若先生的話，但這話無論單對抗戰的政治宣傳工作說，或對「藝術大衆化」說都極顯明的偏見罷，因爲這是將政治或藝術的發展律全部都否認了，但即使我們對於藝術之從低級到高級的發展沒有一毫的興趣，而抗戰的在那裏向更高的革命之鬥爭地發展；

我們却不應也不能不看見。）這兩種偏見，基本原因由於對政治文化任務與藝術運動配合的必要，及抗戰給予藝術的任務及其發展的基礎，缺少明確的分析，於是便不能達到統一的和發展的觀點。

第二，在討論「藝術大衆化」的可能性的限度，也卽藝術向更高發展的可能性的限度時候，亦同樣顯示將問題放在統一發展中解決的態度之缺乏。

再其次，例如在對所謂「舊形式的利用」的問題上，有幾個論者，也遺忘了這應在整個大衆藝術的發展中去估價的觀點……

二 具體任務及問題

現在回答諸位的問題。

關於藝術之政治的任務，我們大概都完全明白的，但對於抗戰的理解，當更明白罷。根據抗戰之積極的，革命的本質，那麼抗戰利益上所必需的一切動員上，組織上，政治的鬥爭上，一切文化思想的鬥爭的任務，在原則上都是藝術的任務，不過爲了一切這些任務的實踐，我們却需不同的方式和方法，就是要組織一種藝術運動。我們於是採取了「藝術大衆化」運動。我以爲所說的「藝術在抗戰中的任務，」應當就是「藝術大衆化」運動現在一切具體任務之綜合的意思。

「藝術大衆化」的具體任務——照我所見的略舉其概要如下：

（一）大衆可能理解或經過解釋而能大體地理解的抗戰的藝術作品的創造，及所謂先進的革命藝術之大衆的改造。——第一點，即如宣傳抗戰的意義，處理抗戰的問題，描寫並批判抗戰期的社會生活，解剖與攻擊現在的黑暗勢力如漢奸活動及豪紳奸商官吏中乘機害民與貪汚等現象，描寫典型的鬥爭事件及戰役與英雄，鼓勵大衆戰鬥，以及輸進新觀念，新思想等等的戲劇、故事、小說、報告文學、詩、民謠、歌曲、壁畫、木刻、連環圖畫、工藝上的一切圖案、泥塑、石刻或木雕、以及電影等等。這需要動員我們所有全部藝術的才能，纔能完成。這些的內容和主題，有的是只能簡單，有的却不妨較複雜，以至漸漸複雜和高深。大體地看來還將不但跟着大衆讀者的理解力的進步而進步，還跟着作者的處理內容與創造形式的能力的增高而增高，跟着藝術遺產的接受和先進革命藝術的匯合而達到高的成就的。第二，我們已達到高級的智識者先進的革命藝術，在這裏也匯合到一塊來，這將使大衆藝術迅速發展，並求得牠自身的改造，以達到更高的完成。我們爲社會（抗戰，）也爲藝術，必須艱苦地戰鬥地實踐這些具體任務，是因爲我們是要以這爲主要的萌芽及先進的革命藝術的改造之一契機，而產生具有歷史的總括性和高超的思想性及明確而雄健的完成形式的偉大革命藝術的。那麼，這些任務的實踐，很明白才正是實際地促進着藝術發展的過程。

（二）抗戰的大衆文化生活和藝術生活的組織——並包括大衆的文化啓發及文化水平的提高。例如兵隊中的文化娛樂生活的進行，鄉村中的各種抗戰的文化和藝術教育的進行。如經由歌詠團、演劇、流動圖書館、畫展等等及其他方法而在大衆中組織成的各種識字、讀書、研究、娛樂、及壁報、歌詠演劇等等大衆的組織。這些任務，有着極顯明的目的：抗戰的直接宣傳並組織羣衆；從初步識字，一般啓蒙，至於藝術的教育（趣味和思想的改造，藝術理解力的提高）知識者作家在這種工作中的大衆生活的體驗；大衆中藝術才能的發現及培養等等。這原是不但爲了抗戰的必要，並且配合着政治和文化的條件，對於藝術發展很必要的任務，我們應看成「藝術大衆化」本分內而且重要的任務。

（三）大衆的報告文學或通信員運動，及大衆寫作的扶持與敎育。——這一種任務，大半本已包括在以上兩類任務之內了，但因爲培養大衆作家的任務是重要的，所以應當特別進行……

概略地擧出以上的任務，一看就知是巨大而艱難的，而且如培養大衆作家這任務，看去還有點覺得渺茫，但進行「藝術大衆化」就不得不實踐這些任務。現在，在全國範圍上，這些任務顯然是在被實踐着，因此，「大衆化」運動在長足地前進。但我以爲我們不能不同時看見的，在作家中間，尙存有遲疑和觀望的態度，有的人保留着藝術的成見和偏見。因此而來的問題，正就是諸位亦已指出的問題。現在，再就其中的幾個，頗返復地繼續我的答案罷。

第一，就是我們時常聽到質問的到底政治的通俗宣傳品需要，還是大衆的藝術需要？——我想，這固然我們常被質問，却誰都可以即刻回答的：抗戰的通俗宣傳品現在極端的需要，但有藝術力的這種宣傳品則更需要。現在的問題是在怎樣改善目下流行的拙劣的宣傳製作，同時，製作好的有力的抗戰大衆宣傳作品正是我們一個中心任務。這是必要的：抗戰以來的事實已證明了拙劣的庸俗不堪的宣傳作品常使大衆尤其兵士厭棄，而遇到比較優秀的，能比較有力地打着大衆的心和觸着問題核心的東西比較深刻和醒目的東西就即刻受到熱烈的歡迎。這又是可能的：爲托爾斯泰的宗教宣傳作品，白聽芮伊的政治諷刺詩，等等，都是以往的證明，而現在由我們一些作者的努力而得的一些最初的成績（最明顯的成績是在戲劇上和木刻上）亦可證明了這點。因此優秀的，雄健的，有力的抗戰大衆宣傳作品，才是現在極端的需要，而首先的責任便放在作家肩上。現在成問題的倒是一些人却都滿足於拙劣的庸俗的宣傳作品，一些人則根本輕視這一種工作，一些人又在製作上避難趨易，沒有用最高努力，以創作的艱苦的工夫（即藝術創造所必需的那種鬥爭）去達到藝術的地步，我以爲解決這些才是問題的實際解決。應當爲着抗戰的宣傳，征服藝術上的艱難而鬥爭的。

第二，是藝術成長問題——這，在現在常被提起的就是：到底這些宣傳品是藝術麼？牠難道眞能成長爲高的以至偉大的藝術麼？牠的成長與藝術的歷史傳統的關係怎樣？所謂先進的革命藝術的改造到底有什麼意義，並必要的麼？等等。

這問題的解答原則，仍是明白的。關於以上所說的好的有力的抗戰宣傳品，我想，誰也不敢主張那全是藝術罷。但正和歷來以藝術作品的名義而公世的作品不見得都能算得藝術一樣，這不是全爲藝術，並不爲奇，何况這是澈頭澈尾爲着宣傳的，然而，這裏面有着可以發展的豐富的藝術要素，有些則已經是藝術。這也是毫不爲奇的，因爲我們知道，在古代則在關於宗教的紀錄和宣傳中曾產生藝術的寶貴要素和偉大藝術的成果，在純爲歷史的紀錄中也有那本身即成爲藝術的事；在現代，西歐的革命的戰鬥的藝術的來源之一是赤裸裸的政治宣傳，而作家有意特爲宣傳而作大衆作品者則有上舉的大托爾斯泰，向德芮伊及其他的作家。有一件常使純藝術主義者不信的事——大概宣傳力愈大，則藝術要素愈豐富；這些要素的蓄積鍛鍊，而成爲完全的藝術，並發展到高的偉大的藝術。這種大衆藝術的開始生長，對於革命的藝術傳統卽是一種新的生力，於是使傳統充實，並且進而使傳統起着質的變化，這是完全合於藝術在與政治的矛盾的鬥爭中發展的原則，合於藝術的生長的原則的。

這種大衆藝術的主張，以及從這大衆藝術上的新藝術成長的趨勢之强調，在我們決不應看作是斬斷了革命的藝術傳統而從頭來過。這，卽使我們願意，事實上也絕不可能。我們應當看成這是革命的藝術傳統憑着現實條件而主動地爭取的發展。這種大衆藝術及其成長的可能之主張，是完全根據現在歷史所有一切現實條件，和應當完全概括世界和中國的所有的藝術遺產，特別是革命的藝術傳統——先進的革命藝術，及其他的一切力量爲自已之用的。倘若沒有這些大衆藝術卽使可能，也是低級的，原始的，而成長的緩慢也是不可想像的；而有了這些大衆藝術及其成長的巨大可能，才有了保障「藝術大衆化」決不是「遷就大衆，」抗戰的宣傳也決不是「遷就大衆」；我們知道，我們是一面去提高和改造大衆的政治文化思想藝術的觀念，一面去從大衆中獲得無限的力和藝術的來源。在這裏，先進的革命藝術之匯合，便成爲大衆藝術的創造之必要。大衆藝術的創作是應當不停地提高的，只要作者的能力所及，大衆的讀者的理解力的限制，大部分應求解決於「大衆化」組織的任務，如上所說。

智識的先進的革命作家，應當全部參與大衆藝術的事業，這不但爲了在大衆運動中求得改造而且就因爲大衆藝術不在「遷就大衆」，卻是提高和改造大衆，所以，先進的革命作家的參與，便成爲實際地媒介革命的新的思想和文化傳統於大衆的一個契機，成爲大衆藝術的迅速成長的契機之一，這是非常必須的。但智識者的先進的革命藝術爲什麼又必需在這裏求改造呢？這因爲中國的先進革命藝術運動，在中國是嶄新的運動，而且大半接受了西歐和蘇聯的革命思想與藝術之可貴的影響，雖然外來的東西都已經辯證法地成爲自己的東西了，但多少還缺乏在廣泛大衆中之藝術的生根，同時大衆中生長的現實的高貴而豐富的要素，並未被我們先進革命藝術全部地獲得。這種獲得和藝術的生根，必須在藝術創造的實踐中經過着艱苦鬥爭纔能實現的，所以我們說是改造；這改造，就在作家之從事大衆藝術的事業中被履行，這種改造的運動，我們將牠統一在「藝術大衆化」的運動中來，是完全正當的。

對於先進的革命藝術之與大衆藝術運動的匯合及在匯合中的改造之必要，現在作家還非常輕視。他們對於「庸俗化，」「低級化，」以至「向後轉」的潮流的防禦，及先進的革命藝術的必要的強調，都是極正當的。但拒絕這種匯合及放過這種改造的發展機會，則不能說是正當。我這裏可以加一點實例的說明，因爲人們常提到革命藝術的實貴傳統，而更常以魯迅先生爲例，我們也以魯迅先生爲例罷。革命藝術的傳統，通常總以「五四」爲起點，……從「五四」發展到現在的革命藝術傳統，魯迅先生確實整個地概括了；但魯迅先生却是經過了在革命發展中的改造的。在魯迅先生的思想上從進化論進到階級論的痕跡與過程是十分顯明的，——這大體上可以「大革命」爲一界線。魯迅先生的藝術也給我們留下了顯明的痕跡，「三閒集」和「二心集」爲先生在革命中改造的新的發展之起點。這種改造的痕跡也留在整個革命藝術傳統的歷程上。以後魯迅先生的這種改造還屢見不鮮，這就是先生的思想和藝術之所以更接更厲的向最高峯發展的所在。倘若我們應該學習「魯迅精神」，那麼我想，這就是應該學習的「魯迅精神」之一罷。

最後，也可以提到最被人提起的「舊形式的利用」問題。這問題，原則上我們已在上面解決了，就是對於革命的抗戰的大衆藝術及其成長有利的一切藝術遺產（不論中國或世界的，）我們都必須攝取的，「批評地利用的，」尤其世界革命文藝中的大衆的形式。現在我們所說的「舊形式的利用，」大半是指中國舊有和現有的民間藝術而言，因爲這些爲民衆所親近，在民衆生活中現在還佔着大的勢力，這首先對於抗戰政治宣傳有大可「利用」的便利。但這舊的民間藝術包含着幾種要素：一方面是充滿着有毒的舊生活習慣和惡劣的低級的觀念，一方面又時時閃耀着民衆智慧的蓄積的光輝；一方面充滿着驚人的警句，特色，神韻和鍛鍊的簡明確定的表現，一方面却差不多全體都是單純的概念的因循的形式。我們正當的態度是：一則加以深刻的澈底的研究與解剖，藉以作我們理解民衆觀念形態之一助；二則擇其寶貴的智慧和有特色的藝術表現之鱗片，作爲我們藝術的蓄積，以爲我們新藝術創造上的選用。這種工作，才能成爲使我們藝術在民衆中生根的一個幫助。這是重要的事。但無論爲抗戰的宣傳，爲大衆藝術的創作，將舊民間藝術的形式按着來套——如民間有一首五更調，我們就按着套了無數抗戰的五更調似的那種現象——像從前人塡詞一樣，我却以爲並不是很好的辦法。爲了抗戰宣傳的便利，至少，倘以民歌爲例，亦可以有字數上的增減，音調上的變更和重組罷。我們正當的「利用」，倘具體地說，如以民歌爲例，我以爲應當將舊的形式完全拆散，將其中可用的言語或音節等取來，和我們新的形式的要素，及民衆在新的生活與環境和事件中所產生的新觀念及新警句和新言語等，綜合地重新構成的大衆藝術。

現在可以結束我的答案了。以上所述的「藝術大衆化」運動的具體任務，及任務中的問題，我想，也正顯示着從「大衆化」中將產生革命藝術的高的偉大的成果。至少，「藝術大衆化」是這樣的一種運動。總之，我們從事「藝術大衆化」運動，是正在促進着藝術的發展過程，爭取中國藝術的偉大前途的。

一九三八年十一月十四日

文藝大衆化問題

——上月在漢口量才圖書館的講演

茅盾

自從抗戰開始，任何工作，都應當和抗戰聯繫起來。目前最迫切的問題，應當是如何發動民衆抗戰。戲劇歌詠等都是發動民衆的工具，小說自然也是許多工具當中的一種。

新文藝已經有了十多年的歷史，十年以來，新文藝的作品出產了不少，讀者也一年一年在增多，但是新文藝的讀者依然只是知識份子和青年學生，新文藝還不能深入大衆羣中。這是因爲新文藝尙未做到大衆化。新文藝是用白話寫的，爲什麼用白話寫的作品不能爲大衆所了解呢？這是因爲即使是我們口語也有大衆化與非大衆化的分別。譬如兄弟是嘉興人，講話裏面土音很多，大衆不容易聽懂，再加上話裏的用語，話句構造未免是文縐縐的，更不能接近工人大衆和農民大衆。口語已是如此，更何況是僅僅比較接近口語的白話文？因此，我們的作品，只能傳到知識份子，這也就是我們文藝工作者最大的失敗。粗說起來，中國有百分之八十的文盲，而在這百分之二十識字者之中，能看書報的最多不過百分之十五六罷，可是這百分之十五六中，大多數不是新文藝的讀者。並不是他們不知道有新文藝作品，而是他們總覺得新文藝作品不够味。換言之，就是他們覺得新文藝的句法不順眼，表現的方式也不順眼，一句話，就是讀起來也費力。大衆讀文藝作品，原是爲的要調節身心的疲勞，太費力，他們就望望然去之了！

文藝大衆化的問題，倒也不是現在方始提出來的。這已經有了七八年的歷史，「九一八」以後，上海有一個小刊物叫做「十字街頭」，曾經討論到大衆化問題。很多作家參加討論，去世的魯迅先生也曾對它有過深刻的注意和重要的提示。然而經過了五六年以至今日，問題還是沒有解決，但現在却迫得我們非趕快來解決不可了！因爲在全面抗戰的今日，我們的作品如果還是只能達到最少數的知識青年羣中，就是文藝這武器尙未充分發揮他的力量！

「十字街頭」討論大衆化時，有一位先生提出什麼是將來統一的國語或大衆語這個問題。他不贊成以北平話作爲將來的全國統一大衆語。他以爲將來的國語，應當是五方雜處的大都市（如上海之類，大衆羣中的自然產生的藍青官話。他的理由是，藍青官話的地盤比北平語的大多得。因此藍青官話式的文藝作品更能接近廣大的大衆，並且可以教育那些連藍青官話也不大懂得的南方大衆使能脫離方言，進入全國性的國語）這意見，當然對從前「新青年」的「國語的文學，文學的國語，」一主張，也就是這樣一個理解；本來文藝大衆化運動應當和國語運動聯系起來的。但是目前我們講大衆化，却不能拘泥於這個理論。我們現在十萬火急地需要文藝來做發動民衆的武器，我們不能等待到大衆學會藍青官話那一天。我們的大衆化問題簡單地說，應該是兩句話：一是文藝大衆化起來，二是用各地大衆的方言，大衆的文藝形式通俗文學的形式來寫作品。

新文學作品的寫法是從外國文藝名著學習來的，在藝術上，自然是進步的形式，但因其是進步的，所以文化水準比較低落的大衆就不很能理解。有很多識字的大衆喜歡讀「三國演義」等等舊小說，以及用舊小說的寫作方法的現代人的作品，然而他們却不愛讀新文學的作品。這是鐵一般的事實。爲什麼會如此呢？有人說：因爲他們作品的文字不歐化，全用半文半白的文學，而我們的作品是全白話的，而且是歐化的白話，大衆看上去總不順眼，這話是對的，譬如歐化的句子構造嚴密，又比較長，常常用了很多「的」字，這都是叫人看了不順眼的。然而文字上的「異樣」並不是全部問題的中心。新文學作品中固然也有因爲文字太歐化而使讀者大衆不容易懂的，但也有文字並不怎樣歐化的，也依然不能接近大衆。例如兄弟寫的小說，最初幾年的作品歐化成份較多，近年來極力減少；有些地方不必要歐化的，都力求避免，句子也力求簡單。然而我知道我的作品，大衆讀起來一定要縐眉頭。

爲什麼？因我的表現方式不是他們所習慣的，譬如我們的作品中寫一個家庭發生了一件事，我們往往從半腰裏敘述起，而把這以前的事情用經濟的方法在故事發展中略加點讀，使讀者用聯想力來求貫通，而中國舊小說的寫法，則是從年代，地點，家庭，房屋等等按序說起；這種寫法，在藝術形式上是原始，然而恰恰合於文化水準低落的大衆的口味。

不但小說，話戲的表現方法也有非大衆所能立即領會的。例如「文化日」公演的獨幕劇「最後一計」在技術方面是很進步的，我們文化人看了覺得很夠味，然而大衆看了一定不能完全明白中間故事的曲折處。……

在這抗戰期間，我們的作品大衆化，就必須從文字的不歐化以及表現方式的通俗化入手。我們爲了抗戰的利益，應該把大衆能不能接受作爲第一義，而把藝術形式之是否「高雅」作爲第二義。我們應當不怕自己的作品形式的通俗化！我們所應當引以爲戒的，是太「高雅」了，只有少數知識份子能讀，能懂。

大衆所能懂的形式，我以爲包含下列的原則的：

（一）從頭到底說下去，故事的轉變抹角處都交代得淸淸楚楚。

（二）抓住一個主人翁，使故事以此主人翁爲中心順序發展下去。

（三）多對話，多動作；故事的發展在對話中敍出，人物的性格，則用敍述的說明。

這樣的寫法，或許有人覺得太庸俗了，不很願意；但是我們要知道，倘不「庸俗」就不能深入大衆，不願意深入大衆；就是對於抗戰工作的怠工！

其次，用各地的方言以及民間的藝術形式來寫，也是文藝工作者目前的課題。所謂民間藝術形式，如大鼓詞，楚劇，湘戲，說書，彈詞，各種小調等都是。有許多朋友以爲鼓詞已經是發展到高級形式的藝術，它能表現多種多樣的情緖，慷慨激昂，悲憤幽怨，無不適宜，但其他的民間文藝形式，特別如小調，如「四季想思」之類，不免是靡靡之音，裝不進適合於現在這大時代的新內容去。……

諸位有一向住在上海的，一定知道上海有位了不起的藝術家，就是做獨脚戲的劉春山。滑稽戲過去只不過滑稽而已，含有不大高明的海派意味。可是劉春山的滑稽戲却不然。去年暑期，上海學生集訓總隊開學典禮遊藝節目中，有劉春山的滑稽戲。那簡直不是滑稽，而是一篇慷慨激昂的演說。劉春山是一位大衆藝術家，因爲原來是裝着上海小市民說俏民話，裝洋，打棚……等等內容的滑稽戲到他手裏，就能裝着慷慨激昂的內容，一點也不滑稽。從這一點，我們可以知道任何民間藝術形式在一個眞正藝術家的手裏是「要什麼就什麼」的，——換言之，卽形式不能限制內容。

所以我們不要光存一個偏見，以爲舊形式中可以裝進新內容的爲數不多。我以爲任何舊形式都可以利用的，只看我怎樣用。譬如「四季想思」當然不能裝進「八百壯士」的內容，但何嘗不可以裝進一些諷刺那躲在後方猶然醉生夢死，花天酒地的公子哥兒的內容去？我們也需要嘻笑唾罵的內容。抗戰文藝的題材應當博而複雜，什麼都有。

現在有許多位朋友，已在寫抗戰的鼓詞，抗戰的京戲，也有許多朋友在試寫抗戰的楚劇和湘戲，廣東的新詩人已在寫新的粵謳，這都是令人興奮的好音！我們應當使這種運動擴大而普遍起來。作家們這樣寫，民間文藝專門研究者要提供怎樣「利用」的方案，而諸凡鼓詞，京劇，說書，湘戲，楚劇，粵劇的藝員們也應當利用舊形式的文藝工作者取得聯絡，密切合作；能如此，方可說我們對於抗戰工作沒有怠工！

抗戰文學與大衆化問題

林淡秋

一　現階段文學大衆化的意義

文學大衆化問題不是今天開始提出的，牠已經斷斷續續地討論了十年左右，特別是全面抗戰發動以後，討論得更爲熱烈，許多文學工作者不僅熱烈地討論着文學大衆化的理論，而且在從事大衆文學的創作了，雖然他們的作品在量上並不怎麼多，在質上並不怎麼好。因此有許多人認爲當面的問題不是文學應否大衆化的問題，而是怎樣大衆化的問題；大家不要再討論大衆化的一般理論，應該集中討論怎樣使文學大衆化的各個具體問題，如通俗文學的內容與形式問題，通俗文學的表現法和描寫法問題等。這在某一點上說當然是對的。專門討論一般的原則，而完全忽視了創作的實踐，當然沒有多大意思。理論應該同實踐配合起來，理論應成爲實踐的一部份。但在目前，文藝大衆化的理論完全不需要討論了嗎？我是主張用否定的回答的。對於抗戰文學應該大衆化這個空洞的原則，我想漢奸以外的一切中國人都不會反對，但抗戰文學爲什麼要大衆化，問題的核心在那裏，我們大家未必有澈底的理解，還需要討論。『爲什麽要大衆化』的基本理論同「怎樣大衆化」的各項比較具體的問題的解決，有不可分離的聯係。如利用舊形式是否「開倒車」問題，利用舊形式是否「窄路」問題，都是由於大家對現階段文學大衆化的意義的基本認識不同而發生的。

根據這個理由，我在談各項具體問題以前先來談談現階段文學大衆化的意義，希望大家加以討論。

——中國的文學園地，跟其他任何文化園地一樣，一向屬於少數人，爲少數人所包辦的，絕大多數的民衆，沒有參加文學活動的可能。百分之八十以上的目不識丁的文盲不必說，就是讀過幾年書，能看懂一點文學作品的人，也只有看一些有麻醉作用的演義，唱本，連環圖畫……等反動作品的權利，他們無緣接近進步的新文學作品，更無法接受進步的新文學作品的形式與內容。他們不認識他們愛看的反動作品的毒素，他們不知不覺地被牠們所麻醉。他們同時又通過自己的嘴巴把此種毒素傳染給不識字的人，使他們同受麻醉。這就是我國落後大衆的文學生活，如果這也可稱爲文學生活的話。這種現象非單是革命的新文學運動的很大阻礙，同時也是整個革命運動的很大阻礙之一。

以上所說的，是直到今天依然存在着的簡單的事實，文學大衆化的口號就是從這個簡單的事實出發的。

文學大衆化就是要運用各種各樣的手段，打破橫在文學和大衆中間的傳統的壁壘，掃除麻醉大衆的文學食糧，使健康的文學食糧漸漸普及於大衆，漸漸提高其思想水準和文學水準使他們共同參加製造此種文學食糧的活動。

中國的新文學運動一開始就和中國民主革命運動緊緊聯係着的，牠一開始就應該沿着大衆化的路上走。但作爲中國新文學運動的開端的「五四」文學革命運動，由於當時主客觀條件的限制（主要地是由於半殖民地的民族資產階級的軟弱性，妥協性，遊移性，不能堅決地領導大衆實踐反封建反帝的任務。）始終停留在少數名流學者的圈子裏，沒有向大衆的隊伍擴展。運動的領導者簡直忘記了大衆（也許看不起大衆，也許害怕大衆）始終沒有想到把大衆與「文學革命」聯係起來。瞿秋白先生說。『五四的新文化運動對於民衆彷彿是白費了似的。』我認爲並不過份。這是五四新文化運動（當然包括新文學運動）不能完成自已任務的最大原因。

一九二八年開始的普羅文學運動是五四新文學運動的否定也是五四新文學運動的發展。牠一開始就站在普羅階級的立場上，喊出文學大衆化的口號，有意識地要使革命的文學普及於大衆，並使大衆參加文學活動；要把革命文學建築在大衆的基礎石上。但由於當時客觀環境的惡劣與主觀力量的薄弱，由於當時運動者跟大衆的脫節，不管「文學大衆化」這個口號喊得多麼響亮，始終局限於「小衆」的圈子裏。這一文學大衆化運動對於大衆的影響，較之五四的新文學運動，也不過一百步與五十步之差而已。

我們由此可知中國的新文學運動雖然有了二三十年的歷史，雖然通過好幾個發展階段，一直在前進着，但直到今天，牠依舊是「小衆」的文學運動，對於絕大多數的民衆依然隔着一道深深的洪溝。我們的新文學雖然在「文壇」上取得了主要的地位，但還沒有力量同舊文學爭取進步的知識份子圈外的廣大的讀衆。茅盾先生說：「舊文藝爲新文藝作家所否定，但還沒有爲新文藝所否定」（大意，）這是非常正確的見解。這一點認識在對於現階段文學大衆化的意義的瞭解上，在對於某些具體問題（如利用舊形式問題，）的解決上，是有很大的幫助的。

當前的文學大衆化運動，比之過去的文學大衆化運動，內容更爲廣泛，意義更爲重大，那是沒有問題的。理由不僅是爲着抗戰，也爲着文學本身。更具體地說，牠不僅爲着要策動，激勵大衆努力抗戰，爭取抗戰的最後勝利，而且爲着要澈底解決中國新文學運動，應該解決而未曾解決的問題。

然而抗戰文學這雙重的任務，決不是可以截然分開的，牠是一件事情的兩面。抗戰文學的政治任務與文學運動本身的任務統一在文學大衆化運動的任務裏。因爲要抗戰文學發揮出最大的力量，要牠爲抗戰盡最大的武器作用，就非實踐文學大衆化運動不可，而文學大衆化運動正是推動新文學的發展，解決新文學運動未曾解決的問題的手段。

因此，在實踐文學大衆化運動的過程中，一切愛國的文學工作者，必須時刻把現階段文學的政治任務與文學運動本身的任務緊密地聯係起來；必須詳密地檢討過去新文學運動的優點和缺點，正確地估計新文學運動的成績和影響，接受過去新文學運動的教訓，利用抗戰給與我們的有利條件，堅決地向「大衆化」的路上邁進！

二　應該是一種廣泛的羣衆運動

我們從上一節中知道過去的文學大衆化運動，所以沒有多大成就，主要的是因爲牠始終停留在「小衆」狹小的圈子裏，沒有擴大，深入到比較落後的大衆的隊伍去。現階段的文學大衆化運動絕不容許再有這種嚴重的缺陷，否則我敢斷定牠將來所獲的成就較之過去，仍不過一百步與五十步之差而已，決不能完成牠的重大任務。現階段的文學大衆化運動，應該是一種廣泛的羣衆運動，應該是整個抗戰運動的一部份，牠非單要發動全國所有文學家和文學青年來參加這一運動，同時還要盡可能地發動全民羣衆來參加這一運動，使這運動眞正建築在大衆的基礎上。文學家們和文學青年們當然是這一運動的發動者和指導者，但他們決不應該把自己看作超大衆的人物或站在大衆圈子以外的人物，他們必須把自已看作大衆的一部份。

現階段的文學大衆化運動當然比過去更爲廣泛，更爲多樣，牠是一種全民的文學運動，但牠的最主要的任務仍是向佔絕對大多數的落後大衆作文學的啓蒙。

落後大衆的文學啓蒙運動的基本任務，是要使廣大的落後大衆受着健康的文學的洗禮，逐漸提高其文學水準和思想水準，而這一運動最主要的工作內容則是掃除文盲（推廣識字運動，）廓淸有麻醉作用的反動通俗作品（製造大量爲大衆所能接受的健康的文學食糧，）並發動大衆參加普遍的文學活動（例如建立大衆通訊網。）這種運動的實現在目前非單有絕對的必要，而且有絕對的可能，只要全國文學家們和文學青年們能集中力量（不一定要聚在一起）有計劃地積極發動，推進。

過去文學大衆化運動所以不能深入大衆，一方面當然由於運動的發動者自身力量的薄弱，而另一方面，也由於客觀環境的不利，而且這二者相互影響，使運動更難推進。

自從民族抗戰發動以來，文學大衆化運動的主客觀條件日漸好轉，因此非單增加了這一運動的必要，而且增加了這一運動的可能，如果配合着空前的主觀的努力，一定能收得空前的效果。爲什麼呢？

第一，抗戰使各黨各派的文學工作者漸漸打破了彼此間的壁壘，漸漸走向文學界統一戰線的大道，使一切不同派別的文學都統一在「抗戰文學」裏，這大大擴大了整個文學運動的範圍，加强了整個文學運動的力量，因此也加强了落後大衆的文學啓蒙運動的發動者和指導者的力量。

第二，抗戰日漸毀滅着橫在文學工作者與落後大衆間的傳說的藩籬，使前者與後者日漸接近來。有一部份文學工作者已投入大衆的隊伍，跟他們一同生活，一同工作，一同鬥爭；而有些留在文學界內的人也時刻被大衆的鬥爭所引動，時刻有加入鬥爭的可能。透過這種空前的現象，我們可以瞥見文學啓蒙運動的光輝蓬勃的前途，因爲深入大衆的隊伍，理解大衆的生活思想和情緒：這是文學啓蒙運動的發動者和指導者的必要的基本條件。

第三，抗戰的砲聲驚醒了落後大衆的迷夢，使他們漸漸認識了侵略者無厭的慾求和無比的殘暴，認識了自已身家性命的危險，認識了團結禦侮是全國民衆唯一的出路。一年來展開在他們眼前的血淋淋的事實，都在對着他們做思想啓蒙的工作，增加了他們對於當前以抗戰意識爲主要思想內容的一切啓蒙運動（當然包括文學啓蒙運動）的接受性；這也是現階段文學啓蒙運動的一個空前的有利的條件。

三 利用舊形式與創造新形式

關於利用舊形式問題，本外埠報紙雜誌上已有相當熱鬧的討論，當然不外贊成與反對兩方面，而反對或輕視利用舊形式方面的意見，據我所知，約有三點：（一）舊文學已爲新文學所否定，現在再利用舊形式是開倒車；（二）與（一）的主張相彷：中國文學形式已從舊形式過渡到新形式，現在不必再利用舊形式，可以「拆橋」了；（三）利用舊形式是一樣窄路，不値得怎樣重視，應該用更多注意和力量放在新形式的創造上。現在就由批判三點反對的意見來發揮我贊成利用舊形式的主張吧。

舊文學是否已爲新文學所否定這個問題，在上文中已得到否定的回答，而這一回答的正確性當爲事實所證明。我們估計新文學的成績和影響，必須從大衆着眼，不能從「小衆」着眼，新文學決不應把佔絕大多數的落後大衆永遠關在門外。如果因爲新文學已在所謂「文壇」上取得主導的地位，就斷定牠已否定了舊文學，這是一種抹殺事實的誇大。魯迅先生的阿Q，茅盾先生的子夜，應該是二三十年來新文學運動最優秀的收穫，是一切新文學作品中影響最大的名著。但牠們的讀衆遠不及舊文學的演義，唱本，連環圖畫……等等的讀衆來得廣汎，牠們不能像某些舊文學作品一樣深入到落後大衆的隊伍裏，這是不會有人否認的事實。這說明我們的新文學作品不管本身如何優秀，總不够大衆化，始終沒有突破進步讀衆的狹小的圈子，無法與舊文學爭取廣大的落後的讀衆，當然更談不到否定舊文學。此其一。

其次，利用舊形式的目的不是提倡舊文學，而是揚棄舊文學，這一點應該特別加以注意。大衆看不懂新文學作品的主因之一在於新文學的歐化形式，批判地利用落後大衆看慣了的，爲他們容易接受的舊形式來表達新的內容，漸漸提高大衆的文學水準和思想水準，使他們漸漸養成新的閱讀習慣，更進而漸漸揚棄舊文學（當然包括舊形式。）一句話，就是利用舊形式來揚棄舊形式。所以站在大衆的立場上來看新文學運動，利用舊形式決不是「開倒車」而是中國新文學運動必經的路徑，是中國新文學運動應該完成而迄未完成的工作，目前離「拆橋」的時候還遠得很哩。

現在來談談利用舊形式是否「窄路」問題。

首先應該明白所謂利用舊形式決不是機械地模仿舊形式，而是利用其優點，揚棄其缺點，並在不使大衆看不懂的條件下盡量注入新的成份。這樣被利用了的舊形式已不是原來的舊形式了；這樣利用舊形式的過程就是創造新形式的過程；只有這樣利用舊形式才能完成揚棄舊形式的任務。批判地利用舊形式與創造新形式不是相反而是相成，說前者是一條窄路，後者才是康莊大道，是一種機械主義的錯誤。

不過利用舊形式決不是容易的事，在利用某一種舊形式之前必須對牠有徹底的研究：牠的優點到底在那里，大衆爲什麼看得懂。那些地方必須揚棄，那些地方必須加入新的成份，都必須有充份的認識。同時在利用舊形式的實踐過程中至少必須接近大衆根據大衆的反應不斷地發揚其優點，揚棄其毒素，彌補其缺點。不然的話，往往弄得吃力不討好。

批判地利用舊形式無疑地是現階段文學大衆化運動很重要的一點，但不能解決目前大衆文學的形式問題的全部。目前的大衆文學決不是一種單純的文學，而是非常多樣的文學。牠必然包括非常多樣的內容與形式。為廣大的落後大衆所能接受的健康的通俗作品，是十分的需要，只有「小衆」看得懂的阿Q正傳和子夜一類的作品也同樣需要。舊形式必須利用，新文學的新形式也必須運用，新文學的表現法和描寫法的水準，必須繼續提高。報告文學，牆頭小說，文藝通訊一類出現不久的嶄新的形式，必須加以強調，蘊藏在落後大衆隊伍裏的口頭文學的既成形式，必須盡量加以發掘，還得根據大衆的實際需要而創造各種各樣的新形式。不過利用舊形式也好，創造新形式也好，如要獲得理想的效果，應該注意一個先決條件：文學工作者必須盡可能地深入大衆生活的核心。

四　不要忽略內容

很久以前，我在「抗戰期中的文學大衆化問題」一文中指明通俗文學非單要落後大衆看得懂，而且要他們喜歡看，因此牠非單要講究形式，同時也要講究內容：這當然也是不會有人否認的眞理。作品的形式與內容決不能截然劃分，牠們是互相滲透互相影響的統一的東西，不能離開內容而談形式，正如不能離開形式而談內容一樣。

當前以廣大的落後大衆爲對象的通俗文學，一方面要大衆看得懂，爲他們所能接受，同時又要提高大衆的文學水準和思想水準，這是牠跟舊文學的通俗作品根本不同的地方。牠的題材與主題必須爲大衆所能理解，必須通過大衆原有的思想和感覺去教育大衆去提高他們的思想水準，提煉他們的感情。寫一部優秀的通俗作品實在是一件很不容易的事。把握大衆的生活，思想和感情的基調是一個優秀的通俗作家的必要條件。然而這並不是說要充份獲得此項條件之後才能動筆寫通俗作品，過份苛刻的要求有時會取消了通俗文學的寫作，永遠產生不出優秀的通俗作品：我的意思是說一切愛國的文學工作者都應該在創作的實踐過程中不斷地向這個方向努力，在實踐中漸漸去獲得上述的條件。我們的抗戰非單要求一切新舊文學作家立刻開始通俗文學的寫作，而且要求一切文學大衆甚至毫無文學修養的羣衆盡可能地參加寫作活動。優秀的通俗文學作品不會從天上跌下來的，廣大集體的長期努力才是產生牠的母胎！

五　以毒攻毒

在一個文學座談會裏，一個正在寫作通俗作品的朋友根據自己感受到的困難，提出幾個實際問題，其中最值得注意的一個是怎樣處理落後大衆的倫理問題。

他說，通俗文學作品的思想內容一方面要大衆能够接受，同時又要糾正他們的錯誤思想，提高他們的思想水準，那麼當大衆落後的倫理觀念同合理的進步的倫理觀念相衝突時，怎麼辦呢？例如老舍的忠烈圖的女主人翁爲抗戰而犧牲自己的貞操，許多人恐怕落後大衆不能接受如此進步的思想，因而對此作品發生反感。

我當時對這問題的意見是這樣的：

首先我們不能忽視抗戰對於落後大衆的影響，不能過份誇大他們的落後性和頑固性。有些他們以前不能接受的思想，現在也許能够接受了。當前的落後大衆，特別是直接間接吃過侵略者的苦的大衆，對於爲抗戰而犧牲自己貞操的倫理觀念，不一定不能接受。這些地方需要作家的精密的估計，作家應該接觸大衆，藉以把握當前大衆思想的基調，判明何者能爲他們接受，何者不能爲他們接受。否則任何估計都不一定是正確的。

其次，如果大衆眞正不能接受某一合理的倫理觀念的話，作者就得用以毒攻毒的手段去達到敎育大衆的目的。如果大衆眞的不能接受忠烈圖所提示的倫理觀念，我們就得利用另一種他們所能接受的倫理觀念去改變他們對這件事的認識。我們可以示明女主人翁所以犧牲自己的貞操不僅爲着抗戰，同時也是爲夫復仇，因爲她的丈夫是被敵人慘殺了的。「爲夫復仇」的倫理觀念本身當然也是落後的不正確的，但在上述的場合，牠是有利於抗戰的，應該利用。在某一實際場合利用某一有利抗戰的舊倫理來克服另一種有害抗戰的舊倫理如上述的例證者，就是所謂以毒攻毒的方法。

關於文學大衆化問題

洛蝕文

一 大衆化的基本條件

中國的新文化運動是起于五四啓蒙運動的浪潮湃澎的時候，當時文學方面就掀起了一個巨大的革命，它否定了過去的舊文學，同時又創造了另具一種姿態的新文學。但是五四的「社會運動」很快的就被歐戰後的帝國主義的加緊侵略給打擊下去了，這反映到當時整個的思想文化上的啓蒙運動不能合理的展開，文學就在這種內外夾攻之下成爲單獨作戰的形式。因此這個文學運動就變成一個力量非常薄弱而又畸形發展的「低能兒」以致留在文學上的幾個重要問題到現在還沒有完全給與解決。

文學大衆化問題的被提出，其實早在普羅文學運動一開始的時候；大衆化的口號是提出了，可是大衆化運動却始終不能實現，這原因固然應該從整個啓蒙運動的聯系上來看，但另一方面，也是由于大衆化的理論不能與實踐配合起來。當時的作家雖然明白應該接近大衆，但是限於客觀的條件，只能在極小的圈子里生活，體驗，而不能眞正走入羣衆之間。所以大衆化問題就變成了脫離實踐意義而高高在上的空洞理論，那時一些作家在創作大衆化的作品時，只以爲在作品上採用章回小說體的「列位看官，」「下回分解」就會爲大衆接受了。

現在抗戰的洪流汎濫在各處，作家的生活範圍也跟著闊大了幾十倍；從前只生活在亭子間里，租界里，書齋里的作家，現在也都深入內地，跑到前線；那些地方有一向不被了解的新景象，新人物。「與大衆生活在一起」這句話已得到了具體的表現，因之目前大衆化問題不但是「紙上談兵」式的只從理論上得到論點，同時還可以從實踐中取得深切的了解的。

實踐大衆化運動絕對不容忽視新文字。魯迅先生說：「漢字不滅，中國必亡。」這句話一點也不錯。因爲眞正的大衆是沒有文字的，要補足這缺陷就非推行新文字不可。所以大衆化的問題不是文學一部門卽可解決，而它本身乃是整個的啓蒙運動的主要任務。可是懂得漢字的人，又不見得就能接收新文學，因此大衆化的問題就在這里了。

大衆化應該是繼續五四文學革命的一個文藝復興運動，最要緊的是創造出眞正屬于大衆的文學。而牠的最基本條件是：

（一）大衆能够看得懂。

（二）大衆喜歡看。

（三）還要提高大衆的水準，組織大衆向前的思想和情緒。

上面三點是互相關聯著的，同時也絕對不容忽視其中任何一點。現在我就來把這三點分別的加以檢討：

（一）大衆能夠看得懂

如果在一篇作品里抹殺了這一點，不用說根本就不能成爲大衆化的作品了。但另方面也不容歪曲的來理解這問題，過去就發現了兩種錯誤的傾向：

一種，是在利用舊形式的過程中，否定了大衆接收新形式的可能性，他們失去了批判地和用的條件，於是就等於生吞活剝式的接收舊形式，而沒有站在正確的方法論上用批判的態度來接收這一「文化遺産」。事實上在過程中，大衆也不見得對于新形式就完全不能接受；所以「大衆看得懂」這問題，對于舊形式利用是應當用「動」的眼光去估價它，使它能發展爲新的形式。而不應當把它認爲停滯了的一成不變的東西。

另一種，是對於口頭文學的誇大，以爲在作品裏加一些「他媽的，」「操你個祖宗的」……的罵人字眼，大衆就要看了。其實也不然，口頭語固然可以用，但須加以選擇和提練的必要。否則作品里滿是「他媽的」之類亂七八糟的罵了下去，不但大衆未見得要看，就連文學上的表現方法也弄得庸俗起來。

自從五四一直到目前所謂「新文言」的白話文，是不能够使大衆看得懂的，因爲它本身包括了非常複雜的字句文法；其中有過去的死字眼，和非常深奥的歐化文法，這結果怎樣能使大衆看得懂呢？所以大衆化的文字應該是活人說的話，而說出來又要活人聽得懂才成。至於引用歐化語法有時也是，必要但須要在某種一定的條件之下，並不是亂加歐化的，最好在引用的歐化字眼下面加以註解來說明。

其次，過去的創作方法是動的，故事的中心非常不明顯，還有心理的分析，暗示的聯想等等，都是不容易被一般水準比較低落的大衆所能接收。比如：——托爾斯泰，——高爾基，——巴爾札克，——羅曼羅蘭……的作品如果譯成中文就不見得會被大衆看得懂。所以這又牽涉到大衆的水準問題。因此大衆化的作品在創作方法上應該是簡單的，例如平舖直敍的寫法，多動作而少抽象的敍述，故事要有頭有尾，人物的綫索盡量的明顯等。

（二）大衆喜歡看

這一點無疑的也是大衆化問題的一個必然條件。要大衆喜歡看就須在作品里打動大衆的心，使大衆感動。至於大衆的生活，思想，意識等也都要注意的。有人指出老舍先生在文藝陣地發表的京戲：忠烈圖，其中講到貞操觀念的部份，雖然是對的，但是却容易引起大衆的反感，所以還就須要顧到大衆的生活，然後再在技巧上多下功夫。

但理解這問題也不可以一味的去遷就大衆，最近就有一位先生把「大衆喜歡看」這點特別强調的提出來，他不管它與上面其他兩點的聯系，只以爲作到「大衆喜歡看」就够了。其實這是他在理論上混亂了「通俗」和「庸俗」的分別，因爲羣衆要看的不一定好，比如淫誨和神怪等極其封建色彩的作品，確是廣汎的流傳在大衆當中，我們要是只限于叫「大衆喜歡看」，難道也寫淫誨和神怪的作品嗎？所以一味的遷就大衆並不是「通俗化」而是「庸俗化」了。「通俗化」應該使

「大衆喜歡看」但在內容方面却又應該是向上的。

(三)還要提高大衆的水準組織大衆向前的思想和情緒

由上面看來，大衆化如果只顧到上述兩點仍是不够的；它還要提高大衆的水準，組織大衆向前的思想和情緒，隨時的從作品中去領導羣衆離開各種幼稚的理解方法。只有這樣才能避免流爲「庸俗化」的危險。

就拿目前來說，現在是抗戰高潮的時候，大衆的生活都被抗戰的巨浪所波及。大衆的生活也許不一定同戀愛，吃烟，睡覺有關係，但都逃不出抗戰的影響，所以我們就可以用各種生動的題材來鼓動大衆，幫助他們認識社會，給他們指出一條清楚的大道。所以大衆化作品在內容的主題方面應該有激發啓蒙的作用。

二 幾個問題

我在上面已概略的闡明了大衆化的三點基本條件，現在還有幾個其他的問題，因爲內容比較複雜，所以再個別提出討論：

第一，關於舊形式的利用　對於舊形式，我在上面已經說過了，是可以作爲一個主要的部分，但是却不能機械的當作大衆化運動的全部，更重要的是必須注意批判接收的條件。比如舊戲是以一部分小市民作爲中心的藝術，它的全部是包括了極其濃厚的封建色彩，內容也總逃不出忠孝等落後的意識形態，在形式上表現着故事人物的死板公式化，而整個的情節又絕對需要配合著一種中古世紀的調子；基於上面的這些條件，所以不能呆板的只想原封不動的搬來舊劇的形式，一般說來我們必須批判地去利用它。

我們要是站在批判接收「文化遺產」的立場上看來，舊劇仍是有它本身的價值。舊劇的第一個特點就是「藝術的概括」，它能提練日常生活的動作成爲舞台化，因此有些地方就合於宣傳戲的演出，因爲它具備着比較簡單的舞台條件。其次它能把握住人物的外面綫條而統一到內心情感，達到一種非常美妙的和諧調子。這就是對於外部的技巧有規則的下過功夫的緣故，反觀話劇方面，有很多人只注意到脚色內心的情感，而沒有把它表達到外部動作的能力，加之人物的關係又非常混亂，所以常常顯出零碎的狀態。可是在舊劇方面，人物的性格往往由外部動作傳達出來，人物又多中是簡單的對比。同時在劇情方面都是有頭有尾的故事，常是採取章回小說和傳說上的情節，並且劇中人物的性格非常明顯，觀衆很容易的就可以找到劇裏那些是好人或那些是壞人，這樣觀衆看起來比較容易。另方面，舊劇也最適於歷史劇的演出：比如田漢先生的新雁門關，歐陽予倩先生的梁紅玉。這種利用舊戲的辦法，都得到相當好的成績。還有內地某劇團的改編跳加官，曾受到當地羣衆的熱烈擁護。這些利用舊劇的方法，很值得我們重視的。因此總結起來對於舊文化是要批判地來接受的。

此外，北方還有一種對口相聲，形式是兩個人對話，這種對話初聽起來似乎是任意說出，其實對話的兩人是早經過一番準備的。至於內容方面是以時局和平民的生活爲對象，詞句往往非常幽默；（自然有時不免低級趣味）然而因爲這種對口相聲用語通俗，內容又觸到勞苦大衆生活的苦悶，所以近年來常常比大鼓說書等更爲大衆所歡迎。以上不過隨便舉出一點，其實這種東西流傳於民間的決不止於此，對於這種形式的利用實是大衆化的一部分重要工作。

第二，關於吸取外國文學的成果　對於這個問題是應該估計大衆接收的能力。最近報告文學和通訊非常深入羣衆之間，這原因是在目前的抗戰期中，莊嚴同無恥的對立十分尖銳化，作者只要用直接了當的手法就可創作出一篇動人的故事，這不需要通過較困難的藝術性的表現。另方面，大衆對于抗戰非常關心，所以常常喜歡看各種眞實的記載，由此證明大衆並不是不能接收前進的外國文學。因此大衆化問題對于吸取外國文學的成果是不能忽視的。

還有，通訊和報告文學是應該以眞實生動的故事爲題材，所以這就須要造成各地的民衆自動的寫它出來，因此我同意周行先生的展開廣汎通訊員運動。這樣才是眞正產生了大衆之間的大衆化作品。

第三，大衆化與聯合戰線　大衆化運動雖然是產生在普羅文學的時候，但現在的大衆化運動決不是那時候的簡單再版，因爲照目前來講大衆化並不只是屬於「左翼」的，也不是屬於某一階級，而它應該是各派別（除漢奸外）的一個聯合陣綫的運動。我們知道抗戰文藝同大衆化運動在本質上是根本分不開的。我們只有號召所有的作家來推動這個運動才能盡文藝在抗戰中的任務。假使這運動不廣汎，而只有一二孤軍單獨作戰，那麼對于抗戰的前途實是莫大的損害。目前大衆化運動，並不是不普遍，而是還不够。努力的號召推進這個運動正是我們的責任！

末了，大衆化問題還不只是限于作品的本身方面，就連售價，版本，印刷等也都須要大衆化的；否則一本書的內容已是大衆化了，但却要賣到五六毛錢一本，那麼這是否能够爲購買力低落的大衆所能看得到呢？其他關于插圖等也都極須注意。

我在上面所論到的還是一般籠統的偏于原則方面的研討，而沒有從實踐中提出具體的意見；關於這方面我希望眞正切實的在寫大衆化作品的人，從本身所感到的種種問題，提出來做一個精密的研究，這樣大衆化的理論才能得到實踐的意義。

關於通俗文藝

穆木天

一

文藝，是一種有力的武器，可是，我們必須把這一種武器，有効地，運用起來，才能收到更好的効果。由於這一點出發就有了通俗文藝的要求。

通俗文藝，是大衆的日常的精神食糧。在過去，我們可以找出很多很多的例證來。民衆的教育，就是由於那些通俗文藝所培養出來的民衆的人生觀，世界觀，也是由於那些通俗文藝所培養出來的。那些通俗文藝，是民衆的國文教本。那樣通俗文藝，也就是民衆的歷史。

我確確實實地曉得，好些鄉下人——大師夫或者是油匠或者磨官——是由於看唱本看鼓詞，而完成了他們的教育的。我確確實實地曉得，又有好些人，讀了三年五載的「詩云子曰」，是一無所成，而由於西遊記，七俠五義，小八義，把文理弄得半通了的。我確確實實地曉得，响馬傳，施公案，彭公案，以至於水滸，三國演義，是成爲中國過去的綠林英雄的立身處世的規範的。我確確實實地曉得，二度梅三娘教子，是成爲中國的閨秀們的修身教科書的。在過去，這一些文藝作品，是如何地盡了他們的社會的任務，如果我們精細地研究起來，我們只是會越法地加以驚嘆的了。在我的故鄉東北，從清末到現在，從過去的土匪，以至到「九・一八」以後的義勇軍，响馬傳等等確是有很大很大的支配的力量，這是誰都不能否認的。

那些東西不只是支配了他們的思想，而且是成爲了他們的血肉，在他們的細微的行動中，都是要表露出來。那些東西，如果說，可以與西洋的中世的英雄史詩相比美，我想，幷不算是過高評價。

中國現在，雖然處在二十世紀，可是，中國大衆在文化上是如何地落後，這也是誰都不能否認的事實。爲的喚醒大衆，推動大衆，我們現在利用過去的通俗文藝的種種形式，是一種極有効果的辦法。能如說書一樣，鼓詞一樣，文藝深入大衆，普及全國各處的市場里，茶館裏，十字街頭裏，軍隊的營盤和戰壕裏，以及工農的作坊和伙房裏，鄉村的小店裏，那麼，牠對於民衆的啓蒙，該是盡什麼樣的大的力量呢！但是，爲的眞能實現這一步，我們的文藝，不但要把握住大家的要求，而且要把握住大衆的表現形式。這樣，通俗文藝的重要性，是不待言而自明了。

二

在現階段、不管是詩歌，或者是歌曲，或者是話劇，或者是報告文學，都有了很多的進步，這也是誰都不能否認的。但是，由於各方面的朋友的工作經驗，使我們曉得，因爲那些東西沒有能採取通俗化，大衆化的方式，對於民間，並沒有能够深入。

有些個歌詠方面的工作者，曾經告訴過我，歐化的新歌曲，在工農裏邊，是普及不起來的。如果想要使歌曲下鄉，必須採取民謠形式。

對於巡遊劇團的下鄉表演，好多人告訴我說，在話劇裏邊，劇本的好壞，是先決的條件，但是，表演上的語言和作風，也是決定效果的主要條件。方言的運用，是最收效果的。在話劇裏邊，是需要地方的劇團，切實地執行話劇的通俗化運動。但是，那還不够。必須話劇和別的樣式的東西配合起來才行。這樣，地方的通俗舊劇，也是值得加以好好的運用，事實上這一種任務，戲劇工作者，還是沒能好好地執行起來。

其次，詩歌方面，雖有過一些朗讀和鼓詞歌謠的寫作的嘗試，但是，離通俗化，大衆化的距離還是差得很遠。朗讀運動的實踐不够，歌謠鼓詞的生產不够以及推行不够，等等，都是我們值得加以嚴重的自己批判的。

其次，報告文學按着道理，應當是一條很好的通俗化大衆化的路線，但是執行的結果，還是沒有能够踏進這一條路軌。報告文學，應當是成爲一種用文字寫的，而同時也是可以用口頭報告的活生生的口語文學。在那裏邊應當運用各地方的豐富的口語，使之成爲平詞一樣的東西。我希望，報告文學工作者，要走到茶館裏，市場裏，十字街頭上，和鄉村中，用生動的話語作上了一種動人的報告。同時，他們，如果是在前線上，要去組織士兵的報告網。使士兵們用簡單生動的語言文字，去報告他們的生活，他們，如果是在農村或工廠區域裏邊的話，要組織農民報告網，或工人報告網，使他們用生動的語言文字，去報告他們的生活。這樣，報告文學，才能盡了他們所應當盡的任務了。

三

文藝通俗化，文藝大衆化的工作，是現在的非常迫切的急務之一。這也就是建立將來的大衆文藝的路徑之一。必須通過通俗文藝的這一條路徑才可以建立將來的大衆文藝，因爲這一種通俗文藝運動，也就是啓蒙運動的最有力的方策之一。但是，我們并不否定其他的並行的工作路徑。我們的民族裏邊，分有很多的階層，我們的文藝工作的對象，是并非一方面的，而是各方面的。對於青年學生們，新歌曲，新詩，新的小說，自然是必要的。但是，在我們的民族里邊，工農，是佔有極大的多數，因之，對於大衆化，通俗化的這一方面的工作，我們是更需要特別地加以強調的。在那些極大多數的農工裏邊，文盲的數目，又不在少數。這樣，先用文字寫的通俗文藝還不够，而且，更必須成爲口頭的通俗文藝才行，就是：大鼓詞，必須能够給他們唱出來，平詞必須能够給他們講述出來才行。而，報告文學，必須給他們報告出來，才行。

但是，這并不是要否定用文字寫在紙上的通俗文藝有他的強有力的作用，就如同我們并不否定新形式的文藝作品也有他的有力的作用一樣，然而，有一種誤解，是需得糾正的。就是，有些個朋友；現在，或者，還以爲通俗文藝的路線，是唯一的正確的文藝路綫。這一種誤解，如何反對通俗文藝運動或無視通俗文藝運動的那種見解，是一樣地有害。

通俗文藝，是一種啓蒙工作。通過這一種文藝工作，可以把民衆的文化水準提高起來。在將來的某一天，這一種通俗文藝的路徑，是要同別的路徑會合在一起；那時，——中國的大衆文藝，就眞地產生出來了。

在通俗文藝發展的過程中，我們必須，而且是必然地，要對於舊的形式，加以改變，經過長久的淘洗，我相信，舊的通俗文藝的形式，必然地要被揚棄。經過這一種揚棄作用，中國的舊日的通俗文藝的好的要素和世界文藝的種種的新要素結合在一起，那時，就會有新的，大衆的形式，被產生出來。那或者就是我們的民族的形式了。一方面我們切實地執行通俗化的任務，另方面我們要盡力去追隨世界上的最進步的文藝運動的步伐，這就是我們的文藝大衆化的實踐。這一種方式，也就是對準着各階層的讀衆而努力的一種最有效的方式了。

四

文藝通俗化，就是要利用各種舊有的形式，裝上新的內容，而由之，提高大衆的文化的水準，使他們能够進而從事文藝活動的一種方式。不過，提到舊形式的問題，有好多點是值得加以考慮的，最好是，從事通俗文藝運動的朋友們，能够把過去的通俗文藝，作上了一番有系統的研究。如果認爲利用舊形式就是通俗化，那是不對的。

文藝是有階級性的；這是什麼人都不能加以否定。通俗文藝，也是有階級性的。舊日的通俗文藝，幷不是全都能爲農工所接受。「不登大雅之堂」的這一點，也許是他們的共同的特徵。但是，有的是在野的元老，有的，是山林隱士，有的，是樵夫，有的，是農民，有的，是閨秀。從才子佳人的小說，到農夫，漁人，舟子，工人所唱的山歌野曲，我們可以找出來爲各種不同的階層所要求的各種不同的讀物。小調方面，是這樣，小說方面，也是這樣，舊劇方面，是這樣，唱本鼓詞方面也是這樣。裏邊，有極貴族的，裏邊，也有極平民的。

比方說，泗州調，五更調，孟姜女，是最通俗的，道情，就是不大通俗了。在鼓詞裏邊，二度梅，還是止限於閨秀的圈子，而响馬傳，小八義，等等的讀者對象又不同了。水滸的勢力範圍比紅樓夢大，三國演義的勢力範圍又比水滸大，是很値得我們注意的。在大鼓詞唱本裏邊，黛玉悲秋，是非常貴族的，王大娘補缸，就是非常地大衆化的了。就同一本書說，因爲要對準着各階層的讀者，所以，牠是被改變爲各種不同的更通俗的形式的。三國演義之外，更有三國鼓詞，以後竟發展爲連環圖畫。在現在的舊小說中，使我們注意到的，就是那些東西幷不見得通俗，而主要地還是以都市的落後的小市民爲對象的，如張根水一些人的小說，如果是有新的內容的話，我們幷不否定牠對於抗戰會發生很有力的推動力，但是，若認爲那是通俗的，則頗有問題了。就是到連環圖畫裏邊，通俗性的程度，都是不同的，有一些人，或者，認爲舊形式就是通俗的，其實，却不然。我們可以十分地肯定地說：在一般地被認爲通俗化的舊文藝中，是有强烈的階級性，有的是通俗的，有的却是非常貴族的。必須對於舊日的通俗文藝，加以研究，有深切的了解，才能適當地，而且有效地，去利用牠的形式。

五

現在，已經是二十世紀，在生活上，我們多多少少都是和舊的封建社會不同了。文藝作品的內容，是決定牠的表現形式的。這樣，利用舊形式的通俗文藝的制作上，是有好些地方，值得注意了。在上海，有些朋友，對於舊形式的利用，就是「塡製」，尤其是，要復活舊時代的空氣，這種辦法，是不對的，利用舊形式，是要成爲一種靈活的運用。作品中的氣息和空氣，是要成爲一種生動蓬勃的新的東西。在描寫上，盡可能地，加以新的描寫手法。

譬如在大鼓書詞裏邊，近代小說的種種的描寫手法，盡可能地，利用進去。空氣的烘托，背景的勾劃，人物的描寫，故事的發展，等等的上邊，近代手法，是可以好好地加以運用的，近代的現實主義以來的進步的技術，我想，在大鼓書詞，是可以去運用的。若是按着巴爾扎克的背景，人物，故事的三段構成方法去描寫的話。我覺得，大鼓書詞，在效果上，要會更加好起來，對於舊形式的運用，要自由，譬如，大鼓詞，普通在小市民的游藝場中需要二百來句。可是，給民間去唱，就不同了。四五百句也可以，一百句也未嘗不可。只要背景人物故事刻畫得深刻，活躍，生動，多少句都可以。長短的伸縮性，是我們要主張的。對於所描寫的題材在通俗文藝中，要盡可能多方面的。現階段的通俗文藝，是負着很重大的啓蒙的使命。牠的題材要普遍到民族生活的各角落里。牠不能夠只在狹隘的範圍去兜圈子。就是識字運動，也可以作爲牠的主題的。在通俗文藝中語言的問題，也值得注意，直到現在，文言的成分，還是很多，意識錯誤的字眼還是相當存在。尤其是在有些鼓詞中，確是文奥得很。題材要多方面，用語要口語，這是要特別强調的。但是，這還不够；一個通俗文藝工作者，是必須向着進步的現實主義去努力，一篇通俗文藝作品，是必須成爲現實主義的，才能有力地去盡牠偉大的任務。這樣，一個通俗文藝工作者，是必須努力去接受最進步的思想，最進步的科學方法，而由之，使他的作品，得有更進一步的眞實。如果只是形式地去塡寫，以應合民衆的低級趣味，那是沒有什麼意義的。

通俗文藝，這樣一來，第一，就是要有大衆性，第二就是要有藝術的眞實性。 但是，中國有廣大的地域，不同的言語和生活習慣，而在各地方，又有各種的地方的形式。河南「墜子，」灤洲「影，」湖北「楚劇，」都是有地方性的。能够通過地方的形式，通俗文藝的效果，是會要更大。大衆文藝，同時是一種地方文藝運動。地方形式，地方生活，地方語言，是會收到很好的地方的效果的。這樣，如果在湖北的話，我們不只要努力的寫作有全國性的通俗文藝作品。而且，要努力於寫作地方人所特別要求的地方的通俗文藝作品。就是在連環圖畫裏，北方的農村，種地用馬，南方就用牛。畫作驢子種田，畫的怎麼好，在南方的鄉下人看來，也是不懂。依據過去的我們的經驗，我們可以說在上海出版的小學教科書，在北方不大適用，在插畫上，就成問題。所畫的房屋田地，等等，是北方鄉下人要奇怪的。地方形式，地方言語，地方生活，這是要強調的。

但是，如果寫出來的通俗文藝作品，僅僅是寫出來，印出來，就完了，或者只擺在通都大邑的書店的攤子上，就完了，那樣，效果也不會怎麼大。說書，必須眞正到鄉村中，或市集中；或茶館中去說鼓詞，必須到各處去唱，才行。我們有光，可是把光蓋在斗裏，那麼光，就是光，又有什麼用呢。因爲大多數的大衆只有耳朵，沒有眼睛，我們必須用口頭去講或者是唱給他們聽才行。

我希望，我們在最近將來在通俗文藝運動上，一切的文藝部門，作一個大聯合，詩歌，繪畫，歌曲，鼓詞，說書，等等互相提攜起來，結成文藝的鐵軍，在政府的領導之下，把我們的「下鄉」「入伍」的志願，發揮出來，以完成我們的偉大的任務。

怎樣使文藝大衆化

戴何勿

最近已有許多文藝工作者，注意到了文藝大衆化的問題，在文匯報「世紀風」裏，淡秋先生的「抗戰期中的文藝大衆化問題」也相當具體地提出了爲什麼文藝需要大衆化，和怎樣使文藝大衆化那些問題。

在這裏，我想和文藝工作者討論些怎樣使文藝大衆化這個問題，因爲文藝爲什麼需要大衆化，這個問題想大家都很明白，目前的問題，應該是怎樣使文藝大衆化了。

談到怎樣使文藝大衆化，這問題我想應該分兩方面來說，就是說要使文藝大衆化，應該怎麼寫和寫些什麼，那也就是形式和內容的問題。

（一）應該怎樣寫　談到應該怎樣寫這個問題，我想先決的問題應該是用什麼話來寫，因爲我們要使文藝大衆化，我們的文藝工作者就隨時隨地不要忘記大衆，因此我們所寫的東西，應該是讀起來大衆就很容易聽得懂，要使大衆可以聽得懂，我們在所寫的東西裏用的話，應該是大衆最普遍的口中所說的話，中國有許多方言，用各地的方言和各地的民間藝術形式來寫作，當然更好，但我們必需注意一個問題，那就是我們用方言寫作時，要盡量少用各地不容易懂的「俗語」，應該盡量用比較普遍的話，這樣，那篇文章不但同一方言的人看得懂，就是不同方言的人他也能看得懂。文藝要使大衆都能看得懂，它所用的話，應該是大衆最普遍地所說的口頭語。文藝要使大衆都能看得懂，我們還應該注意到應該怎樣寫，那就是文章的形式問題，我們要明白大衆的藝術水準是很低的，所以我們應該利用他們所看慣的舊形式，這只是說是利用，並不是說非用舊形式來寫不可，因此我們在利用舊形式時，並不是無條件的，應該注意利用舊形式的好的地方，隨時不忘記慢慢地加進新的成分，使大衆養成了一種新的習慣，就會慢慢地把他們的藝術水準提高起來，因爲大衆的藝術水準低，大衆所能看得懂的形式，最主要的是敍述方法，那就是應該是從頭到尾一直的敍述，故事的轉灣抹角地方都說得很淸楚，不像新的小說那樣，跳來跳去的寫，跳來跳去的寫會使大衆摸不到頭腦的。上面已經說過，爲了使大衆容易明白，我們可以利用舊形式，但我們每個文藝工作者是不應忘記自己的主要任務，那就是應該隨時隨地創造大衆能接受的新形式，事實證明大衆並不是絕對拒絕新的形式，只愛好舊形式，譬如「義勇軍進行曲」「大刀進行曲」等，不是常可從大衆的嘴裏聽到嗎？

認爲要使文藝大衆化，就主張非用舊形式不可。那種主張是不正確的。

（二）應該寫些什麼　要使文藝能大衆化，只注意文章裏用的話和形式是不够的。過去有不少文藝工作者都這樣理解着，以爲要使文藝大衆化，只要用舊形式就自然會大衆化了，結果因他們沒有注意到內容也要大衆化，所以有不少他們自已認爲已經是大衆化了的東西，大衆還是沒有辦法接受，使那些東西不得不仍舊是小衆化。我在上面已提及過要使文藝大衆化，我們文藝工作者應隨時隨地把大衆放在心裏，當我們在寫文章時，我們不但應注意到我們所用的話和形式大衆是否能明白，同時我們也應該注意到我們所寫的事情，大衆是否都能明白和都能感到興趣，如果我們所寫的事情，大衆不明白也不感到興趣，那我們就是用的話和形式他們都很明白，也是沒有用的，我們要寫的東西，應該是寫大衆能感到興趣的東西，或是大衆所要求知道的東西，譬如大衆對前綫的情形很感興趣，那末我們應該用很眞實和動人的通俗形式寫成報告文學，譬如大衆很想知道最後的勝利爲什麼一定屬於我們的問題，那末我們應該用文藝的方法解決他們這些疑問，我們文藝工作者最主要的任務，應該隨時隨地注意大衆對抗戰的情緒和漢奸對於他們的影響，因爲大衆的智識水準是很低的，一時很有受欺騙的可能，我們的文藝工作者應該隨時隨地不要忘記啓發他們的工作。我們的題材應該是多方面的，我們可以把有意義的舊的題材改編，我們也可以把國外的鬥爭情形做題材，像西班牙和阿比西尼亞的抗戰情形做題材來激發他們的抗戰情緒，我們也可以寫他們的家庭生活和戀愛問題，但我們寫這些東西時，應該以激發他們的抗戰意識爲原則。

要做到上面二點，我們就非和大衆多多接近不可，不然我們就沒法知道怎樣的形式大衆容易接受，什麼話大衆聽得懂，和怎樣的事情大衆對它有興趣，以及大衆對抗戰的情緒和理解是怎樣？

以上是我對於怎樣使文藝大衆化的幾點意見，希望文藝工作者大家對這問題多發表意見。

談通俗文藝

老舍

通俗文藝很難寫：

（一）文字：通俗文藝的文字不一定俗，三俠五義並不比我們寫的東西俗着多少，而比三俠五義更文雅的通俗文藝還有很大一堆。大鼓書詞時時近乎詩，而牌子曲簡直的是詩了，有些粗蠢的字，是舊玩藝裏所不敢用的，而我們却有時連「×」也懶得畫，可是前者通俗，後者反難打入民間，是何道理？

也許是這麼回事：既有的通俗文藝，即使文字不完全通俗，可是照直敍述，不大拐灣，到非拐灣不可的時候，必先交代清楚指出這可要用倒插筆或什麼什麼筆了。這樣，文字即使有難懂之處，但跳過幾個字去並無礙於故事的發展，幼時，讀小說到「有詩爲證」的地方我即跳過，可是依然明白一枝梅或北霸天的來蹤去路。稍長，晚間爲姑母姐姐等朗誦閒書，遇不識之字即馬虎一下，她們還能聽得明白。

新文藝好拐灣，一來是圖經濟，二來講手法，電影中諸般技巧，都拿來應用還攙上一些「……」與「××」什麼的。結果讀者莫明其妙，抓頭不是尾，乃嘆難懂。雖作者盡量的用「媽的」或更蠢的字，以示接近下層生活，而此等「媽的」乃繞灣而來：前面一大套莫明其妙，此處忽來一「媽的，」俗則俗矣，可是別扭奇怪，乃失其俗。「鑄情」「雙城記」等在此院賣滿，「火燒紅蓮寺」亦在彼院賣滿，彼院觀衆若讀小說，必愛七俠五義，而距絕你我的短篇或甚至于長篇。

通俗文藝的文字，據我看，應當痛快爽朗。

俗有新舊之分。歷史使文漸漸變俗，試到茶館聽評書，說者滿口四六句兒，而聽者多數赤足大漢，何以津津有味，天天來聽？蓋「赤胆忠心」「杏眼蛾眉」「生而何歡」「死而何懼」「君子之德風，小人之德草」等等俱有長久的歷史由文而俗，有一定的反應。現成，有力，故一經用出，卽呈明朗圖象。反之，若說『眼光投了個弧形，引起些微茫茫的傷感，』則俗而新，弧形與傷感尙未普遍化，當然沒有作用。通俗文藝難寫，卽在此處，我們所受的教育把我們的言語造成了另一種類，俗雖俗矣，怎奈我之俗僅有很短的歷史，而新則近乎文矣。

通俗文藝的文字，據我看，應當現成，通大路。

（二）內容：新文藝，因受了西洋文藝的影響，每每愛耍情調，把一件小事能說得很長。小說裏描寫一位愛人吃蘋果。也許比張飛夜戰馬超那塲惡鬥還長出許多許多。這種情調往往是抒情的，傷感的，似有若無，靈空精巧，而一般人呢，他們却喜愛好的故事——有頭有尾，結結實實，今古奇觀裏的故事差不多都是滿膛滿餡的，而濟公傳已不知有了多少「續」續而再續。老是那些套數，可是只要濟公不閒着就好。見景生情是詩人的事，因事斷事是一般人的事，普通人讀書原為多得些生活經驗，不是為關心吹皺一池春水，此所以鄉間的諸葛亮即熟讀三國演義之人也。

通俗文藝的內容須豐富充實。

舊通俗文藝中成功之作，是以事實的充實，逐漸把人物建造起來：趙子龍是常勝將軍，因百戰百勝。而諸葛亮到死後還能嚇退敵人。有時候，儘管事多，而人格並不彰顯，但到底有事比無事熱鬧，「一夜無話」正所以叫起次日的忙碌也。新文藝善利用角度，突破一點，通俗文藝則似乎當用大包圍通俗文藝並不易寫，處處需要大批人馬，足使新文藝者害怕。

新文藝與一般中間隔着一層板。新文藝會描寫大學教授，銀行經理，舞女，政客……這些人都會握手，吃大餐，喝汽水……於是一般人看了，就如同看了外國電影，即使熱鬧，而無所關心，遂失去文藝的感力。大鼓書詞裏不是講趙子龍救主，便是講二姑娘逛廟。因爲大家關心趙將軍與二姑娘——逛廟的二姑娘，不是正在舞廳裏與一位電影明星講戀愛的二姑娘。舞廳與廟會比起來，明星與民衆比起來，爲數多寡，簡直沒有比例。就是偶爾講到民間，新文藝也往往是依據着學理，把必然的現象寫了出來，而這必然的現象未必即是眞情眞景，於是牠可以成爲比較生動的講演，而不能成爲親切有味的文藝。學理的明澈，與公式的齊整，不就能產生本固枝榮的在民衆血脈中開花結果的文藝，這是我們的失敗。

通俗文藝須是用民間的語言，說民間自己的事情。

（三）思想與情感：假如通俗文藝的文字並不一定俗到那裏去，如前面所述，那麼，恐怕牠之所以別於通雅文藝者，就在乎牠的態度了。這就是說，在思想與情感上，牠所要求的效果不很大。還沒有多少征服的野心，反之，牠卻往往是故意的迎合趨就讀衆。在這態度上，牠吃了大虧，而讀者也沒佔了便宜。新文藝的方法即使不巧妙，可是態度是不錯的，牠立志要改變讀者的思想，使之前進，激動情緒使之崇高。通俗文藝則近乎取巧，只顧自己的行銷，而忘了更高的責任。

不過，我們可也須記住；因舊生新易，突變急轉難，一蹴而成，使大家馬上成爲最摩登的國民，近乎妄想。以民間的生活，原有的情感，寫成故事，而略加引導，使入於新，較易成功。中國原來講忠君，現在不妨講忠國，忠仍是忠，方向却轉變了。

（四）趣味，文藝畢竟是文藝。水滸傳中的李逵，魯智深等都多麼粗莽熱烈，可也都多麼有趣。通俗文藝，無論是歌曲，小說，戲劇，都懂得這個訣竅。諸葛亮的精明都有時候近乎原始的狡猾，而張飛時時露出兒氣。設法使作品有趣，纔能使讀者入迷，趣味有高下之分，還在善於擇選。精神的食糧不能按着頭，硬往下灌。前線戰士，打完了仗，而非讀『善書』不可，是謂非刑。

以上四項，都係偶然想起，對通俗文藝，我並無深切的研究，對與不對，不敢自決。

還要說幾句。一般的通俗文藝既不必都俗到極點，而是因合乎讀衆的脾氣而成功，那麼，不識字的人，怎樣辦呢？我以爲通俗文藝應以能讀白話報的人爲讀衆，那大字不識的應另有口頭的文藝，用各處土語作成，爲歌，爲曲，爲鼓書，爲劇詞，口傳。倘若無暇學習，也該唱給他們聽，演給他們看，不妨由一處製造，而後各處譯爲土語，廣爲應用，用國語寫成的大鼓書詞，朗誦詩等，因言語不通，無法歌誦而見效果。讀的是讀的，口誦的是口誦的，前者我呼之爲通俗文藝，後者我呼之爲大衆文藝，又不知對否。

大衆化與利用舊形式

茅盾

文藝要大衆化，沒有人反對。尤其在此抗戰時期，從前反對任何大衆化的，現在也不再反對。然而一到了利用舊形式這問題，意見就很多了；特別是因爲利用舊形式的呼聲太高了，有些朋友們從這裏看出了「危機」，以爲舊形式是早被新文學否定了的，現在又抬起它來，將來豈不又要再來一次文學革命。

這樣的扭憂，表面上是「持之有故」的；但事實如何？事實是：二十年來舊形式只被新文學作者所否定，還沒有被新文學所否定，更其沒有被大衆所否定。這是我們新文學作者的恥辱，應該有勇氣來承認的。

也因爲事實是如此，所以七八年前文壇上第一次發生大衆化的要求時，就已經討論到舊形式利用這一問題。當時客觀條件不利，終於不免「紙上談兵」，抗戰以來，這才把這久懸的問題放在偉大的試驗工作的，也實在寥寥無幾，意見就又分歧，乃至緦緦過慮於新文學寶座將有危險，這是從那兒說起？

事情不是明白得很：既說是「利用，」當然不是無條件的接受。此時切要之務，應該是研究舊形式究竟可以被利用到如何程度，應該是研究並實驗如何翻舊出新，應該是站在贊成的立場上來批評那些試驗的成績；皇皇然担憂於新文學之將遭殃，不免是扯淡而已。

據說另有些人則想利用這種現象（指利用舊形式之熱鬧）來威脅新形式，幾乎要把新文學運動一筆勾銷。但這不必担憂。新文學一向就在困苦掙扎中生長，決不是外力所能「勾銷」，利用舊形式如果是新文學大衆化過程中的課題之一，便應當盡力做去，不應怕這「利用」會被人反利用了去而怠工。現在抗戰期中不少利用抗戰以謀自利的惡勢力，難道我們因此就不抗戰了麽？

新文學作者所當引以爲懼的，倒是新文學的老停滯在狹小的圈子裏。所以大衆化是當前最大的任務。事實已經指明出來：要完成大衆化，就不能把利用舊形式這一課題一脚踢開完全不理！一脚踢開是最便當不過的，然而大衆也就不來理你。「文章下鄉，文人入伍，」要是仍舊穿了洋服，舞着手杖，不免是自欺欺人而已。

舊形式的運用問題

杜埃

我們可以說，舊形式載新內容這課題，也就是我國自九一八後，所提出的大衆化文化運動的一個具體發展。大衆化文化運動，爲要完成它在新啓蒙運動上的偉大任務，自然一方面需要文化人能更密切的接近大衆的生活，多多運用和創造大衆的日常語言，使它能更適合於大衆的需要和理解；但是，在另一方面，它也不能不在某一個時期內，需要運用舊式，通過舊形式，去取得更顯著的效果。

然而，關于舊形式這東西，却也有着兩種不同的見解在一部份人的中間存在着。一種是說舊形式根本不能適合新內容。一種是說舊形式能够完全容納新內容。現在我們先來看第一種。持着這一見解的人們是這樣說：形式是被內容決定的，因此新內容決定了新形式，而亦必新形式然後能適應新內容。要用舊形式來裝進新內容，這是不可能。

關于這種見解，我們認爲並不完全正確。我們不否認內容決定，而形式也適應內容並能對內容起一種反作用的道理。但是，我們却不能理解得太機械，而否定了內容與形式的辯證法的聯繫及其靈活的運用。我們認爲在一定的條件之下，舊形式仍然可以某種限度的地適合著新內容；尤其是在比較落後的社會條件之下，新的現實內容雖然有了它的豐富性及其決定新形式的要素，但是整個地看來，這新的形式却還須要新內容的更具體更豐富的發展而後可能，在這一個時期，舊形式在客觀的歷史法則制約之下，它仍然能够某種限度的地適應新內容；而且所謂某種限度的適應，也不是永遠不變的；它還是被不斷發展着的新內容所推動，逐漸揚棄它原有的形態，而向較高的形式發展，而增大它的適應性。

我們在這裏舉些例子來證明。目前的救亡組織，在許多特殊的客觀條件之下，也常常利用舊有的形式去組織的，譬如內地的救亡團體，就有所謂哥老會，紅槍會等等的組織；這種哥老會和紅槍會在形式上講，是一種舊的。這種形式雖然不是我們理想的抗日組織形式，但它在該地方的客觀環境下也能某種限度的地適合抗日的新內容。至在抗戰的新文化領域裏，則舊形式這東西早就運用着；例如「讀書生活」時代的童振華的彈詞，八一三以後的趙景深等的大鼓詞；最近在漢口更出版了一種舊形式的通俗小型七日報，大衆報。在這個報里面每期有說書先生作的時事演義火藥世界，有阿六先生的說新聞，有老三先生作的通俗的舊形式小說李老爺沙場遇于等等，這都是用舊形式裝進新內容的作品。

第二種見解是說舊形式能完全容納新內容。這種見解是根源於哲學上的錯誤，只看見兩者的統一性，而且無條件地誇大了這種統一性，但是忽視了兩者間的矛盾，更不從這兩者的對立與統一的法則上去把握新形式的發展和創造。這種見解因爲是把舊形式看作能够完全容納和表現新的內容，所以他的結論將必然地走到：不需要揚棄舊形式，不需要創造新形式。

上面已經說過，舊形式能够在某種限度以內容納新內容，但却不能盡量的完全容納和表現新內容；反之，新內容必須不斷地影響那舊形式而發展之，使其逐漸揚棄而建立較高的形式，更充分的去容納新內容，表現新內容。

總結起來說，第一種見解，是取消了舊形式在現階段抗日戰爭的新啓蒙運動中的重要作用，把舊形式看作是與新內容絕對對立而永不相容的東西，這是不對的。第二種見解是把舊形式看作是個十全十美的東西，把舊形式適應的効能性無條件地誇大，還在整個通俗化的文化運動上，將要產生不良的影響，即人們將滿足于舊形式，一味追隨舊形式。而放棄了在運用的過程中對於逐漸揚棄的舊形式而建立新內容這一主觀上的努力和創造。這也是不對的。

所以，我們對於這一問題，應該辯證法的地去理解。應該靈活地去運用，通過它而擴大抗日新文化的教育影響，把落後的極大多數的人民慢慢地引導到民族解放的新文化容爐裏，提鍊出千百萬有着高度的政治警覺性的羣衆，去爲打倒日本帝國主義，建立獨立自由幸福的新中國而奮鬥。

末了，我得再重復一次的說：運用舊形式裝進新的現實內容，這個當前文化運動的又一任務，無疑是渡過到新的，有着無限廣大領域，有着無限光輝的樂園的彼方去的一道橋樑。

舊形式利用之實驗

——節錄自「西北戰地服務團公演特刊」

我們認爲舊瓶是可以灌進新酒的，但却並非毫無選擇，而是批判地接受。在抗日的現階段，無論那種形式，只要能够增進一分抗日的力量，毫無疑問地我們就要採取它，利用它。

因此，我們除了一般戲劇宣傳外，還夾雜了一些雜耍在內。在雜耍裏包括了下面的許多東西：大鼓，快板，相聲，合作，活報，雙簧，四簧，評詞，新化子拾金，打倒日本昇平舞等；這些東西全是最爲民衆所歡迎的。原因是這些雜耍用的形式完全是舊的形式。它簡單，活潑，詼諧，通俗。民衆最喜歡，也最容易懂，最容易接受。

我們自編的大鼓有勸國民抗戰，抗日救國十大綱領，大戰平型關，擁護蔣委員長，另外還有梅花大鼓，樂亭大鼓，這些是編給女同志唱的。快板，人民的力量到底有多長，到底有錢沒有錢，大家起來幹，每到一處也都得到了羣衆熱烈的歡迎。相聲中最有趣的是催眠的拉洋片，合作是最易逗引觀衆發笑的一種小玩意。

打倒日本昇平舞的民間最流行的「秧歌舞」之一種，也即是我們通常所說的「土風舞。」這種舞在東北以及冀魯豫三省最風行。通常在秋忙後或舊歷年關正月間，農民閒暇無事時，大家作爲聚樂的一種游戲。現在我們叫它做打倒日本昇平舞，簡單的穿插起一段情節，化裝成各色各樣的滑稽人物，它的動作很簡單，只是一種連續的扭動或是隊形的簡單變化，一男一女的有趣的戲弄，邊扭邊唱，頗饒風趣。這種舞在舞台上扮演固可。在廣場上羣衆繞起圈子，鑼鼓齊鳴，尤爲有趣。

我們常常在演劇之前，化裝起來，敲打着鑼鼓，在街道上，小巷中，廣場裏，扭一陣打倒日本昇平舞，然後把觀衆逗引到劇場中來。每次都收到很大的成効，而且還得到異樣地彩聲和掌聲。

當然，在原則上我們是主張能夠創造出一些新的東西出來，不能盡迎合一般文化落後的，愛好低級趣味的羣衆但還不是一下便可成功的，這要逐漸把大衆的藝術水準慢慢提高以後，新的東西才能被他們接受。因此，在抗日的現階段，我的希望，還是先洗一洗舊瓶，把新酒灌進去吧，不要潑在地上太可惜了！

唱本・地方文學的革新

周文

四川能深入民間抓住廣大觀衆的是高腔戲；而最能抓住更廣大的讀衆和聽衆的則是故事唱本。

這唱本，通常是七句組成的，但也有十字句，（三，三，四）每兩句一個韻脚。也有七字句和十字句兼用的，更有在中間插一小段說白，帶一種前後交代的性質。這就是它的形式。

內容，當然都是封建色彩非常濃厚的東西。甚麼柳陰記，八仙圖，雙上坟，殺子報，這些唱本，大多是農村中流行的故事，一經編成書，就成爲傳奇的東西。結尾總是善有善報，惡有惡報，神仙打救，大團圓。有些自然也注意到人物的描寫，但大抵粗陋，惡俗。不過有些地方是也可以看得出一些人影子來的。

文字，完全是方言土語，自然說不上批評的運用。

版本，那全是用木版刻成，字體通常有二號鉛字那麼大，用土紙印刷，粘訂成書本，價錢便宜得很：最低四五百文一本，最高也不過兩吊，照四川銀價一元合二十四吊算來，不過幾分錢一本，如果用鉛印，也許更便宜，可是鄉下人對於鉛印之類不習慣，所以一直到現在還用木刻。它是看準了讀者對象的。

因此它的發行方法永遠都是這樣，以便接近廣大的下層讀者大衆：由書販子向書鋪批發了來，用四五根細竹竿取着一定的間隔橫綁在一根直立的粗竹竿上，就一行一行密密的掛滿那些書，倚在街角發賣。

在農村中只要有識得一些字的人家大抵都有唱本。一般人稱它爲「耍書，」意思是在「閒耍」時當作消遣的。它最「走運」的時間是新年和節日。鄉下人無論在甚麼地方拿起它就拖着聲音唸起來。人們稱爲「說耍書，」或者「唸耍書，」或者「唱耍書。」然而這所謂「說，」「唸，」「唱，」都只能形容了一面；如果形容得更具體恰當一點，我想莫如爽性給它一個現在流行的新名詞：「朗誦。」一朗誦起來，自然而然就形成一個集合了——我想稱之爲「朗誦會」是一點也不過分的。識點字或不識字的男男女女（自然是家人或鄰居）就圍繞成一圈，屏着呼吸靜靜的聽下去，聽到滑稽處就笑，感傷處就嘆息，悲哀處你就可以看見他們的眼圈發紅，淚水湧了起來。唱本就有這個好處：自始就成爲組織聽衆的武器的。

識，就是關於唱本的全部。

它的流佈影響，是如此的普遍，可是過去一般文學工作者並沒有注意。自然最近是注意到了，然而漢奸比我們注意得更快。單就我所知，在成都市範圍內曾經發現過兩種漢奸唱本，此外還有一批漢奸花鼓。這裏雖然論的是唱本，但把漢奸花鼓附帶抄一點在這裏，加强後面就要論到的論點，也許不無相當的意義吧。好在這花鼓句子的構造也和唱本的差不多。

閒言幾句隨風散，……書歸正傳表詳端，……日本兵來得不多點，……殺得來屍骨堆山，……中央軍打了勝仗回家轉，又有摩登又有錢，……營業稅收得眞危險，振得乾人（即窮人——文註）好慘然，……×××（這是指四川的曾經英勇抗戰的某將軍，因漢奸有意誣蔑和挑撥，故我不想照抄，以×來代——文）遇事都在鬧意見，幾宗疑予要收完，不但是想當督辦，還要擴充隊伍幾百團，劉湘不死還好點，劉湘一死振濫灘，……又說日本飛機要來丟炸彈，街上只見男女學生的脚板翻，……而今世道隨時都在變，又不比滿淸忠孝全。

四月一日我在四川日報副刊談鋒欄收到的一篇稿，作者名金戈，標題是聽打花鼓小記。他把那花鼓詞抄了下來，頭尾加上他自己的意見，向讀者大聲急呼，希望大家注意漢奸的反動活動。這篇文章我沒有刊載，因爲以那時的情形看來有許多不便，只是把它抄寄政府了。

至於唱本，我去年十月到成都後，聽說在九月吧，當局曾經在本市臥龍橋街一家賣木版書的書舖（那條街有二十幾家刻木版的書舖，）裏搜出一種漢奸唱本來，書名是中日大戰。當局把底版一齊搜來燒燬了。聽說內容是宣傳失敗主義的。今年四月六日，土犀偶然經過較熱鬧的祠堂街少城公園門口，見廣告牌下圍擠着一大堆人，中間站着一個年約三十幾歲的像跑江湖的漢子，手上拿着一大疊活葉唱本，一面條聲夭夭地「朗誦」；「朗誦」誦完就叫人買。土犀是外省人，聽不懂他「朗誦」的那些土話，不知道那就是漢奸唱本。她說要不然她馬上可以去通知警察。她買了一份回來，第一卷題作「抵抗日本新文」，第二卷「南京作戰新文，」第三卷「中軍勇幹新文。」共十一張。每卷一百文（合輔幣半分。）我想只把第一卷抄一段在這裏，以見一斑。別字簡字照舊，以存其眞：有些字句別省人不懂的，用括符加註在下面——

愚下來說日本國　他們還（即橫字）順武（佔）中原納迴（那回）南京打一戰　硬是（即眞是）擺得多加（即非常）寬　他們狗兵好兇儉步來上前　中軍臥下不遲慢　打得他們辭（遍）（險）

幾個跑地閒(鑽) 河頭日軍有無限 架起大炮打輪船他們大砲矣(已)兕儉 一砲打隴河這邊 浠(幸)得中軍跑快點 一砲蕩上多加寬 有些房子多不見 羞莫地下都打穿 約(那)天實在好兕儉 多多少少要黃泉 坪地衝風按又按 不管生死受謙漣(牽連)

提起馬刀糊亂砍 手溜彈來就得(打)然(燃)有些打着腱膕胛(即腿子) 有些打着脚彎彎 有些打有幾個嚗(眼) 週身在貌(冒)紅烟烟(即血)有些打得精叫喚 哎喫哎喫哰蒼天 有些打着肚皮嚗 貌出脹(臟)肚與心肝 有些看見事不屄(展) 車轉跑得脚板幡有些退求(即退了)多加遠 有些朝那毛司(即糞坑)閃 實在打得眞傷慘 謎在毛司現嘴尖 又怕有人來看見 毛司閣閣(角落)黑半邊一臉調湃(即糞)與糊滿 邦加(非常)臭非加(非常)酸 浠巴他們來爭國 臭死有我求先干(這後二句譯出來就是:誰叫他們來爭國,臭死有我屁相干。)

我想只抄出這開頭的宣傳失敗主義的一段「特寫」就够了。從這段當中可以看見漢奸的方法是相當巧妙的,牠想竭力做得像是個無智識的鄉下人幹的,然而漏眼也就在這裏,有些決不會別的字牠也別起來，譬如「堀」「謙漣」等等，是一眼就可以看得出來是故意寫別了的。

第三卷新文大意是這次的戰爭，是日本人和我國將軍們爭中原的戰爭。說日本人是秦始皇派去島上求仙的三千童男童女的後裔，因此便說這戰爭是「當如三國爭江山」所以前面所引的「臭死有我求先干」一句，就是牠當中着重煽動的要點之一。牠除了誇張敵人作戰如何凶，我軍如何慘敗，人民如何被殺得慘之外，更肆意詆毀我們的最高軍事領袖。而說到後方，則說共產黨如何殺人放火，弄得一片烏烟瘴氣。對國際也提到「英法德美」如何開會等等。完全與日本特務機關一鼻孔出氣，這不是漢奸幹的還有誰！

從這事實看來，漢奸已經在怎樣利用舊形式散佈毒素了。在熱鬧街道，大庭廣衆之前都敢於公然發賣，那麼在農村裏漢奸在怎樣的活動，是可想而知了。這問題，在今天是值得大大注意的。漢奸都已經看準了這條道路在活動，那麼我們担負了抗戰除奸任務的文學工作者對於舊形式的利用是非常必要的，不過，我們應該在這裏着重的指出：舊形式的利用，應該不僅是「宣傳」的問題，同時應該加强思想的鬥爭。思想鬥爭是文學的特性，尤其對於舊形式利用更應該把這點特別强調，

這裏，我要提到最近第三集一期七月上關於宣傳・文學・舊形式的利用的座談會記錄，因爲

他們的論點都集中在「舊形式利用」的緣故，所以各自都只執着問題的一面，以致沒有得到一個很好的結論。這原因就因爲單單是「舊形式的利用」這口號，是很容易引起偏頗，誤解；而事實上也的確有從事「舊形式利用」的工作者在不自覺中陷入於「庸俗，」因而不能不引起人對於「舊形式利用」的問題並不十分重視。我對這問題曾經給七月寫了一篇通訊，提議爲了使得這問題能得到明確的解決，莫如把「舊形式的利用」這口號改爲「地方文學的革新。」

我對於這口號的理由是這樣——

第一。今天利用舊形式的問題是重要的。但單單提出「舊形式的利用」是不够的。因爲有過分看重形式的一面，而忽略內容一面的危險；也就是過分看重「利用，」既然是「利用，」就有被誤解爲應時的俯就的，因而也就只單純的把它看作「宣傳」工具，以致無選擇地甚麼都用，而又偏頗地甚至庸俗地單單加些政治觀念或口號進去就以爲盡了它的任務，而忽略了最根本的思想鬥爭和藝術創造。舉個例來說，在成都曾經出過一種通俗報紙，叫做錦江新聞，裏面也載唱本，以及各種舊形式的東西，他們在這方面的努力是値得稱贊的。但因爲單純地只注意到「宣傳」的緣故，在「利用」的時候甚至把封建思想也不自覺的「利用」進去了。但這報紙另一面又喊得有些「幼稚，」所以在去年底停刊了。我這裏把它第六號上面的一篇新五更盼郎的前段和末段抄在下面看看。

鼓打二更裏，月兒上柳梢，小妹房中好不又心焦，才郎的哥約定了初更時來到這般時不來又爲那遭罵一聲小强盜；哪裏去挨刀，三不二時就要開拔了，小妹子從今後離多會少，是這樣無信人，前綫怎去得了。（前段）

拉着郎的腰及帶，眼淚落香腮，這一回打國戰你應該自愛，奴有句知心話細聽從來，第一莫要去貪歡愛，第二莫要去打麻將牌，好好把兵帶，多多戰幾回，古話說：「國破山河在」復興民族，收復失地端等你去安排，有奴家誓死把你來等待，白髮滿頭都不改，切莫要辜負奴的心，遠退辱恩愛，叫奴家知道了，兒你挨砲死，不得轉回來。（末段）

像這樣的東西是多惡俗呵！老實說這樣的舊形式根本就沒有「利用」的價值，應該毫無討論餘地的把它拋棄。近來此地的星芝通訊社，發刊了一種星芒報三日刊，也完全刊載通俗作品，有川戲，小調，彈詞，山歌，唱本。範圍比較大。較之錦江新聞在編排上，作品的內容上，都進步得多了，銷路也相當的大。可是也因爲陷於片面的所謂「舊形式利用」這一點，因此大部份還是只着重「宣傳」而忽略了思想鬥爭和藝術的創造。把它第一期裏的一篇王銘章殉國唱本中末尾的兩段也抄出來看看。

（說白）話說王將軍率部苦戰滕縣，彈盡援絕，弟兄們筋疲力竭，這才壯烈犧牲。第二天援軍趕到，馬上，滕縣奪了回來。還是忠魂不泯，暗中幫助所致。這且不表。再把那王將軍府上的情形表白表白。

（唱詞）忽然間傳來噩耗。一家人不由得痛哭嚎啕。王夫人三從四德皆知曉。順變節哀教兒曹。

從這些看來，我們的「舊形式利用」工作者對於「宣傳」都理解得太狹隘太單純了。這原因，就是「舊形式利用，」這口號太單純太浮面了的緣故。所以我認爲要形式內容都兼顧，應該提出「地方文學的革新」這口號來代替。因爲它使我們一眼就看得出來，它不僅包含形式問題，同時也包含了內容的問題的；而且不是應時的「利用，」不是不擇手段的宣傳的「利用，」而是根本的長期的「改造」問題。

第二、舊形式文學，實際攷察起來，其實大都是「地方的」的文學。譬如四川的高腔戲，唱本之類，在別省人是不容易懂的，因爲不僅是它的形式關係，而也是因爲它的方言土話。雖然章回小說看來似乎可以滿天飛，全國都可以飛去，但它所飛到的地方還只是上中層，它的讀者有一定的限度的，因爲文字語言上有很大的問題在。我們不應該凌空的存滿天飛的想法。尤其是在目前抗戰的時代，我們應該切切實實的看見現實，我們的文學要眞正的深入大衆，必然是方言文學的確立。方言文學可以創造新形式，而且非創造新形式不可；但即成的舊形式我們也不能放棄，而且應該把握它。那麼今天的「舊形式利用」的問題，實際就是「地方文學革新」的問題。

第三，文學大衆化這口號已提出多年了，但實際能够做到的實在有限得很，這是不可否認的事實。我看只有方言文學，地方文學的提出，才能實際得到解決。地方文學舊有的東西固然是粗陋惡俗，但它壓根兒就是和民衆密切結合着的東西，從它的流佈，影響，是那麼的普遍，一直至今不衰這點上，就可以證明。這裏明明給我們指示出大衆化的道路。要眞正澈底實現大衆化，文學工作者非和民衆一起去澈底的了解他們不可，這樣在進行地方文學的革新運動才有可能。很顯然，這和「利用」是有了大大差別的。

總括上面的三點，我們可以看出「地方文學的革新」的內容包含了這幾項要素：形式革新，內容革新，方言土語，而最重要是和民衆生活密接的。

最後是剩下一個藝術創作的問題了，我的回答是：可能的。就我所看見過的高腔戲中，有些劇本雖然說不上有高強手腕是可以把它提高的，因爲它原來也就有辦法創造，只要有高強手腕是可以把它提高的，因爲它原來也就有點藝術的根基在。問題是在怎樣來普遍的提高我們文學工作者的藝術水準。至於唱本，如我在本文開頭所介紹的，它對於人物描寫雖然粗陋惡俗，但究竟有創造人物的可能在。現在我們在這裏就想這樣的試驗，自然是根據上面三點原則。（這裏有一位水草萍君以七月十期上柳林作的一支游擊隊的發生爲材料改寫了一個唱本，題爲巧殺日本兵，這是開始的試作，雖然我們不能認爲滿意，但可以證明同一題材用「地方文學」來寫，也不見得就不可能有藝術價値。）我想這工作如果做得好，不僅是繼承了它的好的一面，譬如天然的「唱本朗誦會」這些方法，能達到「宣傳」上的効果，而且在將來革新和發展的結果，它會呈出怎樣與民衆密接的新的文學樣式來，而這樣式對於我們的新文學的創造上是可能而且必然發生相輔相成的作用的，或許就成爲新文學的一支。

是最近我們這裏的一些文學工作者的計劃是：大量的但決不苟且的製作唱本，打算要求政府給我們幫助和刻書商發生關係，把稿子盡量供給他們刻賣，因爲如我前面所說，只有用那樣的版本。通過那樣的發行方式才容易普遍。自然這是初步的計劃，將來將更加強主觀力量，用文學的集體力量來推進。

第三輯：報告文學及其他

報告文學者的任務

周鋼鳴

一個報告文學員，旣然是站在鬥爭中來寫作，那麼他應當怎樣地來肩負起他的任務呢？在這裏我們就要指出一個報告文學者和一般作家的活動的不同。他的任務是依據事實來報導，是介乎作家與新聞記者之間的工作，同時在他的本身上，應當具有這兩種人的特質——作家的藝術素養和表現手法，與新聞記者的敏感，淵博，迅速的報導機能。他應當綜合兩方面顯著的優點來發揮它底報告文學的戰鬥任務。

報告文學者雖然要綜合作家和新聞記者兩方面的優點，但他絕不是模仿任何一方面，他應當從這兩方面的職能當中來規定他自己的工作任務，設定自己活動的方式，和對每一件事給與特別的觀察與思維的方法。這樣才能成一個優秀的報告文學者。現在，就把報告文學者與一般作家，新聞記者，對於每一件事不同的觀察和思維方法，與他的任務試述如下：

一　報告文學者與一般作家的任務的區別

一個作家（一般文藝作家，）他底藝術任務，在前面已說過：是反映生活的典型。他主要的工作，是要嚴密地去觀察，體驗，與分析；然後把他所觀察到的各種生活特徵概括起來，經過形象的思維，借藝術的表現方法，創造出典型人物。這種工作，等於雕塑一樣，他工作的過程，可以不受時間空間的限制。他可以慢慢地去刻畫，他的觀察愈深刻，他所表現的生活愈眞實。他的生活體驗愈豐富，他所刻畫的人物也愈加典型化。所以他的工作是可以在靜的狀態中，（離開每一事件發生時的動態去進行。）譬如高爾基的「柴姆金的一生」，（「燎原」「四十年」等，）是反映從一九〇五年俄國第一次革命以後的四十年歷史事實的各階段，與各種典型人物。這部輝煌的巨著裏，每頁都揭露出舊俄羅斯的黑暗生活來，但我們不要忘記，它是從高爾基四十年前創作生活中所凝鍊出來的典型人物的偉大著作，是高爾基在每一事變後十幾二十年以後，用回憶記寫出來的俄羅斯血史，其它像「鐵流，」「毀滅，」都是在蘇聯革命國內戰爭終熄以後寫出來的。它們偉大的是紀錄了鬥爭的歷史底性格。所以一般作家的寫作工作，是可以不受時間空間限制，他祇要聚積有豐富的經驗，可以在事變後去回憶，分析，去創作，慢慢地雕塑他作品底典型人物。但是一個報告文學者呢？他和上面作家的工作活動就兩樣了。

一個報告文學者的寫作工作，是要在鬥爭中來進行的。他唯一的機能就是要迅速地報道。因此他要把此時此地的事變生活情形報導給大衆，他的寫作工作，必需要在此時此地來完成。因此他就要在事變進展的動態中來工作，要受到一定的時間和空間所限制。

因爲報告文學者，當一件事情發生之後，要直接地參入事變的動態中，去把事實時時發生的變動報告給讀者。因此他應直接在事變的動態中去觀察，做歷史事變的見證人，檢察官，要「身臨其境」地去考察。如各國報告文學者：法國的瑪爾羅珂，蘇聯的愛倫堡，亞非諾夫，英國的西特卡倫，他們都親身到西班牙鬥爭的火線上去考察，採訪；同時迅速地將他們所看到的，立刻報告給全世界的讀者。因此報告文學者不是安閒地關在小房子裏去憑想像來寫作，而是要在旅行中，在槍林彈雨浴血的火線中來寫作的。

同時報告文學者，還要把每一事變的環境，關係，特徵分析得清清楚楚；因此他所憑藉的，不是一般作家的憑借經驗豐富的想像，與借形象的思維來創造典型。他的藝術任務，是要依訴於事實的渲染和分析了。同時他不能等待事變以後若干時候才去寫，他立刻要把這些事件用報告表現出來。他若是失掉了這種敏捷的機能性，他就忽視一個報告文學者的主要任務了。

二　報告文學者與新聞記者的任務的區別

報告文學者的工作任務，是和新聞記者比較接近的，同樣是依據事實的報道，但他們也有着不相同之點。在目前，一般新聞記者，是一個被僱傭於商業新聞機關的職業記者，他自己失掉報道的獨立性。不管社會發生什麼事情，他都要被動地去報道，所謂有聞必錄。這種報道，是爲報道而報道的。但是一個報告文學者，他並不是被僱傭者，他的報道任務應是獨立的，不是被動的。他的報道任務應當是和他所屬的被壓迫階層的戰鬥任務聯在一起，他是爲戰鬥而報道。因此他可以把那日常發生的平常事件忽略掉，而選取富有鬥爭性的，爲大衆所關心的事件來報道。

第二，一般商業新聞記者，既然是服役商業新聞機關的僱員，因此他的報道工作，和對於每樁事件的觀點，就受到商業新聞政策的干涉和限制，不許你去敏銳的分析，或是暴露，不許你替被壓迫者說公道話，甚至於還要有意歪曲事實，以維護舊社會的現存制度。因此目前一般商業新聞紀事，是毫無社會情感的，只是消極地站在虛僞的客觀態度上來報導一個事件的發生和消滅，毫無批判性。有時離開事實相反的方面去。但一個報告文學者，他的報道的態度就和他相反，應當站在進步者的主觀立場，必需報道事實的眞實科學地分析出每樁事件中的利害矛盾，對違反時代的惡勢力給與無情批判。

第三，目前一般商業新聞記者，常常是等待一樁事件發生以後方才去報告，這是已成一件公開的事實了。這樣已失去新聞報導的潑刺性和敏感性了。但是一個報告文學者固然也要在一樁事變發生後去報道，但同時他應當是具有敏感的時代觸鬚，他應當在日常生活裏觀察他的矛盾面，——戰鬥的主題，應當在『假裝的和平』中看出預伏的危機，和吸血者的陰謀；他應當是事變前預測風暴的「晴雨計，」這才發揮了報告文學者的敏感性底報道任務。

此外，一個報告文學者應具有一般新聞記者的採訪技術，還應當要具有充分的藝術表現能力，才能把自已的報告寫得生動活潑，傳出事實的眞相來。

抗戰文學與報告文學

戴平萬

一 報告文學的意義

在全民抗戰的過程中作家們利用了許多新的文學形式，通訊，速寫，特寫，報告等鮮美的花朵，盛開在文學的園地裏，不但姿態嬌媚動人，就是色彩和香味，也帶了極濃厚的鬥爭精神。尤其是報告文學，成長得特別快，已佔有抗戰文學運動的一個重要地位。這個時代，可以說是報告文學活躍的時代。

在我們民族危機日益加深而抗戰尙未爆發之前，報告文學已隨時代的需要緩緩地抬起頭來了。那時的刊物，不斷地可以看到有意義的，動人的報告文學作品，如檯棺遊行，到西山去以及其他的愛國行動等的報告。直到光明半月刊發表了包身工，已引起青年的文學者對於報告文學的注意和討論。自從抗戰以來，全國的文藝刊物，幾乎有十分之九是登載着通訊，速寫和報告文學作品。報告文學到現在，已不只是討論，而是實踐的階段了。

爲甚麼報告文學的發展這樣迅速呢？那是因爲牠既能像新聞一樣迅速地說出事實，又能以文學的表現方法，補救新聞的簡單敘述的缺陷；而最主要的，是牠的真實性。我們對於事實的真相，時常會給報紙的不良的記載所蒙蔽，而報告文學，正是暴露醜惡闡明真相的利器。報告文學家 A. Mariaux 說：『報告文學的實際的力量，在乎全面地拒絕現實的逃避。』又說：『在報告文學中，對真實的關心，比真實自身還更重要。』即此，可知報告文學對於某一社會事件的態度，是何等嚴正！

這種富有真實性的報告文學，正是我們所最需要的。我們在全民抗戰的現在，正需要把抗戰的實情報道給全國各地的同胞，以及世界上同情我們的戰友，使他們知道我們在怎樣鬥爭！同時我們還要更進一步去暴露敵人的殘暴無恥，批判自己的缺點或錯誤。在英勇的戰士們和敵人搏鬥的現在，無論作家或讀者，都處在烽烟砲火之中，每個作家或文學青年，都應該一手執槍，一手執筆，把我們民族解放戰爭的實景反映出來，這是作家及文學青年所應盡的神聖任務。

報告文學是最有力的戰鬥文學形式，這種幫助抗戰最有力量的文學形式，是我們每個作家，每個文學青年所應當研究和努力學習寫作的。

二　報告文學的特點

報告文學，是迅速多變的時代產物，所以牠有和其他文學形式不同的特點。無論在取材上和表現方法上，都和其他的文學形式有明顯的區別。

一、對於現實的反映，是一般文學的最大機能，報告文學自然不能例外，可是牠的創作方法雖然一方面是和寫實主義的創作方法相通，都是從現實生活中汲取題材，但另一方面有不同的特點，如周鋼鳴先生說的：「牠（報告文學）所表現的不但是現實，而且必須是在現實中所發生的具體的特殊事實，和實在的個別的特殊人物，以及眞實的實生活：」又說：「報告文學就是把這特殊生活現象，和具體的社會事實（事件）迅速地，具體地報道出來。但它是依據事實，忠實地，毫無粉飾地把它的前因後果，正確地報道出來。」這就是報告文學特點之一。如果要明瞭這兩種創作方法的不同，我們可以舉出許多的例子：如李德的震動全球十日記，是一部以十月革命的莫斯科社會生活爲題材的偉大的報告文學作品，而魯迅譯的十月，是以同樣的題材，因創作方法的不同，變成完全不同的文學作品，一部長篇小說。又如同樣以上海社會爲背境的子夜和上海——冒險家的樂園，同樣以西班牙內戰爲背境的在西班牙的報告者與民團，都是如此。民團的所以成爲小說而不是報告文學，是在於完全用小說的寫作方法，雖然一樣的在現實生活中汲取題材，但經作家的認識和分析，經藝術的概括，綜合，省去煩瑣的不必要的細節，創造出典型的環境及典型個性，但那小說的故事不一定是眞實的事件。這典型的創造，就是藝術手法。而報告文學，不需要過多的藝術手法，那有時會妨害到事件的本身，而削弱其眞實性。A. Marlaux 曾批評法國有名的報告文學者龍得爾的作品說：『我覺得與其晚年比較起來，反是他的初期作品的「技巧使用」來得少一點。』這「技巧使用」就是藝術的表現方法，過多的使用，足以妨害報告文學的特殊性。

二、報告文學雖是注重事實的報道，但在這複雜的社會中，存在着各種煩複的事實，報告文學的題材，應該汲取那一種呢？這個問題，較難回答。因爲報告文學的任務，不僅是迅速的反映現實，同時還要批判現實，喚起人們的注意和警惕，與正義的申訴：所以牠所依據的事實，必定是大家所迫切關心急須瞭解的。報告文學者必須把握住這戰鬥性的文學形式，和大衆所關心的事件和主題，把各社會階層的生活狀態，和他們最英勇的行動與人物，眞實地表現出來；尤其是現在抗戰中的各個驚人的事件，更應該用堅實的筆觸去揭破前線和後方的敵人的殘暴行爲，表現中國人民抗戰的英勇姿態，把戰鬥的意義和熱情傳揚開去。例如臧克家先生的潢川的女兵和黑丁先生的行進在太行山，都能把中華民族的兒女們抗戰的英姿，眞實地表現了出來，牠們的題材和主題都適合報告文學的特性的。

三、報告文學不只是依據事實的報道，而且應該糾正和補充現代報紙的不正確和錯誤的記載，因此牠比一般的新聞報道更有目的性。新聞只是對某一事件發展中的關係，簡單的敘述出來；而報告文學不僅僅敘述，必須在某一事件的發展中，分析其社會的原因及意義。新聞只是注重斷片的事實的報道；而報告文學則注重從片段的事實中來分析及敘述那全般的歷史事實。新聞只把事件的梗概粗枝大葉地記錄出來；而報告文學是把事件的梗概，導入具體形象的描寫中來反映的。例如關於石友三的部隊的行動，我們間或在報紙中看到一點簡單的消息，而在行進在太行山這篇報告文學作品裏，作者描寫道：

……現在，我們是深入了王屋山的臟腑了。而遠處，那便是起伏而綿亘的析城山巒。

黑暗中，我們簡直摸不着路，隨處都是亂石荊棘和雪窩。不是路，我們所走的是山嶺，陂坡，溝澗，和山峽。

人們喘着氣，慢慢地移動着幾乎像爬。棍杖觸着石塊，掀起了一片雜響。誰也不敢邁開大步走。那前頭的開路先鋒，他像在探險似的，用他的胆子，眼睛，手脚和智慧，都很慢很慢地在向前踏動。於是後邊的人們，腦袋碰着背脊，背脊撞着腦袋，你的脚尖踩着我的鞋後跟，我的脚尖又踩着他的鞋後跟。黑影一仰一仆，這樣，被握在每個人手裏的一根棍杖，自然而然地便做了自己唯一的忠實的友伴了。偶然，有人伏下腰，低垂着臉，小心地往那邊崖下探視，却不禁馬上要這樣大聲叫：

『呵呀，我的天哪……』

那崖下，像是無底的深淵，隱藏看無底的黑暗。

『呵，走吧，這一次別人不常到的地方，我們都走過了。』

『路，路都是要由自己去找。能走別人所沒有走的路，那才是條眞正的路呵。現在我們把這荒山踏出一條路，那末，在我們後邊的人們不是可以跟着走了嗎？』

這樣彼此互語，打破了夜行的沉悶……

以上的舉例，作者把黑夜在亂山中行軍的情形，如實的報告了我們，完全與新聞記載不同的敍述。

現在，我們另舉個例，來說明報告文學是怎樣注重從片段的事實中來分析及敍述那全般的歷史事實吧：

——郭清死去的第×天，他老態龍鍾的父親從山西趕到北平，被人引去看他剛出獄的兒子，不見兒子的笑容只看見一條傷痕滿身的屍首，不見兒子的嬌聲，只聽到圍觀者嚶嚶的啜泣。一雙皮包骨的發抖的手撫着浮腫了冰涼了的兒子，失聲哭道「我知道你是怎樣死的，我一定替你復仇，你瞑目吧！……」

開會了，禮堂裏黑壓壓地擠滿了人。台上停着郭清的棺木，前豎着一張他的遺像，是那樣活潑，那樣聰秀，當前排長橫的白布，寫着祭文，是血和淚的悲音憤語。四周擺着各團體各學校同學送來的花圈，牆上掛滿了挽聯，一種悲淒憤愴的空氣壓住了每個人的心……當你進去時（指監獄）是一個活潑潑同我們一樣的青年，但是出來時已成了一條赤裸裸傷痕滿身的死尸……

……我們知道是誰殺死你的……

在前面的警察搶去我們的旗子，用旗桿打我們的伙伴。——以後騷動便開始了；各面的警察一齊舉起槍柄使勁地往學生身上亂打，以後皮鞭子也出現了，落在每個學生的頭上，臉上，手上……

（見文學青年二期袷楕遊行）

從這幾段摘錄出來的文字中，我們可以看到當時北平的學生愛國運動的具體新聞。同時在牠的表現手法上，是依據事實的報道和具體形象的描寫，而成一篇完整的報告文學。

三　報告文學和其他文學形式的區別

報告文學是比較新的一種文學形式，所以有許多人弄不清牠的範圍，時常和其他的文學形式混亂起來。我出席過幾個文藝座談會，都有人提起詢問，但因爲是座談，設法舉出許多例子來比較，來說明，也許聽的人仍然不易明白，現在乘這個機會，來詳細討論一下。

最普遍的是人們常把報告文學誤認爲一種短小精幹的文體，因爲有人稱他做文學中的輕騎隊。但這是不對的。報告文學一樣可以寫成偉大的長篇著作，文體的長短不是報告文學的形式。每篇報告文學的長短，是依據牠所報道的事實發展的梗概來決定的；不管長到二十萬字，或短到一二千字，都是報告文學。像辛克萊的屠場，就是部幾十萬字的長篇報告文學。又像左拉，李德，賈克·倫敦等有名的報告文學者的著作，也都是長篇的巨著。所以報告文學的特點，不是在於篇幅的長短，而是在創作方法的不同。

1. 與小說的區別

在前面已經說過報告文學的特點，是把富有社會性與鬥爭性的事件，運用具體的形象來表現，及時報導給讀者大衆；所以報告文學裏所描寫，敍述分析的是實在的事件，實在的人物，實在的環境。但小說中所表現的，不一定是實在的事件；那是作家經過許多社會生活的體驗，與對於現實的觀察，分析，研究和概括所得的結論，運用他豐富的想像力，來佈置事件的結構，刻畫人物的典型，而給與生動的描寫，使牠充分的形象化，所以小說中的事件和人物，不一定是實在的，那是作家依據現實，而憑他豐富的想像力可以虛構出來。有人把新寫實主義的創作方法，誤解爲抹煞作家的想像力，因而大大地不滿，甚至於反對痛駡，這未免纔錯了。

現在讓我把辛克萊的屠場和茅盾的子夜來比較一下，也許能把小說和報告文學的區別更具體地說明。子夜的事件是發生在上海，屠場的事件是在芝加哥，讀者都相信那是寫實的大著。可是辛克萊的暴露屠場，是根據許多材料和數字，詳盡地寫了出來，揭露芝加哥肉商的罪惡，是美國一般屠場的情形；書中的主角赫爾或紅色瑪和，並非甚麼典型人物，只是事件進展的線索，而作者也沒有企圖把他們創造成典型人物，所以他描寫的只偏重屠場的一切事實的暴露。可是子夜就不同，雖然牠的事件有可能在上海發生，但不一定是眞實的事件，作者用金融交易所的題材，運用生花的妙筆，活生生地創造出一個半殖民地的工業資本家的典型人物——吳蓀甫；他所描寫的事物，並非關於金融交易所和上海工商業的詳盡的報告，而是爲了創造典型人物的典型事件，是經過作者的豐富的想像的。屠場還是一部報告文學和小說的混合物，其差別已是如此，如果把祕密的中國，上海——冒險家的樂園等等來和安娜·卡特琳娜，鐵流，或火線下等長短篇小說對照一下，不難辨淸兩者的區別。因此，可以說：報告文學是注重報道實在的事件和人物；而小說是表現着現實中的典型事件和典型人物。

在表現方法上，報告文學與小說也有不同的地方。小說是注意客觀的描寫，作者的意見或借小說中的人物口中說出來，或通過他的描寫的觀點反映出來。例如高爾基的小說母親，是「從相信自己與資本主義戰爭之最後結果的無產階層的見地描寫現實的；」在這篇小說的客觀描寫中，可以看出高氏對於無產革命的認識和意見。還是一種藝術的手法。但報告文學，就不拘於這種客觀的描寫了。報告文學者可以在他的作品裏利用客觀的描寫，也可以用敘述來表現出那事件，還可以在報這那事件中直接參加作者本人的意見或批評。周鋼鳴先生關於這點的說明很好：

這裏引基希描寫我國紗廠童工生活紗廠童工的一段做例吧：

『四百五十萬錠子。孩子們裝上空的，取掉滿是棉紗的。不斷的凝神看着紗是不是斜結了或是斷了，斜結了或者斷了的時候，她們要用她們的小手指頭重新裝好。英國的兒童機器——可尊敬的，正當的機器！——使她們的工作比較容易。』

看上面這段文字，我們可以分成三種表現方法。第一段是敍述她們工作的進行：第二段是簡單地描寫童工們在工作時的情形；第三段則是作者對於英帝國主義的剝削殖民地兒童，製造那種非人剝削的小機器的不合法的行爲，直接給與嚴正的暴露和露骨的諷刺。使我們看了這一段文字更覺得敍述的生動和作者熱烈的正義感。這就是作者不是站在純側面來描寫，而是作者自己直接表現描寫的結果。……

眞的，這種潑刺的表現方法，在小說裏間或有之，但很少見，而且也不是小說的主要的表現方法，可是在報告文學，這是非常重要而且有價值的。

再者，小說是愈能借最明瞭的形象，愈能概括社會生活的最重要最本質的方面，則其藝術價值愈高在世界文學中，有許多天才作家，提出了非常藝術的明瞭性，最優越的藝術的概括。例如莎士比亞的哈姆雷特，西萬提斯的吉訶德先生，歌德的浮士德等等，概括了社會生活巨大的階層，全時代的整個的反映，但這些不一定需要在卽時卽刻來反映的。可是報告文學正相反，牠必需把社會事件及時地反映出來，並且加以正確的批評或暴露，去糾正黃色新聞的錯誤，負起牠的迅速的戰鬥任務。如果把北平或上海在抗戰前的各種救國運動，等到現在才來報道，已是失却時間性；如果把一九二七年大革命的社會事件的報告，直到現在才寫了出來，恐怕連發表的地方也找不到。但是用上述的事件作題材，寫成歷史小說，仍是有價值的。這也是報告文學和小說區別的一個要點。

雖然報告文學和小說的區別已如上述那樣明顯，但我們仍發見一些報告文學和小說的混合物。如上面舉例的屠場或左拉描寫炭坑夫生活的作品等，說牠是小說可以，說牠是報告文學也可以，是介乎兩者之間的。對於小說和報告文學的關係及其影響，我在另一篇短論中嘗論及，現在寫在下面，作爲這種現象的說明：

「……有許多作家也接受了報告文學的原素而加以利用。可是這種原素，應用在小說裏的時候，會使小說失去深刻性，如辛克萊的作品中所表現那樣；然而，牠也比小說的現有的形式更加富豐，更加擴大，如愛倫堡和馬爾洛以及別的作家的作品所證明的那樣。這是因爲報告文學是最受時代的影響，而這影響也影響到現代的正式小說。」

2. 與通訊速寫的區別

和報告文學最易相混的是通訊和速寫兩種文學形式，因爲這兩種形式同樣能迅速地反映現實。可是通訊和速寫另有其特點，與報告文學不同。

通訊是長的新聞，是從甲地寫到乙地去的報告，雖然比一般的新聞消息詳細具體，且能把握住整個事件的輪廓；但只是輪廓而已，不像報告文學那樣有嚴密的結構，有形象的描寫等藝術條件。通訊的缺少嚴密的結構和具體的描寫，是決定於報告員憑個人的觀點的轉移爲報道的中心，報告員到某地便把所見所知的事件平舖直敍地寫成事件的梗概，牠的形式是介乎散文與新聞之間的。現在我隨手舉一個例子吧，把文藝活動在成都與撒加斯塔同志只燒了一座教堂拿來比較一下。前者是周文先生的一篇四川通訊，報告成都一般文化界的情形及抗戰以來的文藝通俗運動的概況，而後者是 Ralph Bates 以西班牙在內戰中反僧侶運動的材料寫成一篇報告文學，表現出西班牙工人們在反抗叛軍的實際工作上所表示的英勇行爲，在這種實際工作上，自由主義者，馬克斯主義者，以及無政府主義者形成了統一戰綫。Relph Bates 用具體的形象來說明西班牙的教堂是法西主義者的大本營而燒教堂者又是怎樣苦心孤詣地在工作：——

你必須要一直打進西班牙的幻想里以感覺我所感覺着的，或如一個西班牙人所感覺着的。在這回愛斯波特燒聖像的前兩天，我是在比這村約高八哩的伏魔山。正在聖莫利湖上的一絕壁上露營，我所僅有的西班牙的同伴就只兩個放牛的，他們是目不識丁的人，所以有毫不裝作的幻想，是眞眞實實的西班牙人。

「下面平原上是在鬧些什麼？」我這樣問他們。

「哦，那是王侯與將軍們在鬧」一個放牛的這樣說。

「還有主教們。」

「啊，主教們是些狠心的人們，又很猛勇。」

在這一斷片對話中你就看到了整個的西班牙。「王侯與將軍。」當然他曉得西班牙是一共和國；可是昔日的公式依然可用來說明這混亂的階級戰。我覺得他所形容的主教，並不是人們在英國所碰着的那種謹愿而謙虛的紳士。你必須要在你的想像中加進一些傳說上的感覺以把握住這些事件的特性……

我們再看教堂是怎樣有禮貌地被焚的！人們一定會以爲旁邊的屋子也被燬了（因爲它們形成街的一部，它們四周並沒有空地）。事實並不是怎樣。撒加斯塔同志在鄰近的人家敲門，於是看門人走出來毫無恐怖地說「祝你晚安，同志。」

『煩你費心把你們那些人都請出來，因爲我們要燒教堂了。祝你晚安。』

『好的，請給我們十分鐘，同志。』

大概撒加斯塔同志喊來一隊消防隊，並叫他們站在附近；來了石油罐才倒在堆好了的凳子，椅子，聖人和法衣之上，慢慢地屋頂向內陷入，火焰便熄滅下去。最後守護房子的兩百多同志才轉回家去，或者另尋一所教堂，或是去部署防寨。明天他們就要上 Sa agossa 去，在發抖的土地上握着火熱的槍枝，沒有狂亂，沒有憤怒，沒有說辭，沒有叫喊的人們，非常小心地便不致驚擾了 Sevava Fuster 或者損壞了她的房屋，撒加斯塔同志是有禮貌地焚毀了一座教堂，就像美國人用以處罰聖靈的黑廟宇一樣的有禮貌……（見光明半月刊第二卷第一號，義之譯的撒加斯塔同志只燒了一座教堂。）

看以上的例子，便明白報告文學是怎樣用形象來表現事實了。可是通訊便沒有這樣形象化，只是平鋪直敍。如文藝活動在成都，作者寫道：

……過去在甚麼地方曾嚷過「讀經復古」，但四川沒有嚷，倒確是實做的地方。此地有一間中學，是位有名望的老先生辦的，已經有十幾年了。聽說這學校是非家有若干田或若干錢的「書香子弟」不收的。課程除算術之類外，就全是古書，而且要背誦，背誦不出來的要打屁股，扭着耳朵拉到「至聖先師孔子神位」面前「跪土地」；嚴重些的，頭上還要頂一條板凳。凳上放一個裝滿水的碗。所有闊人以至覺得自己有點「書香氣」的人一讀到這學校，都無不笑逐顏開，點頭道好的。自然這學校只能算是極端的例子；但就它的能够多年不衰這點看來，也就可以想見這樣的「文化」還在怎樣的受人尊崇。而這「文化」又是普遍於四省。小學以外，中學小學教的全是文言。經史百家雜鈔之類簡直奉為國文的「圭臬」。許多青年被教成搖頭擺腦勾腰駝背之輩。聽說過去新文藝的書報在這兒會遭遇一些厄運，學生們為避免苦頭起見，曾把它們丟進爐子裏或埋在地板下。在這樣積重的情形下，文藝刊物怎會有好的銷路……（文藝陣地第一卷第二號周文的文藝活動在成都。）

上面的一大段文字，完全是用敘述的方法來說明四川在抗戰以前的文藝運動的概要，雖然也負起暴露的任務，但缺少具體形象的描寫；整篇看來，也沒有嚴密的結構，只是意到筆隨地寫出來，非常散漫的。報告文學固然同樣需要這敘述的筆法，但更需要嚴密的結構，人物關係的分析和形象的描寫等藝術的條件。

速寫，就是有充分的描寫和形象化，所以和報告文學形式很相似。但要從其內容上說起來，就有顯然不同的地方。速寫可以反映某一事件中某一片段的事物和動作，某一人物的影像，個人的心情，生活的素描或一個特殊的場面。而報告文學除了注重上述的速寫特點之外，還要把每一整個事件的姿態，發生和發展的歷史，特徵，內在的矛盾發展前途和社會意義。都要加以明快的記述出來。所以有人把報告文學比作電影片子，把速寫比作整部片子裏的一片斷或戲劇中的一兩個場面，這是很恰切的比喻。例如上面說過的撒加斯塔同志只燒了一座教堂還報告文學作品，作者不只是描寫出撒加斯塔燒座教堂事件的動人的畫面，而且寫出教堂在西班牙政府反抗法西主義的戰爭中的反革命作用，歷史的特徵，以及這焚燒教堂的社會意義等。又如丁玲先生的彭德懷速寫，或天虛先生的二十世紀的爬蟲；前者是畫出一個人物的影像，而後者是表現了一個特殊的場面，「宋支隊」奮勇打退敵人的坦克車和馬隊的動人場面，都是很好的速寫而非報告文學。

雖然形式上有若干的差異，但速寫和通訊以及遊記或生活素描等都是和報告文學同一範疇的東西，是依據事實的報導的文學樣式。這些報導的文學樣式，各有各的好處，當然不能因報告文學形式的比較完整而對其他的有所輕視，正和不能因小說的更「明瞭」「概括」而輕視報告文學一樣。

談詩歌大衆化

雷石瑜
孫望

石瑜
蒲風詩人兄：

雖則我們沒有見過一次面，但事實上，我們都是致力新詩歌的朋友，尤其這種年頭，我們是同樣地站在抗戰的詩歌陣線上，我們都是戰友。我是於去年年底從南京到長沙的，至少在目前，我可以說是個亡鄉奴，因爲我的故鄉——常熟，至今仍在寇軍蹂躪之下。我到長沙以後，才知道你們在廣州有「中國詩壇社」的組織，而且，還努力地出版着各種刊物。我雖則僅僅祇有讀過其中一冊——二卷一期——因爲在長沙僅僅祇看見有這麼一期發售，然而我已經很明白你們的動向，大衆化的動向。

的確，我們生存這種大動亂的時代，我們的喉舌，應該開向大衆，應該要向大衆說話，向大衆歌唱，而且要向大衆大聲地呼吼。所以站在原則上講，大衆化，是誰都不能否認的。

最近，我們這裏幾個愛好詩歌的朋友，連合武漢的幾個朋友，組織了一個「詩歌戰線社，」每星期借抗戰日報的地位，出版着週刊，以後或許也想來一個單行本刊物。因爲我們同樣是愛好詩歌的人，同樣是熱心救亡工作的人，所以我打算在這初次的通信裏，和你們兩位誠懇地商討一兩個極小的問題。第一個就是我們所說的「大衆化」所謂「大衆」還是普遍地指着自高等文人以至一般識字的農工商人等而言呢，抑或指一般有最低限度文化知識的羣衆而言？（這裏請容恕我還問題的問得似乎太愚笨一些）我們對於文化程度上，究竟應該有沒有一個粗粗的水準呢？因是我們的對象是「大衆，」對象與寫詩的人是有着密切的關係的。譬如說：如果我們的對象是指不識字或是等於不識字的羣衆的話，那末作者當然應該多寫『朗誦詩』而後再請善於朗誦人去朗誦給他們聽。如果我們的對象是指着有最起碼程度的大衆的話，那我們便該寫着最簡淺的詩歌，使他們都能够看得明白才好。再如果我們的對象是指一般有相當——高級小學或者初高中——程度的大衆的話，那我們於寫詩時便不妨多加上一些較高的技巧的，或者較精透的哲理，也够以稍爲參一些在詩種裏。這種運動技巧或者滲入哲理的地方，我們非先確定對象，是不易收效的。

話雖那麼說，但事實上，一個較適合大多數羣衆的詩刊，我想是應該要兼顧到各方面的。因爲還所謂「大衆」之中，往往是包括着高等文化人，中等文化人，初等文化人，和其餘一切識字或不識字的羣衆的。所以一個眞正「大衆」的詩刊，裏面也就得要兼收各種有技巧沒有技巧，有哲理沒有哲理的，高深一點或是低淺的一點的作品。而我們可以觀察羣衆的文化程度和其詩刊所銷行範域內的文化環境，再決定這裏面所收納的作品應該側重於那一方面。

誠然，一些貴族化的詩刊，敎文化程度稍淺的人看到了，都會搖搖頭說：「莫明其妙！」或是「這離開我們太遠了！」反過來說，一般適合於文化程度稍低的人的詩刊，敎受過中等敎育程度以上的人看了，也同樣會搖搖頭說：「幼稚幼稚！」或是「還離我們太遠了！」一類的話，這樣，似乎便形成了兩個不同階級似的，以至弄得各走極端，永不相合的地步，像這種各執一偏的現象，凡是新詩歌的致力者，我想都應該來共同設法避免的。

所以第二點，我想提出來討論的，就是我們怎樣才能夠使「詩歌大衆化」得到完美的結果，這在外國，也許比我們中國好得多，他們國內的敎育程度，比較我們中國，總要普及些，所以一個詩人寫詩的時候，對於這種深淺高低的問題，至少可以比我們來得少煩心一點。自然，我們得承認，我們中國的較多數的大衆是一般敎育程度極低的農工們，自然我們的工作要向着這般人去努力推進，但我們也得要承認，如果中國的敎育永遠不普及，大衆的文化程度永遠不提高，而詩人們也永遠寫着一些簡單淺易的作品，那麼新詩歌也就永遠不能向前展開新穎的途徑，同時高等文化人所欣賞的作品和較多數羣衆所能欣賞的作品，也就永遠沒有銜接的機會了。因此我常這麼想，我們一方面要從根本上提高一般大衆的教育程度，而另一方面還要設法使新詩不要失掉了「藝術」的成分，而在目前這種過渡時期，我們更需要研究怎樣去寫大衆化的詩歌，使知識低淺的人都能欣賞得，而知識較高的人不至於看看搖頭。

我很直率地而且很冒昧地提出了這兩個問題，不知道二位詩人兄也有同樣的感想沒有？在廣州方面，你們已有着較長時期的努力與研究，這，你們一定有很透澈的觀察，很精當的理論與實驗的，我懇切地希望告訴我一些你們的見解：可能的話，也請二位給我們長沙的詩刊一些新鮮的養料詩作或是理論。

爲着新詩歌的整個的發展與繁榮，讓我們不分地域不分派別地緊緊攜起手來罷，祇要我們都站在抗戰救亡的原則上面。

弟孫望（於長沙）

孫望兄：

讀了你的來信很愉快。你所提出的問題都是很有意義的，雖然「詩歌大衆化」已多年被提倡，而且普遍地被實踐着了：但由於多數詩歌工作者在實踐中仍沒有眞實地把握「大衆化」的諸種條件，而單主觀地觀念地，無批判地採用粗雜的語彙和形式化的堆砌。致使作品庸俗化，空洞化。我們所要理解而且要實踐的「大衆化」除言語的簡明性和普遍性外，還要表現現實的眞實性，爲使「眞實」更加顯明，具象，那就要深刻地使用形象化的手法。

許多詩歌工作者忽視民間的歌謠，其實那些歌謠的言語不但通俗而且飽滿着藝術的眞實性的：就是在唐詩中特別卓著的白居易的詩，不但那時代的人們讚歎「婦孺皆知」，直至活在這新時代的我們，也不能不承認他的詩作的通俗性和眞實性。當然我們不能無批判地，無條件地接受或模仿一切傳統的民謠和古典文學，因爲我們所跨着的時代已奔馳得很遠，很遠很遠地距離着先人的世界了。那時的言語所謂『通俗』到現在未必全是通俗，而且意識形態，世界觀，創作方法等更是我們應該全新地特別具有的。然而我們爲什麼要研究一切民謠和古典文學呢？那是因爲牠們在藝術上具有深刻地表現現實的眞實性，即我們要學習的那種高明的技法。比方莎士比亞已遠離我們幾百年，他們的偉大藝術遺產依然永留着，所以豐實地培養文化樂園的蘇聯，幾年前熱鬧地演着莎翁的戲劇，那決不是偶然的吧？又比方蘇聯的偉大詩人白德吶熱心地研究各民族的歌謠，創作嶄新的通俗詩歌，已是大家所周知的了。

故此，我們現在要創作的大衆化詩歌，其本身除具有如上述的根本的諸條件外，同時還包含着政治的，教育的意義，一方提高大衆的文化水平，一方加强抗戰的精神力量。

有些人以爲中國的人民是大多數沒受過教育的，所以詩歌應該在所謂藝術的這概念的範圍外，無條件地，無組織地採集一切低級的語彙，而把牠堆砌起來，他們雖看不懂，但聽得懂就夠了，這是非常有害的。我們知道「拉矢」「吃飯」是誰也聽得懂的，但我們不能承認把這些語彙堆砌起來就成爲詩歌。

無疑，中國的人民是和俄國的革命時代一樣，大多數是沒有受過教育的，但他們是有强烈的感受到藝術的神經的；同時我們爲使這大多數同胞享受文化，而且提高他們的文化水平，普遍地散佈文化的種子的教育任務，是必要執行的，我們的詩歌是不過教育的一種工具而已。

你提出大衆化的界限問題——即作爲對象的各階層——我以爲並不很重要的：因爲我們如果作上面的理解，就不能把大衆化狹義地限度在「不識字」或僅識些字的範圍以內：當然，在某種意義上，我們的作品爲那範圍以內的人們所愛好的，未必就被有知識層以上的人們所歡迎，然而那不過是生活感情的差異所致。譬如你對着農民歌唱工廠的機器，即使他們的耳朵聽得來也未必了解的；又譬如你對着所謂有文化教養的人，歌唱其象徵派，印象派的詩，也未必有幾個人領會。

所以我們的「大衆化」是廣義的，同時在創作上又是多面性的。

基此，你所謂「有技巧沒有技巧的，有哲理沒有哲理的高深一點或是低淺一點的」我也認爲有點機械的限定。事實上，藝術根本不能缺乏技巧，即使那首詩是屬於哲理的也必用形象的手法去顯現那哲理，高爾基曾在一篇「論詩的主題」上指摘一位詩人硬把「資本論」中的某一個說明法則——即提及蜘蛛與建築師的差別——搬在詩中弄得乾燥無味，便是一個好例子。至於你說我們以「不識字或等於不識字」的羣衆爲對象而多創作些「朗誦詩」朗誦給他們聽，這點是很正確的，但對識字甚至很識字的人們，我們也可以朗誦詩歌給他們聽，問題是在乎內容是不是適應羣衆的要求。比方俄國意像派詩人葉塞寧在咖啡店朗誦他的作品，很受紳士們的歡迎但和瑪耶可夫斯基，倍茲勉斯基等等比較那聽衆就差得很遠了。

其次你說到『怎樣才能夠使「詩歌大衆化」得到完美的結果？』這是視乎詩歌工作者能否

在創作的實踐中不斷地刻苦地努力下去，能否深透地觀察現實的本質，能否體驗動的生活的各面，能否攝取活生生的言語，能否從供研中豐富自己的想像力與創作才能，能否運用最明快的技巧，以及把握正確的世界觀等來決定；其次是伴着我們這種的努力，要普遍地根本地提高大衆的文化，也即是爲廣大的羣衆打開教育之門，這點我前頭已說過，而且你的信上也說得很明白了。

說來我自已很慚愧，我雖然是主張詩歌大衆化之一人，而所收穫的成果却很微小的，我感覺「會說不會做的」諷刺。不過好在我仍向着這目標努力，而且得兄誠懇的提供研究的意見，使我多一層興奮，但我答復這些粗淺的見解對不對，仍望多多指示。

雷石榆

建立抗戰漫畫的理論

胡考

漫畫界在抗戰期間無疑的是一個力量，但所盡的力並不大，并且沒有好好的盡量發揮出來。可是，幾個月以前有人在刊物上說：漫畫界平時不說話，到了非常時期卻能埋頭苦幹。這是很動聽的，埋頭苦幹本來最好。不過說話，在我們看來卻和苦幹一樣重要，的確，我們需要說有意義的話特別是目前這個時期：因為一種學術要謀得進步，謀得發展，就必須要有共同的力量，互相批評，商討，論解——說話。不然，苦幹沒有理論，便永遠在狹窄的經驗裏兜圈子沒法提高了。史太林曾說：別國人都說俄國人愛說話，卻卻相反，這正是俄國人的長處，俄國人時常開會說話；他們說了幾十年話，把一個破舊的俄羅斯改造成一個嶄新的蘇維埃聯邦共和國。我就覺到漫畫界少商討批評，就建立不起抗戰漫畫的有系統的說話——理論。

高爾基說過：「我們始終生活在階層社會的條件里，而在這種條件里，大家是知道的，沒有任何東西是在政府之外的。」我們要在社會上生活，作畫，就直接間接與政治有不可分離的關連。從前黃帝討蚩尤是爲了民族生存的自我保護，也就是政治，現在我們神聖的民族革命抗戰，也就是政治，戰爭是政治的高度表現，日本鬼子想滅亡中國，是想用他的政策來統治中國，奴役中國，是政治；漫畫家拿着筆桿作抗敵宣傳畫，這是什麼呢？這是幫助抗戰，幫助我們的政府，去完成一個獨立，自由，平等不受日本帝國主義壓迫的國家，這是政治！可知宣傳畫就是傳播政治主張的一種工具，宣傳畫作者說自己是沒有政治意識，所謂「超然派」是騙人騙己的笑話。因此，我們要特別重視我們的工作，我們不能像過去畫一朵花，畫一個擁有好幾個姨太太的老爺；同時我們更不能任意畫一個兇惡的日本鬼子便算了事，我們的畫是向民衆，向士兵，以及向一切人們作抗敵宣傳的東西；所以漫畫家必須有一定的視角和觀點，那就是正確的政治認識。

近來聽到一個頗爲有趣的故事，說平津失陷後，北平有一個藝術學校，搬往廬山，後來又從廬山再搬長沙，我覺得在這危急的抗戰時期，一些很有才能，很可以做點工作的藝術家，還在那里逃難搬石膏像，未免太不合時宜；然而，合時宜的漫畫家也未始沒有。這是無政府的個人主義者，這些人的醜態，在大時代的轉變中，暴露得一絲不餘。漫畫家口口聲聲說藝術家是象牙塔中的人物：但，部分的漫畫家却何嘗不是巴黎香粉中的人物呢！他們主張藝術至上主義，把藝術與政治截然對立起來，說藝術是無私心的純客觀的東西；然而，把這些話拿現在來說：那就是藝術與抗戰是沒有關係的，抗戰是政治的武裝鬥爭，是國家與國家的事情，藝術家可以不管這些，可以不幫助抗戰。試問中國人不幫助中國，中國的藝術家不幫助中國的抗戰；如果，個個中國人都有藝術家可恥的藉口，那末中國只有滅亡，做日本鬼子的奴隸，又有什麼別的方法呢？中國的漫畫亦然，漫畫家不在有錢出錢，有力出力，和人人都要捍衛國家的口號下，幫助政府抗戰，那末就是甘作亡國奴。旁觀者是什麼？應該說，就是間接的幫助了敵人！

其次，有些漫畫家走上了舊浪漫主義的道路，用種種手法去麻醉羣衆，逃避現實；但他們却會說：沒有工作可做，借漫畫來解決精神上的苦悶，知識份子用言詞來搪塞自己的醜惡，幾乎是他們的本能，這沒有什麼希奇。

一個漫畫家必須積極地參加抗敵宣傳工作，參加到每一個團體，機關，以及軍隊里去；漫畫家必須在前方，後方，以及失去的土地上去做工作，而事實上每一個組織，或每一個地域都需要我們去工作，這在最近武漢的全國漫畫作家協會的戰時工作大綱上，已明白的指出：我們可以參加當地的後援會，民教館，和一切宣傳機關去工作。因此漫畫家不僅是抗敵的宣傳工作者，而一定要是為國家民族，不顧一切犧牲的戰鬥員。

據抗戰以前的統計全國有漫畫作者六百人至八百人，這都是在刊物上發表過作品的。六百人中間也確有不少是參加抗戰宣傳工作的。但，根據半年來一般的工作表現，我不敢說絕無疵點。

據我所知道的：一種藝術品表現着前進的，它是革命鬥爭中的重要手段；一種藝術品表現要落後的，却不是簡單的消遣品，而是反對革命的力量；現在，如其把這一個說法，應用到目前的漫畫界來，那應該是：漫畫在抗戰中有積極的宣傳作用的，是民族革命鬥爭中的重要工具，漫畫在抗戰中沒有積極宣傳作用的，是反對抗戰的力量。關於這，我相信沒有一個宣傳畫作者，願意担當這個罪名的。但，事實上我們確有有意無意地歪曲了民族革命的政治意識的作品，在這一個非常時期出現，而且不斷地產生。舉一個例子來說吧：最近仍有些人在某刊物上發表的其中「未來的戰爭」一畫，很明顯的，是舊浪漫主義的色彩，透露在新的條件下，違反了現實：它是一貫的沉溺在趣味主義里，企圖爲商人營利，同時又浪費精力物質的作品。這一幅畫所給我們的是空想，也是五十年後抗日論的標本，它描寫着我們「未來的戰爭」，可以用種種不同的幻想的機械——武器——去爭服日本，滅亡日本；我想：這跟機會主義者夢想着日本來一次空前的大地震，是同樣的可笑的。擺在我們面前的是抗戰，是事實;而決不是未來仇恨的報復,或我們也去規仿法西帝國主義者用「飛機」「大炮」破壞人類的和平,人類的幸福那些空想。因此我敢率直地說:我們的時代決不需要這樣的作品,這樣的宣傳畫是有商討的餘地的,而類似這樣的例子還多得很。我們很敬愛那些先生,我們知道在客觀上產生這樣的結論不是他們最初的動機。但一個漫畫家要最愼重地選擇自己的題材,這是因爲自己的作品是準對着羣衆宣傳的工具。要糾正這類幻想作品的錯誤,漫畫家必須儘可能的接近羣衆,儘可能的與羣衆打成一片,儘可能的在羣衆的批評里,選擇最可靠,最有效的題材,而這一個題材是活的,是動的,是跟着時間和空間的轉移,隨時推進的。

同時,很多漫畫家沒有這樣做,這應該是缺乏正確的政治認識的結果。

我以爲漫畫家要加緊政治修養,從書本上去接受別人的經驗和學理,再綜合自己的實際體驗,完成一個正確的,有系統的政治認識;在正確的抗敵政治主張的領導下,作有助抗戰的有效的政治傳播。我希望進步的漫畫作者(或高明的理論家)起來,像建設國防工業一般地,建設我們迫切需要的科學的漫畫理論。要這樣,漫畫家才不至逃避救國,而能完成自身在抗戰中的任務;要這樣,漫畫家才不會有意無意的淪入舊浪漫主義的泥淖裏,而能使每一作品都有健全的抗敵意識,和廣大的宣傳作用！

恕我再一遍說：我在這里向全國漫畫家商討，商討。

關於抗戰演劇

舒非

一

六個多月的抗戰過程，使我們得到了無限的經驗與教訓，因此，我們在政治上的機構與路線已經逐步改善，在軍事上的戰略與戰術也有很大的革新，所以自第二期抗戰開始以來，不論在政治上與軍事上都表現出非常樂觀的現象。可是站在現實前頭以表揚現實爲任務的演劇，到目前究竟有沒有配合着現實的發展而得到改進，這是值得我們每個演劇工作者深深檢討的。

自然，抗戰開始以來，由於政治情勢的發展，新演劇的觀衆與領域也隨着擴展了。不論怎樣偏僻的農村裏或軍隊中都有演劇這種藝術工具在宣揚着救亡的情緒，而且得到了相當的效果。但是這還不過是客觀形勢發展的一面，在主觀上，演劇本身的進步却還差得很遠，這是有目共見的事實。

藝術的任務，不單是反映現實，而且要指導現實。所以我們對於目前這連現實都還跟不上的演劇藝術，究竟要怎樣才能使它得到充分的發展，完成它在這大時代中的任務，實在是一樁急待解決的問題。

二

從「九・一八」事件起，中國的話劇就開始了質的轉變，凡是具有藝術良心的劇作家都或多或少地在他們的脚本中表現着抗日的情緒，和曝露了漢奸們的醜惡。及後，在「國防戲劇」這口號之下，更特別地強調了脚本內容的政治性，凡是具有國防意義的脚本，都得到全國各地大小劇團的歡迎。不過在那時候，國內政治局面尚未統一，人民還沒有得抗日的自由，因而使得一般的演劇工作者不能盡量地發揮他們的能力而使國防戲劇有充分的發展。

所以，「八・一三」的全面抗戰發動以後，全國的演劇工作者雖然馬上組織了許多移動演劇隊到各地去作救亡演劇的工作，可是脚本內容的貧乏却在這個時候完完全全地曝露出來了。六個多月以來，雖則大聲疾呼地喊着提高演劇內容的政治性，可是其結果，多半祇是政治口號的插入，而沒有和發展着的政治形勢相配合；至於新的藝術形式，更忽略了高深的追求。雖然由於客觀環境的限制，整天的在奔波流動中，事實上難於顧及，但是過份的把藝術形式忽略而不談，這也是一個錯誤、事實，目前一般的演劇，不論其內容與形式都有意無意地犯了公式主義或是「馬虎主義」的毛病。

三

有好些心急的朋友，他們看見目前這種演劇情勢便苦悶起來。他們以爲目前的演劇動向，實在不是一條正確的路道，如果這樣發展下去，將來的前途可不堪設想……。自然，這些朋友對於演劇前途關切的心情是值得讚許的，但是藝術事件的演進必須有社會的基礎和藝術本身的傳統的根據却也是理所當然的事。

中國人對於藝術向來忽略，對於戲劇尤其輕視，在封建社會裏面是爲士大夫所不齒的。「五·四運動」之後，中國人對於話劇的看法雖有很大的轉變，但除去一般學生知識份子之外，究屬少數，而況十幾年來演劇始終還沒有得到完全的自由，不論在脚本的出版或是演出上都受着重重的打擊。至於藝術的傳統更爲貧弱：中國固有的舊戲已經沒落，所謂藝術的遺產又尚未找出有妥善的方法來整理或接受新興的話劇方面，雖說近幾年以來，由於電影與演劇的支流，在舞台藝方面已有了相當的進步，可是究竟還是個初生的嬰孩，比之外國年壯力强的大人卻還差得很遠的。

西班牙戰爭的史實跑到蘇聯的劇作家手裏會產生出西班牙萬歲，爲什麼比西班牙戰爭還要壯烈的中華民族抗日的戰爭史實，在中國劇作家手裏不會有像西班牙萬歲那樣的作品產生呢？很明顯的，這就是由於主觀能力不如他人的原故。所以目前的抗戰演劇之貧弱實在不是偶然的事。

四

目前我們中華民族正降臨在一個民族革命的偉大的時代裏。這偉大的革命浪潮將給古老中國的社會，政治，文化諸部門以澈底的推進，將給全人類的自由和平以堅强的保障。中國的新演劇運動也無疑的將在這激烈的潮流中走上它的康莊大道。

也許有人會說，在這抗戰時候，演劇團體終日在各地東奔西跑，根本談不到新演劇的建設，甚至有人以爲目前所須要的祇是演劇的宣傳效果，其他藝術形式都用不着去講究。其實，這兩種說法都是不對的。

第一，我們以爲目前的抗戰環境，正是建設中國新演劇的一個大好機會。因爲我們在戰前的話劇形式都是從外國輸進來的一個嶄新的東西，雖然由於它的內容比之固有的舊戲來得現實而適合現代一般觀衆的要求，但是它的形式畢竟爲一般看舊戲的觀衆所不大習慣，所以在一般的下層大衆中，話劇的形式到底沒有舊戲的形式那樣容易接近。然而過去的話劇工作者又多數都集中在幾個大城市中，工作的對象又多屬知識分子和小市民層，一般的勞動者，特別是內地的農民，羣衆根本就沒有接觸的機會。所以全國內地的現實情況，和全國最大多數的觀衆所需要的是什麼東西都無從曉得。現在已藉着日本帝國主義的砲火把中國的話劇打到全中國的每一個角落裏去了。在這過程中，我們原有的話劇是否適合目前最普遍的現實和最大的多數觀衆所歡迎的演劇形式是什麼，都可以在這時候得到一個解答，只要我們能夠將現實的問題認識清楚，然後對症下藥，一切便可迎刃而解。

第二，在這抗戰時期，自然，一切文化工作都以鼓動抗戰情緒爲目標，所以說抗戰演劇之祇求其演劇的宣傳效果是對的，但是說其他藝術形式之可以不用講求，這就錯了。我們雖然不是藝術至上主義者，但是我們以爲在藝術上成功的作品其感動力必然更深，因而其所獲的效果也必然更大。這是因爲它是通過藝術形象來傳達他的情感而能更深刻地印入人們的腦海中的緣故。演說發傳單的工作之所以和演劇工作不同，其區別也就在此。

五

依據以上所述，我們以爲我們演劇工作者必須在這抗戰的過程中來完成新演劇建設的任務。在目前，首先在內容上必須加强它的政治性，就是說，一切演劇內容必須和政治情勢的發展作個很好的配合，務必把演劇與政治的關係配合得和溫度與寒暑表的關係一樣，政治上有怎樣的度展，演劇也就有怎樣的表現。於此，必須說明的是，劇作者跟隨在一個劇團或演劇隊中工作的關鍵也就更爲重要了。劇作者的脚本，成了劇團或演劇隊的政治工作綱領。在什麼時，什麼地方，政治上有着什麼變化，在我們的演劇裏要怎樣表現……？一切關鍵都操在劇作者手裏，我們這樣說，并不是故意要誇大劇作者在劇團或演劇隊中的權威，而實際上的確有着這樣的關係。雖然現在有幾位朋友提出另外一種集體創作的方式：將全體工作者爲編劇，導演，演員，裝置，照明，化裝，服裝等各方面的負責人，大家集議好一個主意，和大概規定一個情節的輪廓，交由導演在排演的過程中去執行創作，演員的台詞都是由担任表演的演員上了台之後臨時創作的。一齣戲排好之後，同時脚本也就完成了。可是這種方式，目前還只是一個理想，因爲這種全靠演員的動機性的辦法，只有在某種條件之下的劇團或演劇隊中才可以拿起來嘗試的。

其次，關於演劇藝術形式方面，我以爲也不能有絲毫的忽略的。雖然在這種動亂的環境中，時間既不容許你有長久的思考，物質又不能有完備的應用，可是我們却不能因爲這種種困難便置之而不問。現在的問題是如何在這種困難的環境之下來建設我們的新演劇？

關於脚本的產生方法，剛才已經附帶的說過一點了，一句話，目前的劇作家已經不容許一個人躲在書房裏靜默地思索和長久地寫作了他——不論個人或是集體必須在這動亂的過程中，機動地抓住當前的現實把脚本產生出來。至若脚本的形式方面，爲要配合當前的不斷地發展着的政治形勢，「活報」是最適合的方式之一種，其次「街頭劇」也是必須發展的一種方法。此外，目前的話劇形式當然還是一種主要的發展途經，不過爲要使他更爲通俗和更爲大衆所接近，他對於中國舊戲中的連塲的方式和文明戲中的各種通俗的手段都必須批判地採用。我總以爲將來的新演劇的形式，決不是現在的話劇或舊戲或文明戲的某一種單獨的形式的發展，它必然是話劇，舊戲和文明戲三種形式中之某一部份（當然話劇的成份佔多數）所結合而形成的另一種新的東西。

裝置和照明雖說由於內地野台上的各種物質條件的限制，不爲隨意所欲的作各種技術的試驗，但也不是說就完全沒有發展的可能的。

相反的，我們必須在這困難的物質條件之下將簡湊陋的研究出一種適合這種環境的方法來。比如在萬年台上，固然不能也不必用三夾板來搭布景，但是我們就應該在這只有一面牆的地方來表現我們所要表現的東西。而且這種表現必須非常簡便而使一般的觀衆能一看就懂。還有明明也是一樣，我們必須想出方法來控制煤氣燈或洋臘燭務使它能發生我們所需要的効果。

至若其他一切舞台藝術以及演出方法，也必須依據內地的現實環境和各種物質條件來找尋出一種新的方法來表現。一句話，前途是荊棘，然而不能不走。

所以，抗戰六個多月以來的演劇運動，雖然有意無意地犯了相當的錯誤而不能不指出來給予糾正，可是我們決不對這情勢而悲觀。相反的，我們對於中國新演劇的前途表示無限的樂觀。因爲演劇這種運動決不會飛躍地發展的。從史的眼光看來，六個多月的時間確實太短了。我們相信中國的新演劇藝術，一定能在這困難的不斷的奮鬥中建設起來！

劇運建設的諸問題

錢　堃

一　前言

神聖的民族抗戰，像一個全能的創造者一樣，有力地推動着時代的輪子，飛速地促進了中國社會各方面的進步。在這些進步中，自然也還存在着許多缺陷。但這是發展中的缺陷，而不是致命的。它們在發展中產生，將在發展中被克服，因而促成更向前的發展。只有各種各樣的民族叛徒——尤其是托洛斯基派，才會故意誇大着局部的缺陷來抹殺整個的進步。凡是愛國的黃帝子孫，都應當各盡所能，用集體的力量爲克服缺陷爭取光明的前途而鬥爭。

中國的戲劇運動，一年來受着驚人的發展。就拿這淪陷了的上海來說，誰能否認，今天的劇運情勢，決不是一年前所能夢想得到的。現在我們有成千的新戰士踏上了這一個藝術的戰線，在這一戰線上大家不分階級不分流派共同一致地戰鬥着。

然而我們也不能否認，目前上海的劇運中存在着不少嚴重的缺陷。爲了更大的勝利，這些缺陷急待克服。廣大的新戰士，個個充溢着戰鬥的熱忱，而且已經在開始作戰了，然而他們多半沒能熟諳戰略和戰術，甚至還不會使用他們的武器。戰友之間，彼此都向着同一的目標前進，然而這裏缺乏着共同遵守的綱領和堅強鞏固的隊伍。

故意誇大缺陷是邪惡的，過於忽視缺陷却是愚蠢的。看不出目前的缺陷，看出了而不關心，或是克服缺陷不够積極，縱使你有滿腔的熱忱，你也不能不在客觀上或多或少地成爲劇運的罪人。

目前上海劇運的建設工作之不够開展，這是一切缺陷的主要根源。怎樣來積極推進建設工作，這是有待於集體的努力。每一劇運同志，各就所知，提出建設工作的諸問題，發動討論，在目前却是最必需的。

因此，我敢不辭譾陋，略述所見，以就教於全滬的劇運同志。

二　一個中心口號

作爲行進的旗幟的中心口號，在任何運動中都是必要的。那麼，現階段劇運的中心口號應當是什麼呢？

中國戲劇運動是中華民族解放事業的一部。它的主要任務是通過戲劇藝術來爭取整個民族解放的澈底實現。中國劇運一開始就是向着反帝反封建的目標前進的。「九一八」以後，中國人民反帝反封建的鬥爭，進入反日反漢奸的新階段，戲劇運動也就以反日反漢奸爲其主要內容。蘆溝橋抗戰的砲火，在中國歷史上劃下一條燦爛的鴻溝，反日反漢奸的鬥爭發展到一個最尖銳最澈底的新形態——對日抗戰。在目前，中國劇運的迫切任務是爭取抗戰的勝利。

因此，我們同意，早已有人提出的「抗戰戲劇」應當是當前劇運的中心口號。

抗戰戲劇應當理解服從於抗戰的利益的戲劇，而不是僅僅描寫戰爭的「戰爭文學」的戲劇。它的任務是支持抗戰，推進抗戰，爭取抗戰的澈底勝利。

這次對日抗戰是全民族的全面的抗戰。抗戰的目的，是爭取民族獨立民權自由和民生幸福的實現。只要是服從於抗戰的利益，不論是描寫前綫的還是後方的，光明面的還是黑暗面的，都可以叫做抗戰戲劇。因此，抗戰戲劇的內容與形式，是多樣的，不是單一的。

抗戰戲劇是「國防戲劇」的發展。國防戲劇這一口號的提出，是在全國人民迫切要求建立抗日民族統一戰線，要求實行對日抗戰的時候。現在抗戰已經爆發了，統一戰線已經建立起來了。反映着全國人民對於鞏固並擴大統一戰線爭取抗戰的澈底勝利這一新的要求，抗戰戲劇繼承了國防戲劇的傳統，成爲現階段劇運的中心口號。

抗戰戲劇，和國防戲劇一樣，不僅是「作家間的關係的標幟，」而且也是在作品原則的中心口號。這就是說全國的愛國戲劇工作者，不但必須在抗戰戲劇這一旗幟下團結起來，而且應當以抗戰戲劇的任務，爲各自的作品之共同的原則。自然，創作方法的自由，在這裏依然是允許的。

三　戲劇藝術的再認識

戲劇是戰鬥的藝術。它適應着人類的勞働而產生，它伴隨着人類的求生鬥爭而發展。它不僅能滿足人們娛樂的要求，而且透過藝術的形式給人們以宣傳教育。

戲劇藝術的戰鬥性，主要地表現在三個特點上。戲劇是綜合的藝術；藝術是集體的藝術；也是行動的藝術。

所謂綜合的藝術，不僅由於戲劇演出中可以插入音樂、舞蹈、繪畫、雕塑等作品，而且在對話上可以有音樂美，在動作上可以有舞蹈美，在場面上可以有構圖美，在姿態上可以有造型美……戲劇綜合了各種藝術的特性，成爲一個統一的獨立的新藝術，所以它吸引人和感動人的範圍特別廣，力量特別大。

所謂集體的藝術，不僅表現在戲劇演出必須有許多演員和前後台職員的共同努力上，而且也表現在從劇作者到導演到演員職員一直到觀衆的切實合作上。正因爲戲劇藝術是集體的，戲劇工作就不僅有宣傳的任務而且有組織的任務，戲劇運動就不僅是一種文化運動，而且是一種羣衆運動。

所謂行動的藝術呢，也可以從兩方面來說。戲劇是以活生生的人，直接的具體的行動，表演給觀衆看的。同時，或者說是因此，它不僅像其他文藝作品一樣組織人們的思想和情緒，而且能組織人們的行動。一齣富有煽動力的戲，可以激起全塲觀衆的口號，歌唱，台上台下打成一片，甚至出發游行。

戲劇的戰鬥性，必須經過戲劇工作者的努力，才能完成戲劇的戰鬥任務。因此，我們在戲劇工作的實踐中，必須以發展戲劇的戰鬥性爲基準。

劇作者應當選擇現實的題材，建立積極的主題，用成熟的寫作技巧發展主題的積極性，導演應當澈底了解劇本的主題和創作方法，運用成熟的導演藝術來發展主題的積極性。演員應當澈底了解劇本的主題，根據對於所飾角色的社會關係和個性，創造自己的表演藝術來發展主題的積極性。一切前後台工作人員也都必須以共同發展主題的積極性爲各自的工作任務。

四　關於組織工作

沒有堅强的組織，不會有積極的工作。組織工作的改進，是開展劇運的基本條件。自然，劇運的繼續開展，也可以不斷地推動組織工作的改進。

目前上海劇運中組織工作的中心問題，是怎樣健全組織，怎樣發展組織，怎樣鞏固和擴大團結。要健全組織，首先必須統一對於組織的認識。戲劇組織，不僅僅是一個事務的結合，更不僅僅是一個營業的集團，而是一個運動的細胞，戰鬥的單位。戲劇組織裏的各成員，必須以運動使命和戰鬥任務爲最高的共同目標而集合起來，才能免掉由爭權奪利而發生的分裂。

組織的原則，應當是民主集中制。對於本組織的一切工作，在決定之前每一成員都可以自由發表意見，根據少數服從多數的規律，做出討論後的決定。決定之後就必須一致執行。

組織工作，倘若離開了其他日常的實際工作，那是無法改進的。當一個劇團企圖用組織機構的和人選的變更來改進組織工作，而忽略了對於日常的實際工作的注意，他們的企圖必將落空。健全組織和開展日常工作是不可分割的。

發展組織有兩種意義：一是擴大原有組織的人數，一是在原有組織之外，建立新組織。無論那一種發展的方式，都有一個共同的原則，就是，必須先開展原有組織的工作，擴大工作的影響，深入廣大的羣衆中去，引起他們對戲劇的興趣，指導他們，協助他們工作。這樣，你就很容易把他們吸收進原有組織中來，或者幫助他們成立新的組織。

鞏固和擴大團結，是指各單位組織間的經常聯繫問題。包含着全上海各戲劇團體的總的組織，是非常必要的。這一總的組織的共同目標，無疑地也必須是劇運的中心任務。而且也必須以民主集中制爲組織原則，也必須以日常工作上的聯繫來協助組織工作的進行。適應着單位組織的發展，這一總的組織必須不斷地擴大。

由於政治信仰，藝術觀點和生活習慣的不同，這一總的組織中可能而且必然會隨時發生許多磨擦。解决這種磨擦的主要原則，應當是一切服從抗戰劇運的利益。這裏，積極的爭取，耐心的說服，寬大的感化，都是不可少的。我們要用自我批判性的鬥爭來鞏固並擴大團結。

五　關於訓練工作

戲劇工作是一種專門技術，不是人人天生就會做的。會做的人，也不一定馬上就做得好。在目前，大批新的戰士——嚴格說來是大批後備軍——走上劇運陣綫來，到處鬧着幹部荒，訓練工作就有迫切的需要了。

問題的癥結是在大家渴盼着「劇運先進」們去訓練他們，而「先進」們留在「孤島」上的却實在寥若晨星。

目前可能做到而且必須做到的，是建立一個大規模的總的訓練班，參加的人由各單位組織選派，請碩果僅存的幾位「先進」担任導師。

同時，各單位組織應當分別建立本組織內的座談會、研究會、讀書會、實習班等等，由參加總的訓練班的同人負責協助，倘若有本組織內解決不了的問題，提到總的訓練班去大家討論，或請導師解答。這雖然是一個艱苦的工作，然而却是異常重要的工作。在「導師荒」的目前，集體的自我學習是必要的。

訓練工作還必須同日常工作聯繫起來。在工作中的學習是最好的學習。排練和演出可以做研究的資料和印證，研究所得可以充實排練和演出。這樣相互發展的工作，是最好的自我訓練。自然我們更希望能有一個良好的戲劇刊物，或是一個負責通信教育的機關。讓初學者們有一個徵詢請教的機會，彌補他們在實際工作中在集體方式下不能解決的缺陷。

最後，必須指出，劇運中的訓練工作，應當政治的和藝術的並重。這二者是不可或缺的。忽略了政治的訓練，只能造就一些「藝人，」而不能培養出戲劇運動者；忽略了藝術的訓練，只是一般的救亡工作者，而不是站在戲劇崗位上的救亡戰士。最好的訓練，應當是二者統一的，滲透了政治認識的藝術修養，或是適應着藝術要求的政治修養。

劇運的發展沒有止境，訓練工作也是沒有止境的。讓我們不斷地努力吧。

六 關於演出工作

無論就藝術的本身或是就戲劇運動來說，演出工作都是必要的。只有經過演出，戲劇藝術的戰鬥性才能充分發揚。只有經過演出，戲劇的宣傳教育的任務才能完成，而且由於演出的影響之擴大可以促進劇運的組織上之發展。

目前上海的演出工作，首先遭遇着劇本荒這一嚴重的現象。倘若把編劇人才的缺乏作爲劇本荒的唯一原因，那自然除了積極培養新的劇作家以外沒有更澈底的辦法。然而事實上却不僅由於這一原因。劇作家們的無從下筆之嘆，也是一個値得注意的問題。這裏我們必須把取材的範圍廣泛地擴大，根據關於抗戰戲劇的內容的規定，只要是服從抗戰利益的，任何角落的眞實的動態都可以採取作劇本的題材。而這樣的題材，却不一定都是演不出的戲。

最近曾經有人絕望地悲號着：「公演是最愚蠢的事。」與其說這句話帶着濃重的阿Q氣，不如說這是根源於劇運之失敗主義的觀點的。因此，才叫做絕望的悲號。這種人的哲學是「孤島演劇難。」其實孤島上演劇固然沒有像在青天白日下來得痛快，但也決不是動彈不得的。問題是我們必須學習一種戰術的寫作技巧，突破這艱苦的環境。無論怎樣嚴重的干涉，它總有一條漏縫，能穿過這條縫前進的，就能獲得光榮的勝利。

更重要的問題倒是對於觀衆的理解。認爲孤島人民只曉得追求麻醉劑，那是演出工作的歧途的起點。倘若你能仔細觀察一下，昂着頭走進淫靡的娛樂場又俯着首出來的觀衆，不但看見他臉上的笑，而且聽見他心裏的空虛，你就會逐漸領悟到他們到底在追求着什麼。這追求的目的物，他們或許自己都不曉得，然而你却可以給他，人們也禁止不住你。適應觀衆的需要而符合着你的良心的演出，在目前依然是可能舉行的。

這樣說來，經濟上的要求和工作的任務，也就不相衝突了。有意義的戲，同時也可以是能賣錢的戲。假使二者發生衝突時，你不要以爲只有丟下工作任務才能滿足經濟要求。你應當切實地檢討一下，什麼地方使觀衆不能接受。有意義決不是觀衆不能接受的原因。在創作方法和演出水準上，都得向觀衆學習。

七　關於批評工作

也許有人會罵倒一切地斷定在目前的上海根本沒有戲劇批評，報章雜誌上的劇評算不得一回事。寫劇評必須有超過劇作者導演和一切演員的天才和造詣，否則就免開尊口。話似乎是不錯的，然而我們不能等產生了這樣偉大的權威的劇評家再來建設戲劇的批評工作。

自然我們也並不主張，阿貓阿狗都可以寫劇評，瞎三話四都可以算劇評。對於先進劇人們之善意地指出目前批評工作之貧乏，積極地提示批評工作者應當努力加深修養，我們認爲是必要的，而且應當向他們致敬。

值得討論的是批評工作的任務問題。寫劇評的目的，決不應當是顯示自己的學識，更不應當以私人利害爲依歸，還是沒人否認的。然而劇評的作用，僅止在提高藝術水準呢，還是在從各方面去推進整個的劇運呢？我們的答復是肯定後者的。批評工作的任務，應當是全般地或者局部地指出缺陷和闡揚優點，使戲劇實踐者在經驗中獲得教訓，以引導劇運向更光明的前途發展。

因此，一篇沒有引經據典、沒有心靈掘發、沒有格高千古、沒有獨得之妙的平凡的劇評，只要能對於當時劇運有一絲一毫一點一滴的幫助的，誰也不該抹殺它的價值。

倘若忽視了藝術的社會價值，對於一個劇評人之運用新興社會科學的智識來分析劇作者的世界觀，或是配合着當時的政治形勢來發揚劇本主題的積極性，我們會譏笑他文不對題。倘若忘記了戲劇演出的運動的意義，對於一個劇評人之根據演出的環境，劇團的立場，劇人的政治傾向來決定爭取的或抨擊的態度，我們會哭喪着臉嘆「藝術破產，」或者咬牙切齒地咀咒「左道旁門。」然而爲了民族解放的戲劇運動却會向這樣的劇評人伸出手來，歡迎他們像歡迎專事提高藝術水準的劇評人一樣。

那些粗製濫造、敷衍塞責、千篇一律、言之無物的劇評人，却會像胡捧濫駡的無賴和死鑽到爲藝術而藝術的牛角尖裏去的「超人」一樣，被戲劇工作者和人民大衆從劇運的道路上掃蕩垃圾般地清除出去。

八　一條新的道路

適應着抗戰的要求，適應着目前上海劇運的客觀條件，橫在每一個戲劇工作者的面前有一條新的道路。那就是作爲文化普及運動之一個支流的戲劇普及運動。

文化普及運動，是抗戰爆發後的新啓蒙運動在淪陷了的上海的特殊名稱。中國人民大衆的生活，在帝國主義和封建勢力的雙重壓迫之下，陷入極度的貧窮與不幸。他們的思想，也在侵略文化和腐敗禮敎的夾攻中呈現着可悲可憤的愚昧與混亂。新啓蒙運動，秉承着反帝反封建的文化運動的傳統，在抗戰前爲了喚醒民衆一致奮起團結對外而鬥爭，在抗戰後，它的任務是提高人民大衆的抗戰情緒，指示抗戰的途徑，鞏固抗戰的信心，爭取抗戰的澈底勝利。

戲劇普及運動，是文化普及運動表現在戲劇工作上的。它不但和抗戰戲劇運動絕無衝突，而且就是抗戰戲劇運動在此時此地的一個分支。

戲劇普及運動的主要內容可以概括地分這幾點：

（一）劇本大衆化　劇本必須爲大衆的爲原則。要强調主題的積極性；要運用能被大衆所接受和歡迎的創作方法：要以通俗口語和新文字寫劇；要廣泛地展開集體創作；要大量地多樣地創造新的戲劇形式。

（二）理論通俗化　理論必須以通俗易學爲原則。要建立正確的戲劇理論；要以淺顯的文字寫理論；要使實際工作和理論緊密地聯系起來：要用演講會、訓練班、座談會、讀書會等方式開展通俗理論的工作。

（三）技術普遍化　技術必須以普遍傳授爲原則。要建立適用的各種戲劇技術；要實施導演隨習制、表演隨習制、舞台工作隨習制等；要使技術訓練和日常工作配合起來；要用演講會、訓練班、座談會、讀書會等方式開展技術普遍傳授的工作。

（四）向大衆學習、把戲劇交給大衆、創造大衆的戲劇　多量地舉行廉價的或免費的演出；在給大衆演出時不斷地從實踐中改進自己的工作，激發大衆對戲劇的興趣；切實扶植大衆自發的戲劇組織；深入大衆中去推動成立戲劇組織培養大衆的戲劇工作人才；鼓勵並協助大衆在戲劇上創造。

要展開戲劇普及運動，必須號召戲劇界的總動員。每一個人每一組織都必須在這一運動的總的任務之下統一地團結起來。任何一種戲劇形式——例如舊劇，文明戲，地方戲，各種游藝等，都必須充分利用、積極改革，共同爲這一運動服役。

九　贅語

拉雜地寫下這些粗淺的意見，拋磚引玉的企圖在這裏是必須從新申述的。

全上海的劇運同志們大家在冒着沉濁的空氣埋頭苦幹着。現在我們不是說話的時候，每個人都會這樣想。凝視着陰霾的天色，我們的伶俐的嘴唇悲憤地合了起來。

然而當我們感到黑夜中的行旅一樣的迷惘時，我們會情不自禁地向伙伴們發出親切的呼聲來：「我們怎樣走呀？」

對於這一呼聲的有力的回答，不應該只是某一個伙伴的。讓伙伴們自由地各人說出自己的話吧。集合了所有的話句，我們將從這中間發現大家所尋找的答語。

倘若目前還是黑夜的話，這是黑夜的盡頭了。讓我們勇敢地交談着，手攜着手迎着黎明走去！

談抗戰歌曲

豐子愷

抗戰以來，藝術中最勇猛前進的，要算音樂。文學原也發達，但是沒有聲音，只是靜靜地躺在書舖裏，待人去訪問。演劇原也發達，但是限於時地，只有一時間一地點的人可以享受。至於造形美術（繪畫雕塑之類，）也受着與上述兩者相同的限制，未能普遍發展。只有音樂，普遍於全體民衆，像血液周流於全體一樣。我從浙江通過江西，湖南，來到漢口，在沿途各地逗留，抗戰歌曲不絕於耳。連荒山中的三家村裏，（我在江西坐船走水路，常夜泊荒村，上岸遊覽，親耳所聞。）也有「起來，起來，」「前進前進」的聲音出之於村夫牧童之口。都會裏自不必說。長沙的湖南婆婆，漢口的湖北車夫，都能唱「中華民族到了最危險的時候。」宋代詞人柳永所作詞，普遍流傳於民間，當時有「有井水處，即有柳詞」之諺。現在也可以說：「有人烟處，即有抗戰歌曲。」唐代詩人白居易的詩，平易淺明，世人有「老嫗能解」之評。現在的抗戰歌曲，當然比白居易詩更爲平白，直可稱之爲「幼童能解。」原來音樂是藝術中最活躍，最動人，最富於「感染力」和「親和力」的一種。故我們民間音樂發達，即表明我們民族精神昂奮。是最可喜的現象。前綫的勝利，原是忠勇將士用熱血換來的。但鼓勵士氣，加強情緒，後方的抗戰文藝亦有着一臂的助力而音樂實爲其主力。

古語云「大行不顧細謹，」在國家存亡危急的今日，對於藝術不宜過於嚴格地批評。只要不妨礙抗戰精神而具有幾分價値的，我們都應該容納或獎勵。讓牠們多多益善地產生。古語云「曲高和寡。」現在却相反，應說「曲好和衆。」因爲現在對於藝術不求其「高，」（高就是深，在繪畫是「氣韻生動」的傑作，在音樂是「流水高山」之類的名曲。牠們自有其高貴的藝術的價値。這種藝術在近代被稱爲「爲藝術的藝術，」或「象牙塔中的藝術，」只能讓少數優越分子互相欣賞，不宜作爲民衆藝術。）但求其「好。」所謂好，就是有耳共賞。凡不含毒質而合乎大衆胃口的，都是好曲。現在抗戰歌曲雖如雨後春筍，但到後來自然會淘汰，只剩最好的——就是最合大衆胃口而不含毒質的——幾曲流行于民間。所以不妨讓牠們多多益善的產生，不應該作嚴格的批評。戰地的編者舒羣先生要我寫一篇關於音樂的論文，我最初猶豫未能動筆。因爲論文不免涉及批評。批評不免趨於嚴格。但舒先生關心於這方面，實在是難得的，不可不有以應屬。現在寫這篇竭力避免嚴格的批評，但對抗戰歌曲略略貢獻一點意見。

關於抗戰歌曲，可就三方面談。第一是歌詞，第二是樂曲，第三是樂譜。

現行的抗戰歌曲的歌詞，就是抗戰文學的一部分，固然慷慨雄壯，沒有一曲不是怒髮衝冠的暗嗚叱咤。但我翻了許多抗戰歌曲集，覺得有兩點惹我注意：第一是略覺「千遍一律。」譬如「起來，起來，」「前進，前進」之類，固然是促醒民衆的有力的呼號。但用之太多，反覺疲乏。用之不得其當，反失効力。我以前做教師時，曾有這樣的經驗：上課時兒童注意力不集中，須得用高呼，或在黑板上拍教鞭。以促其注意，使全體靜肅聽講。但倘濫用此法，不住地高呼，不住地拍教鞭，到後來會失去效用。那時就非用別種較軟的方法；譬如講一故事，唱一歌曲，或忽然改變上課的態度，倒可引起兒童注意，使大家一致團結。抗戰歌詞，我以爲也如此。高呼「起來，」「前進，」「奮鬥，」「殺敵」的固然少不得，別種和平奮鬥的歌詞也應該有。但現在前者很多，而後者很缺。故不免千遍一律。這是第一點。第二，我翻閱了許多抗戰歌曲集，覺得歌詞的意義，大多數只給人一種抽象的概念，而少有動人的藝術味。換言之，大多數像「標語」的連綴而不像「歌詞。」這些歌曲當然也有効用，但其効用與標語相去無幾，或可說是「朗吟的標語。」我覺得這種以外，應該再有含有藝術味的——即含有詩趣的——歌詞。表面看來並不轟轟烈烈，其實感人之力有時反比前者爲大。略舉一例，即心頭恨：

種子下地會發芽，
仇恨入心也生根。
不把敵人殺乾淨，
海水洗不清這心頭的恨。

◇

嚴冬臘月喝涼水，
一點一滴記在心。
官不抵抗民抵抗，
受辱的百姓是火煉的心。

◇

打死一個算一個，
打死兩個不虧本。
一個擋十十擋百，

要活命的一齊向前進。

（塞克作詞，華生作曲。）

這歌詞，在現行許多抗戰歌詞中，是很難得的一首。（在一本歌集中，恐怕難得找出第二首來。）作者用比喻開始，慢慢地說到抗戰。表面上似乎「不雄壯」「太柔弱」，其實你回味一下子看，反比「朗吟的標語」吸力強！我所謂「詩趣，」就是指此。作詩有賦、比、興三體。大概「比」和「興」比「賦」更富有詩趣，其入人也更深。但「賦」也可以作成好歌詞。只要不一味呼號抽象的概念文句，而加以動人的敘述描寫（就是詩趣）也是好歌詞。這種好歌詞現在一定有。但我手頭找不出例子，只得舉兩首古人詞來舉一反三。例如岳飛的滿江紅，是大家知道的。其詞云：

怒髮衝冠，憑欄處，瀟瀟雨歇。抬望眼，仰天長嘯，壯懷激烈。三十功名塵與土，八千里地雲和月。莫等閒白了少年頭，空悲切。靖康恨，猶未雪。臣子恨，何時滅。駕長車踏破賀蘭山。壯志飢餐胡虜肉，笑談渴飲匈奴血，待從頭收拾舊山河，朝天闕。

這首詞倘被譯成白話，一定是能使大家動聽的。動聽的原因就在善於敘述描寫，而含有詩趣。還有一首，是一位女子作的，也很可以提出來看。這女子是岳陽守土者徐君寶之妻。徐被寇兵所殺。女被刼至杭州，寇欲犯之，女伴諸，但須奠祭先夫然後從。寇許之。女奠畢，題此詞於壁，自刎死，其詞曰：

漢上繁華，江南人物，尙遺宣政風流。綠窗朱戶，十里爛銀鈎。一旦刀兵齊舉，旌旗擁百萬貔貅。長驅入歌樓舞榭，風捲落花愁。清平三百載，典章人物，掃地都休。幸此身未北，猶客南州。破鑑徐朗何在？空惆悵相見無由。從今後，斷魂千里，夜夜岳陽樓。

此詞雖是一女子的委婉的敍述，但讀起來一步緊一步，終於令人悲憤塡胸，怒髮衝冠。此次日寇的暴行之下，我民族的悲壯行爲，類乎此者極多。在文學中一定有了動人的描寫。但在歌曲中我沒有見過。倘得選出或作出這類的歌詞來，譜之以曲，流傳民間，其聲音一定可以動天地泣鬼神。以上是關於歌詞方面的。

第二，關於樂曲方面，話很難說。因爲我們中國民衆的音樂教養，現在還很淺，對於作曲好壞的辨別力很缺乏。過去十年間，大多數的民衆曾經上過一種小歌劇的當。被那種小歌劇的油腔滑調的旋律所蠱惑，中國民衆養成了一種愛好淫樂的習慣。所謂淫樂，卽古人所謂鄭衛之音，就是亡國之音。「亡國必自伐，然後人伐之。」我國抗戰以前，自伐的確太多。貪官汚吏，國內糾紛的自伐之外，那些亡國之音也是自伐之一種。試聽那些小歌劇的旋律，伏柔頹廢，萎靡不振，能把世間一切東西軟化。壯漢聽了會變弱女，老虎聽了會變花貓，火燒時唱起來火會熄滅的。過去十年間，這種旋律軟化了我們中國的民衆，招致了莫大的禍殃！但罪不在於民衆，而在於作者和書商。因爲民衆沒有充分的音樂教養，全是未染之素絲，教他們好的歌曲，他們就趨向好。教他們壞的歌曲，他們就趨向壞。而好的歌曲，往往不容易感動民衆；反之，壞的歌曲往往極易普遍流行。這猶之行舟，上溯困難，下流全不費力。所以那些不良小歌劇，流行得特別順利快速，深入於全國的到處。

最近幾年來，漸漸有人注意此事。音樂界的志士，羣起而攻。於是在都市裏，這種音樂漸漸少有聽到。（但在無知的鄉村中，還在那裏取作小學校的音樂教材。）作曲者努力創作勇猛的歌曲，拿來同它們抵抗。這一反動，非常有力。現行的抗戰歌曲中，有不少「進行曲風」的作品，慷慨激昂，氣焰冲天，唱起來令人聯想到軍隊的進行及衝鋒殺敵的。這些歌曲，在現今的抗戰時期，確有增强軍民抗敵情緒的効用。從前拿破崙的兵能開過阿爾卑斯山，據說全靠音樂幫忙的。現今我們抗敵的勝利，恐怕也有賴於這些歌曲。

如上所說，我們的旋律已由柔靡之音反動而爲猛勇之曲，誠然是可喜的事。但我對於作曲界還有兩個小意見貢獻出來：

第一勇猛之曲以外，必須再有一種「和平奮鬥」的音樂。其旋律須「深沈，偉大，雄壯，威而不猛。」以合於我們的「長期抗戰」之旨，以表出我們的「爲人道而抗戰，爲正義而抗戰，爲和平而抗戰」的精神。因爲一味勇猛的歌曲，只宜爲短期間衝鋒殺敵之助，不合於後方長期抗戰的經常的意識。況且此次抗戰，我們的任務不但是殺敵却暴，以力服人而已。我們還須向全世界宣揚正義，喚起全世界愛好和平擁護人道的國民的響應，合力剷除世界上殘暴的非人道的魔鬼，爲世界人類建立永遠的和平幸福的基礎。所以我們現在不可以「好小勇，」不需要「暴虎憑河」的精神，而需要「深沈，偉大，雄壯，威而不猛」的精神，希望作曲者者本此精神，多作好曲，實爲抗戰前途之利。這是我的第一個意見。

第二個意見，我以爲現在的作曲，宜取「宜序風。」（Recitative）宜序風者，就是近爲朗誦式的樂曲，淺近地譬喻，就像小販子們叫賣的調子——不是「說」而是「唱，」但唱的個個字眼都聽得清楚。再取一個比喻，好比唱大鼓詞——不是「說話」而是「唱戲，」但唱的個個字眼都聽得清楚。（反之，像京劇就不然，一個字的尾音曲曲折折地拖得很長，倘不曾看過戲考，無從聽出所唱的甚麼話。）何以要用這種「宜序風」呢？因爲，抗戰歌曲務求其普遍於民衆，務使全國男女老幼，士農工商是兵，以及文盲，都聽得懂。聽得懂，就有興味，有興味就肯唱，大家肯唱，就好。這種曲的作法，第一件要事是必須先有歌詞而後作曲。作曲者拿歌譜來讀熟，朗誦幾遍，宜序風的旋律自然會產生。這原是作曲的正規。（西洋歌曲作家，像Schudert，常手拿一冊Geolhe詩集，在室中漫步朗誦。朗誦到後來，樂曲的旋律忽然在腦中出現，立刻奔到桌子前面去寫譜。）那麼現在我何必多說呢？因為中國人作歌曲，往往不取這正規的辦法，而在曲子上配文詞。配文詞的人倘是理解音樂的，原也未始不可。他可以先把曲子唱熟，然後依樂句而配相當的文句，也能作成很調和美滿的歌曲。但倘配文詞的人不理解音樂，由別人在曲子下面圈幾點圓圈，規定句子的長短，然後請他在圓圈中填入文字，不管文字與上面的旋律是否相合。這樣產生的歌曲，唱起來很不自然。有時樂句很昂奮，而文句却是舒緩的；有時樂句很舒緩，而文句却是昂奮的。唱起來豈不滑稽可笑？故抗戰歌曲，最好是先作歌詞而後譜曲。萬一要倒做，作歌的人必須會理樂曲，熟讀樂曲。總之，務使音樂與歌詞融合一體，即務使樂曲成為宜序風的音樂，務使歌詞成為朗吟式的文句。現行的抗戰歌曲中，這種宜序風的作曲也有，但比較的少，最常聽到的例，就是義勇軍進行曲中的：

「中華民族到了最危險的時候，」

等句法。從來沒有聽到這曲的人，一聽到就可知道唱的是這麼一句話。這便是宜序風作曲的特點。反之，初次聽到時，只覺得高高低低的許多音的帶了一羣辨不清楚文字，而響着完全現不出文字所表出的意義，便是非宜序風的作曲，或竟是音樂與文詞野合的作品，這些作法不宜於抗戰歌曲，或竟不成為歌曲。以上是關於樂曲方面的。

第三，關於樂譜方面，問題較小。這就是五綫譜和簡譜的問題。中國人本來不喜看（或不能看）五綫譜。自從口琴音樂盛行以來，簡譜愈加發達。自從抗戰以來，為求普遍化，各種抗戰歌集就老實不客氣地把五線譜廢止，公然地用簡譜了。普遍化原是要緊的，但音樂藝術的因陋就簡，也是可惜的。書商欲免製鋅版，藉口「大衆化」「普遍化」的名目而排印簡譜。不用鋅版，書的定價可以較低，讀者的担負可以減輕。原也是好事。但我總希望在可能範圍內多用五綫譜，至少五線譜同簡譜並用，因為在這非常時期中因陋就簡，深恐將來大家看慣了簡譜，從此對於五線譜愈加疏遠，中國音樂教育前途將受阻礙。因為簡譜只能記載極淺易的樂曲，不能記載較複雜的樂曲。風琴洋琴彈奏的音樂，簡譜就不便記錄。但這個問題，並不重要，現在我也不多說了。

推進歌詠的通俗化運動

朱絳

一　歌詠為什麼要通俗化呢？

歌詠的通俗化問題，是整個文藝的通俗化問題的一部份，被提出到現在已有幾個年頭了。然而到現在為止，通俗化所做到的程度，實在是很不够的。這一方面固然是由於歌詠工作者的尚欠努力，同時，也由於客觀的環境限制大部份歌詠工作者在少數的大都市裏和大衆的生活保存着相當的距離的緣故。可是自從全面抗戰以後，客觀的環境是急遽地變化了，沿海沿鐵路線主要幾個大城市如北平、天津、上海、南京、杭州、青島等的陷落，迫使大部份文化工作者流亡到內地去，而形成「文化內移，」使文化工作上的對象從少數的城市羣衆擴張到大多數的農民羣衆。同時，文化工作者要想在抗戰中有所貢獻，也勢必只有直接投身到軍隊、農民、工人、難民的隊伍裏去。在這種形勢之下，不論客觀地或主觀地都迫使文化工作者非把文化工作做到通俗化的路上去不可。因為抗戰是需要「全國總動員」來支持下去的，文化工作者的對象也必須是「全民」尤其是「工農羣衆，」而「通俗化」正是工作的必需技術。歌詠是整個文化工作的一個部門，當然是不能例外的。

二　通俗化只有跟工農羣衆學習。

工農羣衆的歌曲，最好由工農羣衆自己來產生，正好像「組織民衆」不如「民衆自己組織；」「動員民衆」不如「民衆自己動員。」但這個「催」生或者說是「過渡」的工作和責任，却無疑地落在知識份子——歌曲製作者——的肩上，歌曲製作者怎樣才能做出羣衆所能接受所愛好的歌曲來呢？那只有參加到羣衆的隊伍裏去，和羣衆過着共同的鬥爭生活，做着共同的救亡工作，然後才能瞭解羣衆的理解力，說羣衆所要說和所能聽得懂的話，做出羣衆所能愛好的歌曲——通俗化的歌曲。

三　羣衆的話是沒有不通順的！

口頭話總是比較通順的，因爲不通順便佶屈聱牙，不易上口，一般工農羣衆的口頭語，尤其是簡單，明快，生動，如「航空獎券」叫「航空券；」「公路」叫「公馬路；」「燃燒彈」叫「火燒彈；」「

游擊戰爭」叫「打游擊。」

四 「通俗化」和「藝術化」果眞衝突嗎？

一談到「通俗化，」有許多人便以爲要減損「藝術化」而加以反對，其實這是完全錯誤的。不但「通俗化」也有「通俗化」的藝術，而且「通俗化」本身也是藝術手腕之一。我們且舉出幾個民衆自己作的詩歌，看看「通俗化」是不是兼有「藝術化？」

（一）六月裏來熱難當，蚊子飛來叮胸膛。寗叮奴奴千口血，莫叮我夫萬喜良！

這節描寫描寫萬喜良夫婦的愛情多麼熱烈、深厚！也可以反映出秦始皇拉夫築長城拆散人民夫婦是多麼地殘酷！

（二）說鳳陽，道鳳陽，鳳陽年年遭災殃：從前軍閥爭田地，如今矮鬼動刀鎗，沙場死去男兒漢，村中留下女和娘，奴家走遍千萬里，到處饑寒到處荒！

這節把鳳陽遭災殃的原因統說出來了，而且把遭災殃的慘況如畫地描摹出來，從文字方面說中間四句簡直像很好的律句一結尤其悽苦動人！

（三）媽媽，我已經年十八啦，人家。都。用。轎。子。抬。啦，我。怎。麼。還。不。用。馬。車。拉。呀？媽媽，你好。胡。塗！

這是據作者所眞見在民衆作品中描寫「閨怨」的最好的作品！在這里充分暴露出封建社會中婦女所處的地位和她們所受的性的桎梏。

（四）一眼弗好就要吃牌頭，要打要駡還把銅鈿扣；有苦。無。處。說，有。話。難。開。口，只好。背。後。頭。眼。淚。流，噯噯。喲，只好。背。後。頭。眼。淚。流！

這是上海紗廠工人集體創作「工人自嘆」中的一節，在這裏把工人在工廠勞動中的苦況也說的够叫人流同情淚了！

從上面幾個例子看來，可以相信「通俗化」決不妨礙「藝術化！」如果「通俗化」而不「藝術化，」那只是「庸俗化」而已。

五　歌詠通俗化運動大綱

（一）歌詞的通俗化

1，不要用古典　如「上起刺刀來」一歌中的「免戰牌」一辭，及「將在外君命有所不受」

句，立意未始不好，但總覺得有點難懂，放在整篇的歌詞裏，彷彿有點突出來似的不調和。

2，不要咬古文　如「國歌」「領袖歌」的歌詞非常難聽懂。

3，宜短不宜長　羣衆的頭腦簡單，歌唱程度低，歌詞的造句要短，即整個歌詞的篇幅也以簡短扼要爲好。

4，韻脚要響亮　歌詞的韻脚要響亮，順口，最忌用拗口的入聲韻，而且最好一韻到底，不中途換韻。

5，多採用方言　語言不通是宣傳工作中最感困難的問題，採用方言作歌詞最容易被當地的羣衆所接受，因爲它對於當地的羣衆是最感親切的！

（二）歌譜的通俗化

1，拍子要簡單　如四分之三拍，八分之六拍，最好要少用。

2，速度要適中　太快的速度，羣衆學不上；太慢的速度，也不易討羣衆的好感。

3，音域不太大　一個歌譜中的最高音和最低音相差不太大，否則羣衆是唱不起來的。

4，最好不轉調　一個歌譜最好一調到底，中途轉調，是不容易被羣衆學會的。

5，選用舊調子　利用民間舊調子，配以新歌詞，這樣，容易被羣衆接受而得到效果。但選用舊調子有兩個條件；　1，不選淫蕩的小調　如「十八摸，」「打牙牌，」因爲配了新歌詞，唱起來還是帶着淫蕩的情調的。　2，不選卑低的小調　如「哭七七，」配了新歌詞，唱起來還是油腔滑調的。

（三）教唱的通俗化　普通教唱歌必先教歌譜，然後教歌詞，可是教工農羣衆唱歌，却必須避免教歌譜，因爲農民對於「獨、」「覽、」「梅、」「花，」「掃，」「臘，」「雪」是莫明其妙的歌詞唱在一起，反而使他們攪不清，不如直截了當地教他們單唱歌詞，只要教的人唱得準，學的人也不會錯的。教唱時最好兼帶表演，以引起他們的興趣和注意。

（四）指揮的通俗化　教知識份子唱歌需要指揮，但教工農羣衆歌唱是不需要的。他們不懂得這些綫條。他們會笑你在向天畫符。你指揮也不一定要用指揮棒。你可用單手，雙手，握拳等作姿勢指揮，只要你能激發他們的感情和使他們知道你指揮的意思就得。

繪畫・音樂・戲劇

常任俠

為了抗戰而使用的各種工具，藝術是一種非常有力的。在藝術的各部門，如繪畫音樂戲劇，在這一次抗戰中都盡了他的相當的任務。

先由繪畫一方面講，在八一三以前，許多畫家多是所謂為藝術而藝術的，沉溺於人體的描繪或景物的渲染，繪畫成為貴族之家的裝飾品，與大衆隔絕，毫不相干。但自抗戰發生以後，繪畫遂顯出嶄新的姿態。在宣傳上，發生很大的作用。許多藝術學徒們，從畫室跑出來，走向街頭，走向羣衆的叢中，走向鄉邨，走向戰場。

因此接觸許多新的事象，也採用了新的題材，也改變了新的作風。

在往時所未接觸到的誠樸的農民的臉，工人的臉，粗的黑手與泥脚，健壯的身影，這時表現到畫面上來了。而且所描寫的場面也不同於往日了。是偉大的鬥爭的場面，是被敵人壓迫下而呼叫的場面，是敵人兇殘屠殺的場面；在這裏可以看見一個民族受盡了侮辱，受盡了損害，但也正在侮辱與損害中生長，因爲我們是爭取的明天，公理正義隨着我們勝利也自然隨着我們的。

在繪畫這一部門中，更有兩種在抗戰中加速發展的藝術，一種是木刻，一種是漫畫。

木刻在中國，本有其悠久的歷史的。在唐宋間已經隨着刻板術的發明，萌生出來。直到明代遂成就很高的技術。但自近年來，西洋及東洋的板畫藝術輸入，成爲新的學習的門徑，於是又一變舊的方法，而產生與過去不相承接的一種製作。其歷史應該是截然劃分的，西洋木刻畫，自從輸入，就帶着政治的內涵，所以在不斷的苦鬥中，也伴隨着政治意義。在抗戰發動的時期中，於是遂展現其特種優點，成爲教育大衆，輔助抗戰的良好的有力的工具了。但個人對於現在的木刻製作，還有一點意見，即是在構圖上，還多是採取洋畫的方法，對於中國原有的技巧，未曾有多少採取，這對於文化水準落後的勞苦大衆，是發生的效力較少的。雖然我們不必採取像明代木刻藝術極盛時期那種插圖的手法，只是供高等人士的賞玩品；但中國原有的新年貼的民衆所普遍喜愛的木版印刷畫。是頗足供一般致力於木刻的藝人參攷的。這裏面刻着許多故事與傳說，刻着許多民間傳唱的唱本裏的人物，也刻着種種風俗，像日本的浮世繪一樣。並且還刻着民間所崇拜的英雄與迷信的神怪。我想假使加以參洲一定能更加了解民衆；若是在方法上能通過正確的政治思想，而且也採用大衆固有的藝術，這一定使大衆更親切的接受，發生更大的力量。

還有現在所產生的木刻作品，大多還只是單色的，複色的很少。黑白線條雖然在藝術上有其特殊的價値，但在使用於大衆身上，還是複色的比較更好，你若是參看新年民間版畫，可以知道顏色對於民衆有多少的魅力。版畫在各種繪畫中，已經算是費用較小的了，但比之於民間版畫，甚而至於比之過去的木刻插圖，其費用仍是貴的。由於製作物品的貴價與手刷的困難，這也是不能即用複色的原因，但我們希望在不久的將來，能實現我們所希求的東西。

關於漫畫，過去是不被重視的。但在抗戰期間，宣傳作用上，也顯出很大的力量。很快的向前發展着。不過在現在的漫畫作品中，有許多還不是大家熱切歡迎的東西，其原因正如田漢先生所說是這一類的漫畫太漫畫化了，使民衆看不懂。不論所繪的人物不是寫實的，即是意思有許多也很抽象。所以描寫的內容，也往往不能與鄉村農民大衆生活上發生聯繫，結果使民衆對之發生隔膜之感。連環畫之所以可貴，即在其故事的具體，所以無論大人與孩子們都歡迎着，木刻與漫畫已經算是很接近民衆的了，但這裏面也還有更須改進的地方。

其次關于音樂，抗戰歌詠成爲目前進步的青年最喜愛的東西。在武漢，在長沙，即有很多的歌詠團體產生在其他各地也是一樣。抗戰歌詠深入到軍隊與農民工人中間，鑑於『大家唱』一類的歌詠讀物大量的行銷，可以看出他的興盛。民族抗戰本是基於愉快的精神的。所以把鬱積的憤怒與勝利的信念都歌唱出來了。

在音樂這一部門中，還有一個更好的現象，即是關於舊形式的採用與改良，對於民衆發生很大的力量。在歌詠方面使用了各地方的鄉土民歌，各都會的流行小調，此外如湘戲，漢戲，楚戲，平戲，蹦蹦戲，大鼓調，河南墜子書等，也都爲文藝界所注意，去製作有意義的底本，即是連西洋鏡，這民間落後的娛樂的東西，也給以嶄新的內容。如通俗讀物編刋社所印的『大戰平型關』等，以田漢老舍等人所編的戲本，都是在抗戰時期中應運而生的作品。

歌詠訓練了大衆，也組織了大衆，在抗戰中生長起來。將來繼續的發展，一定有新的樂劇產生。在大時代的民族鬥爭中，也即是民族音樂發育的時期。歌詠使一個民族會更加變得年青，在歌唱的聲音中，也將完成一個新的社會了。其次關於戲劇，這已經成爲對日抗戰的有力的突擊軍。各都市需要他，各鄉村需要他，各工廠需要他，各部隊需要他。他成爲抗戰士兵與民衆精神上主要的糧食。

舊的形式改良着，新的形式產生着，這成爲近年來戲劇上未有的繁榮。劇團一天一天增加起來，他們並且走過他們從未走過的地方，到貧苦的鄉村去，到偏僻的城邑去，到鬥爭的前線去。

表演的方法是在多樣的試驗着表演的劇本是在多量的產生着。且演員在過去大多是文藝界或學生，而今士兵與工人不僅要看戲，他們也熱烈的自已起來表演了。即是舊劇的演員們，他們也被民族鬥爭的呼聲覺醒起來，有了新的意識。這都是在抗戰中生長的。

藝術給於抗戰以很大的助力，抗戰也使藝術有着澎勃的氣象。

附錄

中華全國文藝界抗敵協會發起趣旨

漫天轟炸，遍地烽烟，焦爛的城市，血染的山河，在日本帝國主義的橫暴侵略中，中華民國正燃起爭取生存與解放的神聖砲火。半年來抗戰的經驗，給我們寶貴的教訓，一個弱國抵抗強國的侵略，需要徹底打擊武器兵力優勢的敵人，唯有廣大的激勵人民的敵愾，發動大衆的潛力。文藝者是人類心靈的技師，文藝正是激勵人民發動大衆最有力的武器。數年來爲了呼號抵抗，中國文藝界無疑地盡了廣大的責任。但自抗戰開展以來，新的形勢要求我們更千百倍的努力。而因中心都市的淪陷，出版條件的困難，文藝人的流亡四散，雖一方產生了大量新型的報告，通信等文藝作品，且因抗戰的內容，使新文藝消失了過去與大衆間的隔閡，但在一切文化部門的對比上，文藝的基本陣營，不可諱言是顯出了寂寞一點。反視敵國，則正動員大批無恥文氓，巨量濫製其所謂戰爭文學，盡其粉飾醜態，麻醉民衆的任務。我們感到文藝抗戰工作的重大，散處四方的文藝工作者有集中團結，共同參加民族解放偉業的必要。過去中國文藝界雖有過幾次全國性的組織。但是因種種原因不能一致，總不能有良好的成果。現在情勢已完全不同了。全國上下，已集中目的於抗敵救亡，在最高領袖精誠領導之下，抗戰形勢日益堅强，政治上的統一戰線日益鞏固，除了甘心媚敵出賣民族的漢奸，已無一不爲親密的戰友，無一不爲民族的力量，團結起來，像前線將士用他們的槍一樣，用我們的筆，來發動民衆，捍衛祖國，粉碎寇敵，爭取勝利，民族的命運，也將是文藝的命運，使我們的文藝戰士能發揮最大的力量，把中華民族文藝偉大的光芒，照徹於全世界，照徹於全人類，這任務乃在我們全中國從事文藝工作友人們的肩上，我們大聲呼號，希望大家來豎起這面中華全國文藝界抗敵協會的大旗！

發起人

王向辰　安娥　宋雲彬　洪素野　梁宗岱　張庚　曾仲鳴　臧雲遠
王淑明　石氏　吳奚如　段平右　凌淑華　張道藩　曾虛白　鍾期森
王余杞　甘運衡　吳組湘　孫陵　馬彥祥　黃顯之　葉平林　韓侍桁
王崐崙　艾青　吳漱予　孫鈿　陳紀瀅　曹聚人　葉永蓁　聶甘弩
王瑩　光未然　茅盾　孫師毅　陳銘樞　盛成　葉君健　羅烽
王平陵　伊伯修　孟十還　徐怨宇　陸碧菌　崔萬秋　葉以羣　蘇雪林
孔羅蓀　宇飛　邵力子　徐懋庸　陳北鷗　馮乃超　蔣山青

方秋葦 杜談 邵冠華 徐霞村 陳西瀅 馮玉祥 蔣錫金
田漢 沉櫻 季平 徐蔚南 陳隴灤 舒舍予 鄒荻帆
田間 何容 胡風 徐步 張鐵弦 舒羣 劉白羽
田軍 含沙 胡紹軒 姚江濱 張子羽 彭瑩 端木蕻良
白桃 沙雁 胡秋原 姚蓬子 張梅林 彭慧 穆木天
白朗 沙梅 洪深 陽翰笙 張仲實 彭芳草 樓適夷

（以姓氏筆劃多少爲序）

抓住戰鬥的中國民族這個嶄新的形象

馮乃超

——代表中華全國文藝界抗敵協會歡迎國際學生代表致辭

我們的敵人曾經大吹大擂的歡迎歐洲戰爭製造者的特派使節——那些屠殺西班牙和阿比西尼亞人民，剝奪了奧大利的自由而準備向捷克民衆進攻的强盜國家的特派使節，他們以這種「盛會」來欺騙國民，說日本在國際上並不是孤立的。他們當然不是孤立的，如果我們看到法西斯主義已經成爲世界上最反動的一個潮流：這種腐化的死硬派在或明或暗地犧牲被壓迫人民和弱小民族的利益，和愛好和平的人民與主持正義擁護眞理的人士作死對頭，他們已經形成一種最野蠻最殘忍的歷史力量。那末，我們孤立了麼？不是的，和他們相比較，全世界絕對多數的人，卻都是我們的同志，我們眞實的朋友。站在我們一面的：是眞正文化創造者的全世界工人，有正義感的最優秀的作家，維護世界和平的廣大人民和下一時代的世界社會棟樑的廣大青年學生。今天我們在歡迎代表着百萬以上的國際學生的代表，這使我們感覺中國並不是屬於過去的國家，中華民族有着無限的前途！那些臃腫醜怪的官僚代表到日本，然而年輕活潑的學生代表到中國來，這一樁事實自身就象徵着中日戰爭的意義！

中國是有四千餘年歷史的古國，由於我們的地理環境，我們的風俗習慣和文化傳統，構成了我們民族愛好和平的特質，構成了我們與西方人民完全不同的生活式樣，不用諱言，在我們民族生活中也有許多東西是離開現代化的潮流很遠的。然而，我相信心地純潔的青年代表，一定能夠看到中國的新生命，一定能夠認識正在嫩芽怒茁的新中國——現代化的新中國。正因爲我們的祖國一天一天走上現代化的道路上去，正因爲日本帝國主義者挑撥離間的陰謀詭計失敗了，正因爲我們全民族精誠團結起來了，日本帝國主義者便不能不走上冒險政策的道路上去。牠居然破壞全世界的和平，犧牲自己國內人民的幸福，用人類寶貴的智慧驅使其國內無辜的民衆來屠殺我們愛護和平的民族。想想看，我們渴望着和平，熱望着國內文化建設的民族，是會向鄰邦挑釁的麼？不會的，不但是今天，就是明天，我們仍始終希望是我們鄰居的民族，以至全世界的民族，爲世界和平，爲人類進化而共同努力。諸位知道，我們的政府最近曾經派飛機飛到日本的領空，我們本來可以投擲炸彈的，但是我們沒有學日本法西斯軍部的行徑。我們散發了許多和平的信件，我們號召無辜的日本國民——

受了日本軍閥的壓迫和欺騙的日本國民，爲東亞的和平，爲世界的和平而鬥爭。我們指出只有打倒中日兩民族的共同敵人——日本法西斯狂人——日本人民方能從戰爭的慘禍解放出來。這一個事實已經把我們中華民族的特性表露無遺，同時也充分說明我們神聖的民族自衛戰爭，不但是求中國民族的解放，而且也爲日本人民的解放。在這種神聖的使命之下，我們不能不甘受廣大同胞被敵人殘殺，美麗的都城給敵人損壞，我們準備過更困苦的生活，一直到瘋狂的軍事冒險家葬身在我們寬闊遼遠的地面上。現在敵人數十年來準備好的人力物力已經消耗將近一半了，征服中國的慾望，已經由事實證明只是幻想而已。在短短十個月的抗戰中，我們的國家和民族，已經有了十年的進步。現在我們民族沒有一個人不在唱「把我們的血肉築成我們新的長城」，諸君知道我們的祖先曾經有了許多歷史上有名的偉大工程，萬里長城就是其中之一。想想看現在我們四萬萬五千萬的人民正在流血拚命地建築一座新的長城，這座新的長城和舊的長城，無論在意義與作用上都不相同。這座新的長城不僅是爲保衛少數民族的和平的，它將保衛東亞的和平，而且保衛全世界的和平！

全世界絕對多數的人們之所以同情中國的抗戰，自然並不是出於偏見與偏愛。我們作家的生命是眞實，正因爲這樣，所以有一切不願意歪曲眞實，不願意違背眞理的世界上最優秀的作家們，都變成我們中國的友人。他們鼓勵我們，支持我們，使我們增加無限奮鬥的勇氣，使我們能夠抓住千載難逢的機會，來負担起人類解放的重荷。普羅米修士爲人類的光明盜取神火，自己却被釘在懸崖絕壁上，同等意義的犧牲行爲，正由我們民族在實踐着。我們正拿我們民族的血來寫作一篇空前偉大的史詩，我們期待渴望著作偉大作品的各國藝術家們都能來看看我們民族所受的苦難，礚一蹝我們莊嚴神聖的現實。羅馬精神和希伯來精神的對立鬥爭，曾經爲歐洲以前許多有名的作家拿來做作品的珍貴的主題，我們雖然不是來世主義者，但卻相信人類將來的光明，相信建築在地上的天國。日本軍隊像瘋狂的野獸一樣狼奔豕突於我們領土上面，他們用極端殘酷的方法來屠殺我們的同胞，用極無恥的行爲對付我們的婦女，以滿足他們喝血的和下流的慾望。古代羅馬帝國的沒落，不是偶然的，同樣，一國或一民族的文明也會頹廢的。法西斯主義者是文化的敵人，這是歐美作家們所熟知的事實。日本眞正的文化現在是關在監獄裏：優秀的學者和作家們，逃亡的逃亡，被捕的被捕。文化破壞者，對學術毫無貢獻的流氓，卻橫行闊步於國內。日本軍人精神的破產，軍紀的頹廢，並不是值得驚奇的事。想想看，驅使有感情有血肉的民衆作背叛眞理，破壞正義，甚至違反他們本身利益的戰爭，一切欺騙的手段，強迫的方法都用盡了，最後的法寶就是讓士兵們縱慾，使他們沒有一點思索的時間，使他們變成野獸，受本能的指使——不是受理智的指使——而行動。法西斯主義是要野獸羣來實現的，這難道是艱深的道理麼？現在有人性的日本士兵，或者被迫走上自殺的途徑，或者跑到我們這邊來。日本法西斯軍閥已經屠殺了不少本國的反戰士兵，甚至焚殺或活埋本國的傷兵。爲什麼他們會殘酷到這步田地？無非因爲他們深知我們和日本人民有結合的可能，害怕中日人民聯合起來打倒他們自已。但是我們相信這種慘無人道的行爲，一定使日本軍事法西斯主義者自食其果。

在我們中國，一個民族偉大的解放思想——孫中山先生的遺教，正在由千千萬萬的國民以自已的生命來求其實現。思想是要人來實現的，中山先生的思想從半殖民地中國民族具體歷史生活中產生出來，而抓住了我們民族的每個優秀份子，我們正在爲求革命的三民主義的實現而團結而鬥爭。這是爲什麼我們民衆能够受着這偉大的犧牲，過着這樣痛苦的生活，依然擁護政府，依然擁護抗戰的原因。古老的中國在敵人兇殘砲火的洗禮之下淨化了，新的中國在神聖的自衛戰爭中，在頹垣破瓦的廢墟中，慢慢的要建立起來。我們是充分的有這個自信的！

把這個眞實轉告全世界優秀的作家們吧，中華民族這個嶄新的形象是値得一切偉大作家來處理的！

關於「藝術和宣傳」的問題

鹿地亘

適夷兄：

五月十一日給胡風兄信已見到。（中略）

在兄的信中發見了一點「意見的種子，」現在就和兄來鬥鬥意見罷。請把這封信登在「抗戰文藝」上。還請求頗爲無禮，實因數次聞兄要我給「抗戰文藝」寫文章的催促，可是沒有工夫，一直遷延到現在，好在這封信是文學上的意見，我也打算把它寫一封公開信。現在再寫下去。

所謂「意見的種子」便是兄對「七月」第三集第一號上座談會記事的見解，請你允許我把你的信照原文引用於此。

「七月座談會許多意見，艾青，你（胡風）和鹿地先生的，我都不太同意，宣傳手段和藝術性，目前需要和永久基礎，我以爲不能分離對立的。舊形式的利用應爲舊形式採取問題，新的大衆化的文學樣式，不能憑空建設，必須儘量吸收已經流行普遍的舊形式的大衆性的優點，是不可懷疑的。我覺得與組緗兄的意見很對。」

首先兄這樣率直的提出意見，我感得很欣快。現在來說我的意見。

我對這次「座談會」實感得很大的失望。你想，我本來期待的，以爲一定是「目前戰地通信報告文學的特質與缺陷」或是「大衆文化的戰時啓蒙運動及其文化創造力的養成」之類活潑的，現實的，以及建設的討論題目，可是不但「討論題目」事先沒有準備，且終於毫無計劃地弄成了「舊形式！」在這生氣蓬勃的大時代的中國，又對於這「舊形式」來重覆盛大的討論，我是做夢也想不到的。問題提出的本身，是非現實的，我只感覺得中國的批評家們，比之文學運動的現實的達成，及這大時代的本身的可怕的落後。但落後沒有辦法，眞如兄所說憑空建設是不可能的，於是不得不仍然從這落後的「理論達成點」出發（我不是中日親善的紳士，請原諒我的不客氣。）根據這理由，我覺得討論「舊形式」也好。但雖然討論「舊形式」問題仍必須是爲了「理論落後的克服」把這作爲一個楔機。一般地說，是理論的落後，要怎樣才能克服？很平凡的常識，便是從「現實世界學習。」批評家們向「現實」及「現實的文學諸產物」淸楚地認識「自己的落後」

偉大的現實，不是展開在我們的眼前麼？由於全民族同心一德的抗戰，不是過去那種各黨派間的對立，軍閥與政府的地方對立，政府與人民的距離等等，都很迅速地消解；而政府，軍隊，人民流着「同一心臟之血」的新中國是在出現着麼？這一個新時代的曙光，也在民族的各個部門中出現着。新的人民領導者的典型開始產生了，和過去完全不同的軍人性格產生了，肩負着這個時代的阿忒拉斯（Atlas）型的人民的雄姿，在開始逐漸地出現。

「這樣的時代，文學者的任務是什麼呢？這也只有一個平凡的回答：描寫這個時代，活生生地寫出時代的現實——這個戰鬥的民族的雄姿，政治家，軍人，人民的諸典型。從現實學習，把學得的東西，去完成作爲「民族形成之目標」的典型。你說「宣傳手段與藝術性不應分離」大概是「宣傳性與藝術性」之誤吧——是的。在偉大的文學之中，事實上這兩者是不能分離的。像這種「時代與民族形成的目標」的指示，誠然是藝術的偉大的宣傳性，同時也是新的「時代與民族」的偉大的創造。

這種文學，實際在產生着麼？雖然是極其萌芽的，我斷定是在產生的。例如丘東平抗戰以來的作品，顯然有好的努力（有機會我再詳細批評他的作品）其他雖有各種缺陷，但青年作家之間，正生長着有驚人天稟的人們。正直地說，抗戰前的作家與今日的作家之間，甚至已開始發生了明顯的分歧點。

爲什麼批評家對於這種創造的努力之成長的現實，不加以留意的眼，去做培養這種萌芽，分析萌芽本身，使它的諸特質成爲文學界一般的所有的那種建設的，理論的及批評的努力呢？我相信理論家，批評家的任務，實在是在于去完成文學及文學界的這種時代的性格……這是我認爲批評家「落後於現實的第一點。」

當然文學的工作，僅僅這種基本的創造的工作是極不充分的。現實的鬥爭及新的時代，向我們要求更廣大的文學的事業。例如抗戰十月的過程中，我們已在各地重覆了非常寶貴的生活的經驗：這實在是中華民族的，而且是全世界人類的血與生命所換來的經驗。一件也不能把它遺棄的。一地方的經驗，要立刻成爲全地方的教訓，一局部的經驗，要成爲全戰局的血肉的糧食，正確地，活潑地報導，這一種活的教訓，必須像電一般，表現于全民族的腦海。這便是報告文學。

可是這一工作的實際狀態怎樣呢？從抗戰以來完成了最顯著的發達的，恐怕就是這一方面。特別代表的我覺得是長江，秋江等的作品。其他很多的才能之士，在這方面出現着。缺陷依然還很多。有的作品，在敘述着穿皮鞋出發，乘上火車，怎樣地搖動，發出嘶嘶的聲音，以及怎樣的冒煙等等無意義的瑣碎之中，把切要的「活的敎訓」完全淹沒住了。有的作品，寫着新聞記者的勤務日記代替了「活的敎訓，」或是一味地對偉大的戰士與戰境，發出詩人的詠嘆，倒把重要的戰士和戰境給忘掉了。

批評家的任務是什麽呢？就是把這些淹沒在瑣碎中的「敎訓，」重新抽出來，體系化地顯示出來。具體地分析這種報告文學的代表作品，揭示它的特質，作爲一切報告文學者的「敎訓。」只有這樣，才是同時廣泛地養成文學通信員，以致抗戰的文化幹部的偉大的事業。

這種批評家的事業，已經做了麽？親愛的兄，我幾乎完全沒有看見。有幾位友人，送了他所寫的「報告文學論」來，請我「批評一下。」可是這種報告文學論，大抵都是「所謂報告文學，便是隨印刷術之發展而成長的文學樣式……」這樣的可驚的論文。批評家應該更靈心地「從現實學習。」眼前明明有大堆的報告文學的現貨，批評家却說：「這個不成，」「那個不充分，」實際上連伸手去拾也不會。而且也沒有拾起來研究、分析的企圖。那態度，簡直好像只是在說「我的任務，是偉大的空論」的態度。所謂落後，正是這些地方。這種無視現實的人們，當然也被現實所無視。

如果批評家對現實沒有忘掉虛心的態度，在他關于「印刷術發展」的吹牛以前，應該先從自己手之所及的地方，開始堅定，而實際的研究。在座談會上我之感佩奚如，便是這個意思。像這樣的，才可以說是本質的批評家的態度。但是，你看——連他，當他根據自己的經驗說到「利用舊形式」的意義時，雖然非常正確，但是，不留心地，說到「只有革命的現實主義一條路」時，却忽然甚至把「方法與形式」這單純的命題混合了。一不小心就被現實踢開了。批評家確是必須不弱於作家地，虛心於現實一點也不能疏忽的。所謂時代的展望，所謂全局的鳥瞰，實在只有在把握住了這現實的活的教訓的集積，其中所泛動的生命，才開始成爲可能。

第三用藝術手段作宣傳的問題的。這在今日中國——是特別重要的事業。因爲今日的中國，無論從那方面看來，都是急速度的前進時代，在這意義上，也是把從來沒有作爲急迫問題而登上人們意識的過去時代的暗黑面，當作無數緊急問題而提出的過渡時代。當全民族趨赴于同一目標時，落伍者的姿影便顯得更加明白。在這慌亂的狀態之中，爲了防止落伍，不使他們遺棄於全民族的潮流之外，當然會感到應急手段的必要；用這應急手段，一方面把他們作政治的組織化，防止落伍，同時也必須計劃爲了把他們造成優秀的新時代的民族的文化的向上。

在這裏，發生了作爲手段的藝術宣傳的問題。例如「不要當漢奸，打倒漢奸，」是刻不容緩的問題。深刻地分析漢奸的人格的典型，從這典型中寫出漢奸所以形成的歷史痕跡，家庭社會的環境的投影，對於他們心理舉動，言語等等的反映，是沒有猶豫的「漢奸做些什麼？他們對民族與人類如何有害？怎樣救他們，或消滅他們？」對這些問題給與單純而適切的理解，是緊急而必要的。用政治的漫畫好！用容易明白的戲畫式的演劇，用親切的歌謠也足夠了。

總之，事態緊急，容易懂比什麼都重要。在這里，就有了和民衆容易接觸的手段的必要；於是民衆從來所親近的，舊的，地方的，田野娛樂藝術的形式，也作爲其一而加以注意了。爲什麼要說「作爲其一」呢？實在說來，在這樣的場合，我也把電影新聞片等新時代的文化手段作更高的評價。前幾天我去看了「台兒莊戰勝的電影新聞片，」很多的民衆，和我們同樣的感動，我家裏的老媽子，也看得非常歡喜。文化水準的高低，在這活的眞實之前，幾乎不成問題。也即是如實地證明了爲了對新時代的「覺醒，」新時代的手段是有其大衆性的。當然，在這種手段不能普及的地方，自能不採取較低的手段。問題太緊急了，不是選擇手段的時候。

在這方面從來的成績怎樣呢？我覺得恐怕是已經實行了世界最良好的工作。戲劇宣傳隊，歌詠團，移動漫畫展覽會等等。

現在，我移入對於你的意見的批評。

第一，你說「宣傳手段和藝術性」不能對立。你對於自己用語的意義，有沒有嚴密地，包含現實內容地思考過呢？我想大概是「宣傳性與藝術性」的意思吧，但也可以解釋爲「作爲宣傳手段的藝術與本質的藝術創造之工作。」

如果是前者，確是照你所說，和我的意見，絲毫沒有對立。我已經指出只有傑出的藝術創造物，才有最深刻的宣傳性。但是在宣傳藝術上，只有最單純化的「藝術的把握，」才能發生宣傳的效果。漫畫的優秀者就提供了這個證據。總之藝術性和宣傳性，不是分離的，如果把藝術作爲手段，沒有藝術性就沒有宣傳的效果。

那末在後者的場合呢？這正是我所說的「民族文化的向上」的本質的問題，和事迫燃眉的「政治的應急的手段」的不同。這不同點必須明白認清。光是用應急的手段，而忽略本質的，造成高的民族的事業，將產生可悲的文化的貧困，是屬于自明之理的。只是「不同的認識」這一句話的意義，必須明白了解。這決不是你所謂誤解的「分離對立。」我嚴重的忠告你——言語的意味很重大，要不把言語作「現實的，」正確地運用，你依然也會被現實所踢開。——我說「有差別，」決沒有說「對立。」

實際地說，爲什麼我們現在把作爲政治的應急手段的藝術宣傳，成爲這樣重大的問題？回答很簡單，如已經說過的一樣，在這偉大的過渡時代中，民衆向文化的進步部分和落後部分的相差更益顯明了。落後的部分非常廣大，他們的文化水準低得可怕。對于他們，高的文化藝術的教養，幾乎是不能成爲問題的狀態。單純的宣傳，以及能够懂得報紙大意的文字教育，及其他極初步的啓蒙運動，必須正面地呈現出來。

但是假使想一想民族文化水準提高，民族文化程度的不均等減少的將來，當作爲宣傳手段的藝術的意義，雖不致完全沒有，他的比重將會比現在低得多，全體的民衆將可以享受到高的文化。如何來實現這狀態呢？便是由於兩者的配合。就是藝術的宣傳，不僅把民衆從「落伍」中救出來，而且要從他們之中觸發高的政治的文化的要求。這一要求，不僅相反地成爲把高的藝術文化的影響波及于大衆的中間人，也將成爲從大衆中產出偉大的藝術文化的源泉。

兩者爲了造就高的文化的民族，是互相補足的，決不是對立的。把他們對立起來的，是作了「目前的需要與永久的基礎」的錯誤分類的兒和巽組細君。兩者都是目前的需要，兩者也都是建築「永久的基礎」的。只是他的作用不同而已。只有這兩方面的作用，互相幫助，才能够發生大的效果，你和吳組緗君都說：「我們今天的狀態並不是清談的時候問題是在于大衆」，不錯！所以我說與吳君的作家的關心是好的。的的確，現在民衆的文化情態和偉大的過渡期的戰鬥的環境，把宣傳藝術的重大性推在前面。優秀的藝術家，不能不分心在這方面。對於這事業作過少的評價，自以為「我的事業是高級藝術」的人們，是忘記了「民族藝術家」的根本任務照一般所用的術語，這便是「文化主義者。」

但是忘記了兩者的相差，把兩者混同的人怎樣呢？照我從來的經驗，這有幾類。

第一：是叫把一切的藝術，「都成為政治的宣傳手段」的政治主義者。這大多是對藝術文化理解不足的政治家。在日本十年前的工會中，就有些極端的先生，說「丟開藝術！」你與吳君的理論極端起來，便和這個相近。但因吳君的優秀的作家，他的實際的作品，是走在他的「理論的主張」的反對面。我讀過他的「一千八百担。」

另外一種人把兩者混同，既不是宣傳藝術，又不是「基本的創造物，」製造一些折中的作品，他們很機械地想把「藝術性」與「宣傳性」相妥協而失敗了。作品中的人物既作「口號的說明，」又附帶一些美麗的山野的描寫的「藝術性。」一種莫明其妙的機械主義的產物。

實例很多，這也就堆着不少。盛極一時的長篇集體創作的結果等等，幾乎都有這個缺陷。換句話說，既不是宣傳品，又不是藝術品。這些作品，到底有什麼效果呢？

重要的是認清兩者的差別，充分發揮各個的機能。兩者都必須做，兩者都是藝術家的工作。

無論那一方面，都必須有「藝術性；」無論那一方面，都有「宣傳性。」只是工作的性質，是根本不同的。我們必須把它作機關槍和重砲一樣的配合。如果把這混同了，說一切都是宣傳，藝術家一定會說：「對不起，你不懂藝術。」文化主義者的發生，一方面實受了機械主義者的挑撥。

最後，離開宣傳的問題，作為純粹藝術上的問題來看「舊形式；」你說：「新的大衆化的文學樣式，不能憑空建設，必須盡量吸收已經流行普遍的舊形式中的大衆性的優點……」

那末，請問——今天的白話文學，是不是憑空建設的呢？在偉大的魯迅們，于五四當時，和一切困難鬥爭而創立了的「語言藝術」的小說基礎上，你能說沒有深刻的歷史文化的蓄積麼？關于從「死言語」中解放文學，作為活的語言的藝術的歷史藝術，你們有勇氣稱之為憑空建設麼？在這基礎上，有着偉大的文化的遺產。其中魯迅們由于困難的研究，採取了創造「活語言」的文學的手段。於是今日活的民族的「語言藝術，」便代替了舊式文人和官吏書生私有玩弄物的舊文學。在這兩者之間，你說何者有大衆性？魯迅們被人稱爲替活的大衆們奪回了文學，這句話難道是無意義的頌讚麼？

這事應該繼承下去，發展下去，不能開倒車。

不能讀書的大衆很多，因此要配合專門對付這批人的啓蒙的另外的手段。「爲了啓蒙」這口實，我們不能妨礙偉大的先輩們所建築的事業之發展。而且這事業不是非大衆的，而是時時刻刻在向「大衆的」方面走去。你們的眼應該正確地注視這個發展的事實，決沒有焦灼的必要。有人說：「讀紅樓夢的比讀現代小說的多。」但紅樓夢之普及到這程度，已經費了幾百年的歲月？而且幾百年的長的歷史之間，像這樣能普及的文學作品，有幾篇可數呢？絕對不必焦灼，我們文學的歷史還太年青，偉大的傑作和巨匠之還未產生，是當然的。但這幾十年極短歷史中，已經出現了許多有才能的青年作家，以過去所不能比較的速度和數量，現代文學在普及於大衆之間。一舉驅逐紅樓夢之理是沒有的，因爲今天的社會還殘留着許多舊時代的生活和舊時代的心理。但我們必須爲了擊破它而鬥爭，而且已有了顯著的成績。抗戰是長期的——你一點不用焦躁，除了堅定地和困難鬥爭，沒有別的道路。

高爾基說：

「有許多人認爲我們的青年文學沒有創造出語言藝術的巨匠，我可以訂正說還沒有創造出。我們的文學還只有十幾年，在這點時間之內，要產生許多巨人，是異常的現象。我贊成說青年作家的技術還沒有高到那樣的程度，但過低地評價他們的技術是不可能的。因爲在我們之間，已經出現了不少非常有才能的文學者。我們有權利稱這些人們，爲新的蘇聯文學的創始者。」

今日的中國，也完全如此。雖有許多弱點，但有天稟的作家，也產生了不少。爲什麼批評家不扶掖這些作家？爲什麼當優良的創造的努力出現時，批評家不批評，介紹他們的作品，啓示他們的優點呢？爲什麼不獎勵許多人來讀它？不盡自己的責任，反而坦然地說「讀紅樓夢的人多。」難道守株待兎，要等待那些作品也像紅樓夢一般費了長時間慢慢普及于民衆之間，自然地去普及麽？

自然，我在座談會中也說過，參考舊形式的優點，是決不否定的。請盡量參考吧。但是不要輕率地「利用」；像魯迅們以舊文化的深刻的知識爲基礎，展開了新的文學時代一樣，以充分的準備，在新的文學形式的創造中，吸收他的優點。問題的重心在乎創造，不應像使垂死的病人「怎樣可以起死同生」那樣把重心放在舊形式本身的生命中。

親愛的適夷兄，我把批評家罵得太厲害了。但我的眞意想兄一定十分了解。「失言」地方請原諒。在甚久甚久的時間中蘊蓄在我心中的話，我都一起兒傾吐出來了。像兄這樣的嚴肅的批評家，請好好兒扶掖莘莘成長的新中國的健全的文學，因對于偉大的民族的覺醒而飢渴地要求着文化的民衆，請多多做點介紹普及那些作家之努力成果的工作，爲了作品的大衆化，批評家的任務實在重大。對於好的作品應該一而再，再而三的反覆討論研究，介紹。「抗戰文藝」當然應該是這種工作的機關誌。

敬望自攝。不要不戴帽子把頭晒在太陽里，這對于兄的病最要不得。

一九三八，五，一三。鹿地亘

因我在給胡風兄信中偶然提及了自己的一點粗忽的意見，使鹿地先生傾吐了積蘊已久的對于中國文壇的觀感，覺得十分榮幸。原信首節還談到另外一件與這個無關的事，翻譯時已刪去，請鹿地先生原諒。

適夷

略談改良平劇

丁玲

舊形式應該被利用，已不是今日的問題，現在是待商討的是如何選擇和改良，茲特就關於平劇的說一點意見。

一　爲什麼單說平劇

平劇已經被很多人注意，被利用起來了。老舍先生和田漢先生便都是勇敢的創作者，將抗戰的內容放了進去的。延安的魯迅藝術學院用了話劇的化裝術，和服裝上演了松花江上和松林恨。現在正在繼續編排。抗大也跟着演了不少「舊形式和新內容」。自從西北戰地服務團在西安上演了忠烈圖，及烈婦殉國的秦腔，聽說繼續的頗不乏人。現在西北戰地服務團又集體創作了白山黑水，使用了一種大衆語句，在服裝上大膽的創製了式樣，樂器和音樂也增加，又加上了佈景。那麼平劇已經被大家熱烈的利用了起來也許還將影響得很普遍是無疑意的了。

平劇雖說比較一切地方戲都不大衆化，却普遍化。從事平劇的工作者因此也更多，幾乎可以代表中國的舊有的戲劇。所以有人稱平劇爲國劇。

平劇比一切地方戲技巧高，格局深，因此利用也不易，問題更複雜。

二　我對於平劇之認識

平劇是繼承中國傳統的歌舞而演化成的，遠如趙飛燕之草上舞，楊貴妃之霓裳羽衣舞，近則蟬變於崐曲。所以它的一切規律以合於能歌能舞，歌舞本是象徵的，眞的生活中沒有誰用唱來代替了說話。所以他又是象徵的戲劇。那麼無的會成了有的，少的會變成多的，誇大，虛擬，成了很自然的現象。譬如開門，上馬，若眞有其物未必美觀，因違反了象徵，減少了舞態。平劇的一點一滴，的確是經過一番考慮，我們現在既要改良他也就不得不加一番研究；如同服裝平劇的服裝，我以爲決不是代表了何朝何代。因爲唐漢宋明並無分別，元清匈奴，也差不多。古服戲中之花且，大都穿民國初年的衣服，而貧窮人家的女子或少年，穿的也是珠玉滿頭，但觀衆一目了然，誰是宰相，誰是員外，誰是公主，誰是丫環。爲什麼呢？因爲它的服裝告訴了他的身份。所以那服裝只是根據了當時現實的服裝，誇大起來，不滲雜了後來的，使其階級分明，顏色鮮亮合乎歌舞。就是它那些動作，臉譜，也是根據同一理由發展的。他主要點也是把劇中人典型化，曹操一語便知爲奸臣，關雲長不說話也是好人，包文拯的黑臉不同於李逵的黑臉，鬍子也各有不同。壞人當然只有下邊的，原因是一個大口，兩片紅脣任一叢短鬍子裏大張着唱，是不美觀的。這可以增加他給人的壞印象。動作全有一定的動法，因爲是配着音樂來的，然而一舉一動一顰一笑，演出時因演員技巧的高下，便大不相同。所以平劇的觀衆不在了解故事的內容，只在欣賞技巧。幾個舊劇本演來演去，一旦角爭氣，仍是人山人海因此在劇本的創製上很少進步，而演員之中互相競爭，自然以奇貨可居，不肯輕易傳授，於是技巧亦墨守成規，甚至大半演員不得要領，沒有很好的學校，也沒有幾本可資研究的好書籍，使本來很是普遍化的平劇，變成難於深造，只是一部份人才了解的東西了。

三　改良過之平劇

第一是梅蘭芳，包括程硯秋，荀慧生等。梅蘭芳上演的劇本，一大半是新製的，歌舞也增加了許多花樣，樂器增加了，利用燈光和佈景，連服裝，只是他本人在台上的服裝也部分改變了，不過他的全體是趨向個人的，趨向不大衆化的。他的劇本的詞藻修飾到非一般普通人能懂，劇本中只有一個主角是有戲做的，其餘全是陪襯，或陪襯中之陪襯。他的服裝改革也是一般演員或戲院不能購置的，燦爛瑰麗，非可形容但匠心也只在一人身上。所以梅蘭芳的戲，如果沒有一個具備條件的舞台和演員，是不能上演的，而且是更不大衆化的，所以這條路我們是不能走的。

第二是上海周信芳先生（麒麟童）以及高百歲先生等，這條途徑即是所謂「機關佈景連台好戲。」這是有了佈景而且利用了燈光的長篇故事的述說。不同的地方是加了多些曲牌小調，有時且雜以地方土語。雖說有很多人目爲海派，却因爲他比較接近大衆，花樣又多，自有其觀衆，每本新戲上演時，總可連演一兩個月。但他的缺點是不能逃出舊戲的窠臼，弄得每本戲中都有後園裏私訂終生，忠臣報國，小丑打諢，甚至大翻跟斗。而佈景只在取巧熱鬧，難免俗氣，趣味亦嫌遷就大衆，因編製上之繁雜，有時連一種歌舞戲的氛圍氣也失去，在戲院子裏雖一笑五個鑼頭，生旦淨丑進進出出，載歌載舞，賞心悅目，然而沒有深刻的印象，沒有感情的共鳴，姑不論其劇本之內容意識等問題，所以這條途徑也還應加以更進步的糾正。

四　應否從事改良

別等，則我還無定議，希望有志於改善平劇者去商討。西北戰地服務團出演白山黑水之服裝，已有一個大胆的嘗試，係胡考先生的設計。自然這只是一個初步的嘗試，未可作準繩，但或可作爲一個參考吧！

臉譜：跟着服裝的問題，是臉譜，這里也有兩個極端的意見，一部份是贊成同話劇一樣，可是也有一部份人極力承認舊劇臉譜是非常藝術，我也承認舊平劇臉譜非常有講究，不特能代表各階層人，而且好看，但那些臉譜中缺乏現代人的臉譜，我是贊成舊劇的，須要誇大和典型，但必須創造新型，如近代之漫畫，也可部份採用。

佈景：如有佈景，不特美觀，實在可以加重氣圍，不過宜於象徵，不必太眞，用圖案的顏色同服裝的顏色相襯，同作動作調和。

燈光則可完全利用。

音樂：最難的是配音。因爲牠不只是配動作而且有加强效果的作用，所以總感覺中國樂器太少，又嘈雜，調子單純，故應選擇許多外國樂器增加，要有感情，要有變化，調子卻不能太歐化，應該保存一些東方的中國的情調，這須要很多對古代音樂東方音樂西方音樂，對平劇有研究的人，大家來產生的。

因了種種之改革，勢必影響動作，所以動作不妨多加研究，尤以表情應多多運用話劇之優點，舊戲上有一大毛病，卽台上人精神不互相貫注。有的拭淚哀啼，有的仍呆若木鷄，有唱才有作，不唱時卽不動作無表情，可以自由瞧着台下觀衆。其餘如「檢塲」須絕對廢棄，非常破壞劇情的。

上邊的意見全是我的一知半解，外行人說的話。但事實卻不能不逼我說出一些意見。我本想找幾本或幾篇關於平劇的書籍參考，但一本也沒有找到。謬誤之處，容或不少，但也不過希望能以此引起注意，詳加討論，尤其是希望內行人能够多多提供意見和大胆的實驗；失敗一定是有的，但根據了失敗的經驗再度的改進，勇敢無畏，卽可糾正以至成功。

改良文明戲的集體意見

丁丁，川琦，于由，于伶，丹丁，史枏，宋超，姜恕，陸沉，無冕，黃裔，墨楓，鐘盆，羅玲，蕭麓，鷹隼。

上　為什麼要改良文明戲

「八一三」燃起了全面抗戰的烽火，中華民族正在掙斷封建勢力和帝國主義的鎖鍊，用鬥爭求解放，向着建設獨立自由幸福的新中國邁進。要完成這個神聖的歷史使命，中國人民必須貢獻出一切人力物力，在各個崗位上共同努力。文化陣線上的戰鬥，同戰場上的肉搏，在爭取祖國的新生這一點上，是絲毫沒有兩樣的。

大上海在目前是已經不幸淪陷了。然而上海中國同胞們，沒有忘記祖國，也絕不應該忘記祖國，昏黯的天色，血腥的氣息，會使人們苦悶，惆悵，甚至徬徨，但被扼得更緊的喉頭會迸出更響亮的詛咒，打得更重的鞭韃會招來更猛烈的反抗，誰會懷疑離開了母親懷抱的孩子，將用決死的鬥爭突破危難，衝向自己的歸路呢。

在這里，文化陣綫上的戰鬥，是應該更廣泛更深入的，雖然一天天顯得更艱苦了。

戲劇是文化陣線上最英勇善戰的一支。它以潛移默化的功用，喚醒大衆鞏固他們勝利的信心，推動並引導他們爲祖國服役。

在這畸形的孤島上，寂寞吻着許多人的額角，煩惱嚙着許多人的心窩，被認爲可供娛樂與消遣實則可收宣傳敎育之效的戲劇，在工作環境上是有着特殊優勢的。

上海淪陷以來，作爲新興藝術的話劇，繼承着一貫的光榮歷史，已經樹立下值得稱讚的成績，而且還一直在向前進步着。然而還不能也不應令人自滿，因爲它還配合不上抗戰之飛速的開展。

淪陷在這一地區上的幾百萬民衆，究竟有多少曾經受了話劇的感染，而爲祖國盡了應盡的責任？看一看成千成萬的同胞，傾家蕩產血肉橫飛，我們自顧有限的工作成績，都難免不寒而慄。

尤其是孤島的腥風日益淒厲了，蓬勃生長着的話劇運動，不能否認地將受到一些不可避免的挫折。我們不但要盡力支持這一風雨飄搖的堡壘，決不後退一步，而且還得開闢新的陣地，以相策應，我們不畏縮，不氣餒，我們要做得更多些。

一開始卽以反帝及反封建爲中心任務的中國新興劇運，適應着政治上爲民主的鬥爭，一直在秉着一面光榮的旗幟——戲劇大衆化——努力邁進。過去雖因國內的種種矛盾，大衆化運動不斷地遭受着阻礙，但英勇的劇運戰士們已經用犧牲的血和成功的汗，寫下了歷史的一頁，等待着後繼者來完成。

抗戰粉碎了劇運的枷鎖，正如粉碎了民族的枷鎖一樣。全國的民衆一致奮起，爲一個目標而共同奮鬥了。爭取民族解放的鬥爭深入到中國社會的每一角落，戲劇運動的觸角也就可以到達每一個工廠農村兵營學校和街頭。戰鬥中的大衆需要着戰鬥文化，戰鬥的文化接近了戰鬥中的大衆。

完成戲劇大衆化的光榮的日子臨近了，上海的戲劇工作者，縱使困處孤島，誰又能放棄這一歷史所付與的使命，這里艱苦的環境，一面阻礙着戲劇大衆化的公開發展，一面却提供了新的保證，激起戲劇大衆化的雄偉的潛流。

戲劇大衆化的任務，不單是在目前充分發揮戲劇的力量爭取抗戰建國的澈底勝利，同時，也就在這爲抗戰建國的服務中，進行着爲樹立新中國的大衆戲劇的鬥爭。以戲劇戰鬥和發展戰鬥的戲劇，是雙重而統一的任務。

利用舊形式——戲劇大衆化的重要工作之一，同樣是肩負着這雙重而統一的任務的。

中國目前存在着各種形式的民間戲劇，他們各自有各自的觀衆，這些觀衆都應當是抗戰的一頁，利用這些舊形式適當地加以改良，可以爭取他們的觀衆走上民族解放的戰塲，在實踐中深切地分析這些舊形式，批判地接受它們的優點，可以充實新中國的基礎，創造新形式和利用舊形式，不應當機械地割分的，新戲劇的生長，要在各種形式的戲劇之實踐的交流中，由大衆來完成。

文明戲有着廣大的觀衆，它被這些觀衆熱烈地愛好着。在文明戲的舞台前，你可以看到觀衆們被操縱得喜笑怒駡，痛哭狂歡，全上海幾十個文明戲塲子，天天有大羣的觀衆湧進湧出。他們設法接近話劇，有些也不接近話劇，經濟能力，生活習慣，和私人興趣，都限制着他們。

然而文明戲直到現在，依舊包含着不少的毒素。在不知不覺之中，它就把這些毒氣注射在觀衆們的心里。

文明戲的觀衆，主要的是落後的小市民層，其數量却是很可觀的。在任何一點國力都不應浪費的目前，在必須把幾百萬市民普遍組織起來的孤島上，有什麽理由可以任憑這不幸的一羣，遺留在抗戰陣線之外。

文明戲之被廣大的落後觀衆所愛好，主要地自然由於意識上的契合。但其演出方式上有着特殊的通俗優點，也正是不可抹殺的。改良文明戲，利用並發展這一舊形式，使它成爲一把新的武器，應當是目前上海劇運的急務，是完成戲劇大衆化的重要工作之一。

改良文明戲的工作，自然也有着不少的困難，但也有着一切勝利的保證。

文明戲從業員的知識程度之淺，文明戲經營者的唯利是圖的短見，一切不良的積習之排除不易，一部熱心改良人士對於文明戲的認識不够充分……都是改良工作的主要困難，然而這些困難不是不可克復的。

落後的小市民們，從其實生活中獲得教訓，逐漸在覺醒着，血淋淋的抗戰現實，激起他們愛國情緒的生長；祖國的神聖號召，得到他們良心的感應。他們不能再耐毫無時代感的爲娛樂而娛樂，他們對文明戲將提出新的要求。同樣的，文明戲從業員，也將日甚一日地對自己的工作感到不滿。他們不甘於爲了吃飯而麻醉同胞，他們要負起國民一分子所應負的責任，這些現象，是民族統一戰線更鞏固與擴大的有利條件，也就是改良文明戲之工作勝利的保證。

同時，由於近年來話劇運動的積極開展，文明戲總受到一種威脅。許多文明戲場子，遠在抗戰之前，就已經在模倣話劇，尤其是在舞台設備方面。這種自發的改良，雖然是出於牟利，但在目前卻能發展成為對眞正改良工作有利的條件之一。

改良文明戲以支持抗戰，本來是發展政治上的統一戰線的一種手段，同時，積極展開戲劇界的統一戰綫，却又是完成改良文明戲——甚至整個戲劇大衆化——的一種保證。

下　怎樣改良文明戲

改良文明戲工作，不是單純地一種藝術上的改良，而是一個運動的推進。人的作用，在這里是非常鉅大的。僅只提出關於文明戲形式的改良方案，而沒有執行那一方案的適當的人，工作是無法展開的。而且沒有人的實踐，也不會有詳盡的方案。怎樣充實改良文明戲的人力，於是就成了當前的主要問題。

抗戰的光榮成例昭示我們，只有發展民族統一戰線，才能充實人力，才能爭取勝利。改良文明戲的第一個工作原則，就是發展統一戰線、話劇工作者應當團結起來，文明戲從業員也應當團結起來，話劇工作者與文明戲從業員雙方更應當共同團結，這是改良文明戲所必需的。就連舊劇和其他一切的地方劇雜耍等藝員也應當團結在改良文明戲的周圍不但整個戲劇大衆化有賴於各種特殊經驗的交換，即在改良文明戲的本身也歡迎他山之助。在各方面團結奮鬥下，經過集思廣益，監督協助，批判指正，才能在工作實踐中培養出改良工作的新幹部來，才能順應着工作的進展確定每一階段的正確方案，以達於成。

觀衆固然接受演出的影響，同時也能影響演出。改良文明戲可以使落後的市民觀衆逐漸進步，這些觀衆的進步，又可以促進文明戲的改良。因此，連文明戲的觀衆都是改良工作的間接參加者，都可以包括在統一戰線之內。

其次要說到文明戲改良的路線問題，有人主張把文明戲改變爲話劇，拿舊存的話劇作改良文明戲的終極目標。也有人主張提高文明戲，「抑低話劇，」使它們雙雙合流，成爲第三形式。還有人把改良文明戲的運動，歪曲地誤解作「話劇文明戲化，」這一切，我們認爲都是錯誤的。

文明戲雖然和話劇同出一源，在歷史的過程中，它已經建立了自己的基地。它現在是脫離話劇而存在的一種獨立形式了，因爲它有着社會的根據。正如落後的小市民階層，曾從革命的狂潮中退縮下來，走上投降妥協動搖苦悶之路一樣，文明戲拋棄了前身的光榮歷史，一步步趨近沒落，然而它還沒到毀滅的時候，正如落後的小市民層依然還能存在。文明戲的接近落後的小市民意識，而獲得它所特有的觀衆，這些觀衆不澈底轉變文明戲暫時沒有同話劇合流的可能，也不能改成話劇。同樣的理由，話劇更不會有「文明戲化」的前途。

抗戰改變了國內各社會階層的關係。落後的小市民層可以而且必須站在它本身的利益上，參加民族統一戰線，參加抗戰。目前沒有人要求小市民層的澈底摧毀，然而抗戰卻要求它從動搖妥協中覺醒，而且振作起來，由此說明了改良文明戲的正確路線，那就是站在文明戲本身的立場上，努力改良以求適應抗戰的需要。改良的結果，成爲「新文明戲」而不是話劇。

在新中國建設途中，也許人民意識漸趨一致，在長期的戰鬥中新中國的大衆戲劇也逐漸成長，那時文明戲將不再存在，而與話劇等等合流。然而這是後話。

只有把握住了這一條路綫，改良文明戲才有脚踏實地的工作。把話劇中的特點，無原則地硬裝到文明戲里去，那是出發於「合流觀」的鑲邊嵌花工作。其結果是把文明戲弄成個四不像，害得觀衆們啼笑皆非。用文明劇的原班人馬，去重起爐灶地學演話劇，那是出發於「改成話劇觀」的拄樑掉柱法。其結果把文明戲從業員們從椶子上拖下來丟到漫無邊際的天空，觀衆們也趕光了事。

眞正的改良，我們認爲應當是利用現存的文明戲形式，來傳達正確的內容。凡是形式之妨礙內容發展的。自然須刪割掉。而適應新內容的文明戲的新形式，卻必然會在不斷的實踐中逐漸成長起來。這才是從「利用舊形式發展新內容」到「揚棄舊形式創造新形式」的合理過程。

因此，首先在劇本的主題上，應當肅清一切毒素，儘量輸入健康劑，尤其必須使全劇的發展，都集中在强調主題的積極性。但動人的故事，通俗而不惡劣的噱頭，來蹤去跡交代清楚的結構，切合小市民生活的人物對話，都應當保留。

劇本並不一定要寫全部對話，原因是意識正確而能成熟地運用文明戲演出之優點的劇作家，目前還不大多見。這樣，導演的責任，就異常重大了。改良文明戲的初期，應當建立導演中心制。導演要負責向全體演員闡明劇本的主題所在，幫他們理解並把握每個角色，然後選擇並提示表演方法。

演員無須乎一改舊觀，盲目地學習話劇，在適應劇情的需要，又能為觀衆所接受的條件下，有機地採用話劇表演的特殊技術，是可以而且應該的。然於文明戲表演的特長，如口頭語運用的成功，强調主題的誇張性，合上下的交流等等，卻應當保留。一切劣點，如低級無聊的醜話，破壞合作獨出風頭的自由行動，演員在台下交談閒話互開玩笑等等，即必須戒絕。

舞台技術的改進，不應該從「賣野人頭」的心理出發，而應該使之適應劇情的需要。

演出時的後台管理，和平日的生活紀律，應當以耐心而不懈的努力，去積極改善。提高文明戲從業員之身心修養，集體學習，和戰鬥紀律，對改良工作有着決定的作用。

話劇工作者應否參加文明戲團體，直接担負起改良的任務，這是要看客觀環境和主觀條件如何而定的。倘若從原有的崗位調防到新的崗位上來，能增強整個戲劇陣綫的力量，那是值得鼓勵的。一切沒有必要留在話劇圈里，而又有能力足以維持改良文明戲工作的，都不妨參加文明戲團體。

但這些參加者最好能由話劇界統一分派。而目的須對改良工作有一致的正確認識。參加到文明戲劇團之力，在鞏固和發展統一戰線上的努力，比在藝術上的改進尤要重要。他應該同原有的文明戲從業員建立起同志的愛，團結他們，引導他們，爲共同的事業而合作奮鬥。他教育別人，同時也向別人學習。

更爲重要的，是整個戲劇界和熱心劇運的其他人士，在文明戲團體以外給改良工作的協助。話劇電影的編劇者，應該同文明戲編劇者建立經常聯系，互相切磋，話劇電影的導演和文明戲導演，話劇電影職演員和文明戲職演員，也是一樣。劇評影評人，對於文明戲的演出，像對話劇電影一樣重視。

最後，我們希望爲了順利地推進改良文明戲的工作，全上海整個戲劇界的各部門，有一個聯合的組織，集中一切力量來團結奮鬥。

我們尤其希望，由改良文明戲的成功，擴大到整個戲劇大衆化的成功！

（附記）這是兩次座談的集體意見，由我整理記下的。近來多病，腦弱，如有錯誤處，應由我個人負責。也就因爲多病，此稿遷延迄今，始克交卷，特向編者讀者和參加座談諸先生致深切的歉意！

（錢杏）

抗戰後的中國文藝運動及其現狀

歐陽凡海

抗戰爆發以來，到現在，文藝顯然已經在戰爭的總的動態中站穩它底戰鬥地位了。在我們敍述別的問題以前，關於這段過程，有加以說明的必要。

書商服務於文化事業，一般的說，是取着妓女的方式，在內戰時代，支持中國文化命脈的殉道者們，是一定要：——不但以他們底血汗去充實書商的錢囊，並且要以生命的鬥爭去延續文化於不死，才能得到書商半隻眼睛。到現在爲止，誰也不能否認，中國文藝還超不出市場文藝以外吧？就是說，中國文藝和廣大羣衆的接觸，到現在爲止，一般的講，還是要通市場的；這雖然是資本制度下一般的現象，可是在中國却特別厲害。因此，市場也就籍書商底心以爲鏡子，將它的威權反映到中國文藝運動上來。八·一三戰爭爆發以後有相當的長久，或者再說得比較寬放一點，就是從那時起一直到現在，中國文藝界確實不曾發生過根本的或者全面的動搖。大家總還沒有忘記那時候「報國無門」的哀嘆，在青年，特別是文藝青年之間是多麼普遍吧？有許多青年，甚至有許多著名的作家徘徊在街頭，沒有工作。難道這許多文藝青年與作家是個個都被砲嚇昏，既沒旁的工作，又願意把原在工作着的文學事業放棄，寧願遊手好閒，聽着砲聲過空日子嗎？他們裏面或者有一部份抱着錯誤觀念，以爲大家都只要跑到戰場上去，再也不需要文化，更其是文藝了；但歷史是不重復的，一九三七比起一九二五明明白白已經相隔了十二年，那時候在青年間，在文化界，普遍存在的認識上的混亂，無知與盲目，在十二年後的文藝界上已經不再可能普遍存在，所以在戰爭開始時，認識上犯了否定文藝的根本錯誤的，在作家方面說，沒有疑向只有極少數的一部分。這一點，我們應該首先認清，在理解中國文藝運動到抗戰十一個月之後的今日就能夠很快地在抗戰的整個動態上站穩它底脚跟這一點上，有很大的幫助。我們試一回想一九二五年的大革命文藝家們，一直到大革命失敗之後才猛然回到文藝底身邊來，就知道今日我們文藝界底盛況並不是偶然的了。

由於這「報國無門」的當時的客觀事實和文藝界在認識上的進步性，在當初，文藝界確實沒有發生根本的動搖的。

而在外表上使文藝界呈現一時的近於崩陷一般的貧困的，是交通的被戰事阻斷，與一般民衆的慌亂蜂嘩，這時候，文藝界與他們底廣大支持者一時相互不通聲氣，於是便好像一個浮華少年破了產，立刻便被妓女拋棄了。讀者只知道，當時在上海的文藝出版物如何可憐，恐怕不會知道就是那一點點可憐的出版物都是由當時旣無工作，也無稿費收入的作家自己湊起來的錢出版吧！這正是說明中國文藝界在那樣被放逐到街頭的堅苦情形下，並沒有因爲砲聲放棄了自己底崗位。我還記得，那時候他們還在理論上和文化否定論者發生過有意識性的鬥爭。

在平時，書商們的個別行動，對文化不一定發生直接的影響，但在戰時，當日的作家正陷在四面楚歌中，又突然遇到他們底全面的罷工，一時之間是不能不呈現出崩陷狀態的。

接着中國在軍事上接二連三失利，社會的秩序一時愈形混亂，而抗戰的政治環境卻相反的一天天改好，這便是說在軍事一方面，使呈現崩陷狀態的當時文藝界不能立刻翻身，這件事一時的發生强制力，使一部分的文藝界人對自己底工作失了自信，而另一部分人也不得不向別方面求暫時的或當作生活形式之某種轉換的出路。質言之，到那時，文藝界本身才被强制着開始渙散了。而另一方面在政治上的進步，恰好迎合這種情形使許多作家及文藝青年漸漸從前者的「報國無門」的哀痛中解放出來，一批一批走上各色各樣的非文藝的抗戰分野上去了。於是文藝運動的命脈一時竟大有岌岌不可終日的樣子。

那時候，堅決地意識地從事這條命脈之延續的是七月。七月的存在，在當時表明三個事實：第一，「報國無門」的現象並沒有消滅，作家並沒有能够完全走上抗戰的非文藝性的分野──第二，七月既然是個雜誌，就代表一部分作家，這些作家的態度反映在七月上，表明了他們孤軍獨戰的精神，就是在這最危急，一般的社會認識最混亂的時候，他們始終是確實認明了他們底任務與職責的，沒有動搖文藝底立足點；第三，最重要的是，他們不但沒有動搖文藝的一時的無視而降低了文藝在國際與中國的全分野上戰鬥了幾世紀才獲得寶貴的據點──戰鬥的現實主義。這三點結合成為一體，以其全貌出現在七月上，便作為超度中國文藝從困難中走到今日來的一條橋樑。要問這條橋樑之所以這樣小，却結實得任千兵萬馬從它上面通過，終究沒有折斷的緣故，那就在於第三個側面，即那寶貴的據點，始終由他們保持住的緣故。因此我們就緊跟着這一點，在下面繼續展開我們底討論。

在這裏，我們首先要簡單地給中國文藝十年來的鬥爭成果一個確定的認識。誠如吳奚如先生在七月三集三期座談會上所說的，作家一向是在「階級對立的觀點」寫着文章的，但作家也在這觀點上做過長期的殘酷的自我鬥爭。他們在開始的時候是把握不住各階級間的關係的，所以常常機械地送出一些觀念的階級代表，為了這件事，中國文藝界走了很艱苦的一段行程，它所經過的那些反覆再三的創作方法，主題題材的爭論，那些關於語言文字與形式內容的論爭，那些關於文學遺產與一般文藝理論的論爭，都是爲的要把這個所謂「階級對立的觀點」從複雜的矛盾中去把握；而經過了長期的艱苦鬥爭中與作家們創作實現的努力，中國文藝界已經走到了能够處理與觀察社會諸勢力關係的地步了。要不然七月能够固守戰鬥的現實主義的據點而孤軍獨戰就是一件不能理解的奇蹟。我自然不是說，中國文藝家已經能够十全十美十分有把握地捉得住社會諸勢力之間的矛盾了，但以抗戰以前而論，我們的確可以如此評斷，就是，社會諸勢力之間的關係，縱使因戰爭而曝露出激劇的改變了，但他們已經不至於驚惶失措；對於複雜的社會諸關係的劇烈的變動，因爲實際上並不是突如其來的，在悠久的過去他們已經努力跟從着這種變動的緣故，所以他們縱使不能十分正確地一下就在戰爭爆發時捉住了這種表面化的變動，他們決不致於駭得無從下筆或不敢下筆，是可以斷言的。抗戰以後，客觀的現實愈益曲折了，然而在作家面前只不過是增加了一定的困難，却並沒有任何根據要求作家改變一貫的創作方法，相反的，這只不過是給作家一個更廣泛的視野，使他們能够更深刻的去發展他們一貫的創作方法。

這一點，現在看起來好像是比較清楚些了。不過在抗戰開始的當時，中國新文藝運動的這種一貫的創作精神實在遭遇到了一個強大的阻力。原來那時候發生了一種不可避免的趨向，就是爲了統一戰線底基礎尚未穩固，爲了阻止左傾幼稚病發對生社會諸勢力的批判，是嚴厲地防止發生毛病的。這當然是應該的，但政治認識比較不充分的一般社會輿論，便走向極端了，他們忘記了從矛盾與發展上去理解統一戰線與抗戰，而把這二者當作一種不可侵犯，不可批判的東西。於是戰鬥的現實主義這中國文藝底寫作精神，在這裏遇到了很大的阻力，大有不敢舉步向前之概了。丘東平怕被人冠以「漢奸文學」的帽子而不敢寫韓復渠統治下的軍事與政治的黑暗，腐敗，就是一個明顯的例子。不屈服在這種阻力之下，使中國文藝能度過這阻力而到達重新鞏固陣脚的今日的，是七月這條橋樑，說得更嚴格點，就是七月底戰鬪的現實主義這個據點。我前面說七月這條橋樑雖然小，却結實得任千兵萬馬從它上面度過，終究沒有折斷的，是在於那戰鬥的現實主義始終保持住的說法，到這裏我們就可以知道，假使七月不能担負起中國文藝那一貫的創作精神將它從危殆中度過來，那其他一切的努力都不會發生決定作用的。因此，我們也可以反轉來知道，七月的存在，並不是偶然的了。中國文藝的發展，伸過七日這條橋樑，實在是一系列的展開。鹿地先生說中國「抗戰前的作家與今日的作家之間，甚至已開始發現了明顯的分歧點」這話，如果是說抗戰前的作家與抗戰後的作家巳經方向不同了，那是可以被指摘爲對中國抗戰前的文藝確實相當隔膜的。

因爲中國今日的文藝，是過去的一貫的系列的發展，是有過去歷史基礎的，所以抗戰後的中國文藝雖然遇到相當困難，但一越過了困難，它便恢復它過去的那種優越的原氣，趁着這生氣四溢的現實潮浪，蓬蓬勃勃向前發展了。所以抗戰後的中國文藝，到今日，不過巳經過了很短的幾個月的時間，就能在批判上，利用那過去是經過幾年才能從混雜之極的論爭中得出來的敎訓，來阻止文學上的單純的抗戰情緒的舒發與浮面的鼓勵了。關於這一點，我們可以舉得出抗戰文藝上姚雪垠先生底主題組織性與教育性的强調，和通俗讀物編刊社底自我批判等。其中尤其是通俗讀物編刊社底自我批判中關於作品內容一方面指摘，一方面表明了中國文藝在過去的十年鬥爭中所留下的優秀成績，而另一方面表明中國批判工作的廣泛的展開與深入，從而這篇自我批判中關於內容一方面的話竟然値得抄錄出來正式加以確定，作爲今日文藝批評上的一個値得歡喜的存在。就抄錄在下面吧：

「自蘆變發生後，本社卽以現實的抗戰故事爲創作主題。但此時期編刊的讀物內容，幾乎全爲抗戰情緒的鼓勵，至於抗戰以來的經驗教訓，則甚少乃至沒有反映到讀物中來……」

「第一是缺乏敵人國內危機的分析與敵軍政治工作的提倡，新刊讀物中凡提到是敵人侵略我國原因的時候，照例是『日本軍閥無人性』或『東洋小鬼太凶殘』等空洞而錯誤的抽象詞句，除了一種好洋鬼子外，均未能將敵國法西斯軍閥統治的本質——由對外發展和緩內部政治危機的基因，加以具體而深刻的描寫。而且，敵人此次侵略我國，雖一面利用着強制的徵調，一面施行了軍國民教育的麻醉，將士兵驅到了前線，但是，不惟在國內引起了巨大的反戰運動，即其來華的士兵，也形成了厭戰悲觀乃至生趣斷喪的趨勢，因而便表現了獸性的姦淫槍殺與戰鬥力的削弱。在客觀上，不惟敵人國內的反戰運動，爲中國的友軍，即深入我國腹地的敵軍士兵，也有用政治宣傳使之從速覺悟，共同打擊敵人的可能的必要。……「第二是缺乏民權主義的宣傳。本社自成立迄今，即以宣傳民族主義爲主要任務，這一點本來沒有什麼不對；尤其是在抗戰期中，抗日高於一切已成爲國人共同遵守的最高原則。着重民族主義的宣傳，更屬必要。不過我們應該瞭解，三民主義是一個連環性的體系，八九個月以來抗戰的教訓，在證明必須使民族主義在民權主義與民生主義的規定之中，然後才能順利的達到目的，即必須以民權與民生的同時實現爲條件，然後才能保證抗戰的最後勝利，才能使抗戰與建國獲得合理連繫，才能在抗戰的過程中建立起獨立，自由，幸福的三民主義的新中國。

這雖是簡單明白的眞理，而國人對於此點，却正缺乏着正確的認識，觀夫一般文化界關於民主民生與抗戰的關係問題的爭論，卽可瞭然，知識份子，尙且如此，一般國民對此問題認識的不足，更何待言。

……

「上述這兩種缺陷，同時存在在我們的讀物之中，實在不是偶然的現象。因爲抗日而注重與日本民衆聯合，及求民族主義實現而同時宣揚民權主義與民生主義，正是三民主義的民族主義一貫的中心思想，只是我們對於這種中心思想缺乏全面性的正確理解，必然要在讀物內容上同時產生上述兩種缺陷。這種缺陷，用文藝學來說，就是創作方法論的把握的不足；用政治術語表現，就是對於抗戰基本形式缺乏科學的認識。」

中國批評家並沒有放棄了或有意地忽視了這方面的工作，事實上中國文藝無論在創作方面，在理論方面，現在正趁着大時代的浪潮，繼承以往的努力，開始了向前的更深一步的廣大的展開，不過中國文藝運動底實際情況，有它底不同於他國的複雜的特殊性，這一點，在我們說明了中國今日文藝底歷史的根基及其發展傾向以後，要再走前一步，是不能避免的，而且就在此地，和目今中國文藝界的主要問題做進一步的接觸了。

中國新文藝運動的發展，自開始到現在，取着一種集中的與正軌的形式向前演進。這事，在歷史上出現的回數，只有非常寬泛地說，才能指出五四運動中一短段時間和一九二八到九·一八前後的一短段時間，而嚴格地說，這兩段時期都是很勉强的。因爲中國是一個半殖民地的國家，它底內部問題本來是够複雜的了，又常常在非常複雜錯綜的外來壓力下變得更複雜，它常常在你還沒有好好解決這個問題的時候，突然擁來十個急不容緩的新問題，有時候，一個問題還才被提起，又要被迫着幾乎要放棄了。另一方面，中國社會條件的發展去發展。只要懂得中國情形的人，都知道中國的各方面的問題都是最容易過時的，然而實際上過了時而已經解決的問題却非常少。在文藝上也是這樣，舊形式與大衆的問題，就是最明顯的例子。單這兩個問題，再四再三，提而有提了，這都是因爲當時遇到新問題，妨礙了這問題的成熟，放棄了，以後又提起，又放棄或擱淺，又提起的緣故。現在的舊形式的問題，就是在社會條件的桎梏下以前屢次都沒有解決，到現在需要解決，所以居然又拿出來擺在最新的許多問題一道了；同時，也就是因爲這種社會條件的桎梏，就文藝方面說，從事於解決那許多潮湧般的問題的主觀力量，簡直不能與客觀問題相對比。文藝理論與批評的崗位，常常因爲一，力量的不够分配而呈現出單弱，二，受文藝以外的力量的牽動，而失去强有力的戰鬥表現。這種種情形在抗戰以後到最近期間表現最爲露骨，表面一看，確實是近似落後得可怕的。然而事實却並不如此簡單。——中國文藝的單薄的戰鬥力面對着他們那些潮水般擁來的問題，却自有其獨特的戰鬥方式的表現；他們再三再四的兜回舊問題上去，不但是每兜回一次總把問題推進一步，並且一定是用運動戰的方式，無論這些舊問題討論得如何掩過一切，却總是啣接着一貫的中心理論發展的體系啣接着當面最重要的任務與課題，而最後溶化進理論發展的全體系中去的。它有它堅苦鬥爭的歷史，學會了長期的塹壕戰法與獨當一面的游擊戰法，魯迅底一生便是這些獨特的戰鬥形式的一部歷史。抗戰以後，——中國因爲幾個大文化城市的陷落，一時失去了文化中心地，這種情形更表現得明白，以七月而說，它雖然是沒有建立形式上的理論的陣地，可是它本來的編輯作爲一部實際理論的具體化而出現，這是只要從頭至尾細讀過七月便可知道的。而最近胡風先生如下的一篇談話，更如實地證明了這點。他說：

「當開始工作的時候，不能不考慮到文壇傳統風氣來的一些困難條件，這里可以提到兩點：第一，新文學爲了開拓道路，不能不在觀念形上做堅强的鬥爭，然而由於一些原因對於具體作品的評價——引伸優點指摘弱點的工作，反而忽視的傾向，這就使得文壇風氣常常被不成熟的理論觀點所困惑，使我們感到倒不如優秀的作品反而能實際地生出影響。第二，我自己做了一些所謂「批評」工作的經驗使我積成了一個苦悶，那就是：如果是用理論的言語說話，就是個單純的創作現象的理論的追求，也常常會遇到意外的麻煩和意外的誤解。由於這『七月』採取了用編輯態度和具體作品去誘發作者的方針。」

這樣的一種獨特的戰鬥方式，既然是和「文壇傳統風氣來的一些困難條件」和「經驗」相緊結合的，就知道這並不是偶然發生的了。再回頭想一想我前面所道的七月底戰鬥的現實主義精神不過是中國文藝的整個發展中的一條橋樑，就知道鹿地先生所說的七月「到了國際的水準」並不是離開中國文藝底理論批評，及其整個的體系而超然存在於空中的了。它只是用獨特的戰鬥方式向前發展中國的文藝底一面。

文學批評上，具體地分析作品，揭示它底特點，抽出教訓而予以體系化，只可以說是文學批評上的作爲重心的工作，而實現這工作方法，與形式是複雜而多種多樣的。在中國，這情形尤其是不能避免。中國報告文學的批評工作，一方面出現在七月底編輯態度上，一方面却又出現在通俗讀物編刊社底自我批評上，而在其他方面，則採一種完全不同的形貌，發動舊形式利用與通俗化的討論，凸出來，而且顯得很膨大，近於把重心的批評與理論工作丟開了。然而我們試一回想，這利用舊形式與通俗化的問題，直接導源於文藝大衆化，而文藝大衆化問題則實際是中國文藝批評家當面的建設中國新文藝主要課題之一。過去，在這主要課題上不但曾經派生過了大衆語與舊形式的問題，而且還派生過了化，連環圖畫木刻畫的這許多在當時看起來，簡直是鬧不清的問題。但這些枝枝節節，複雜多端的問題現在怎樣呢，他們經過了長久的彎彎曲曲的形程，互相激蕩，互相溶解，雖然前後不齊，却一步步推進了，而終究溶入於中國文藝運動發展的全體系中，團結在那基本理論的四週，在我們現在看起來，好像是並不奇怪的了。現在舊形式利用與通俗化的問題，也正是一樣不足奇怪的，不過，我們儘管指明這種情形，若是把這種情形引爲滿足，却是絕頂的錯誤，這種複雜多端而近於畸形的離心力發展之所以到今天還沒有離去正軌，我們不能不承認中國文藝在理論，批評與創作實踐上，過去的那些不斷糾正，堅決地守緊原則的艱苦的長期的努力。倘是沒有這種努力，那這複雜多端的發展，足以產生很大的危險。

鹿地先生在七月三集一期座談會上的意見和最近給適夷先生的公開信都是這種努力的表現。他們爲的要防止中國文藝運動從根本的原則上跌開，爲的要防止偉大的先輩們所努力下來的一貫的發展受到阻滯而極力主張政治的應急手段與「民族文化的向上」的本質問題的差別，我以爲是沒有可以非難的理由的。這裏所說的政治的應急手段如果所指的並不是單純的宣傳而藝術的大衆化，那麼這兩方面工作的性質，倒不必有什麼根本的不同。因爲中國的藝術創造物要想從質上去提高，不通過各色各樣的大衆化運動去豐富它底大衆性是找不出更好的路子來推文藝底內容與形式的發展的。我在七月三集一期座談會中說：「把中華民族底一切好的特性一切好的文化傳統吸收在新文學裏，並不是降低了文學，相反的，假使能够使文學更具體地，實際地，成爲中國的東西，是文學提高與進步」換言之，即其發展。這裏，我們所賴以自信的是大衆有豐富的創造力。

但不管我們底工作一向來而且以後也要通過怎樣曲折的路，對於這種遙遠而艱苦的行程，時時採取警戒的態度，防止其跌開或其阻滯了中國新文化一貫發展下來的中心體系，是十分正當的。依照以前的，我對於中國文藝的縱斷面與橫斷面的檢討，我們知道中國批評界雖然並不如鹿地先生所形容的那麼落後得可怕，但比起這四面八方野馬一般的客觀，現實與文藝問題的展開、中國批評家的貧乏，實在不能否認：而這種貧乏正使中國文藝有很大的可能，從我們偉大的先輩們所建設的新文學的一貫發展中跌開。中國底批評家們是不能不在這抗戰後中國文藝剛開始猛進的今後，充分注意於這件工作的。

Do歷史76　PG1692

抗戰文藝論集【復刻典藏本】

原 編 輯／洛蝕文
主　　編／蔡登山
責任編輯／杜國維
圖文排版／江怡緻
封面設計／葉力安

出版策劃／獨立作家
發 行 人／宋政坤
法律顧問／毛國樑　律師
製作發行／秀威資訊科技股份有限公司
地址：114 台北市內湖區瑞光路76巷65號1樓
電話：+886-2-2796-3638　傳真：+886-2-2796-1377
服務信箱：service@showwe.com.tw
展售門市／國家書店【松江門市】
地址：104 台北市中山區松江路209號1樓
電話：+886-2-2518-0207　傳真：+886-2-2518-0778
網路訂購／秀威網路書店：https://store.showwe.tw
國家網路書店：https://www.govbooks.com.tw

出版日期／2017年1月　BOD一版　**定價**／450元

獨立作家
Independent Author
寫自己的故事，唱自己的歌

抗戰文藝論集【復刻典藏本】/ 洛蝕文原編輯；蔡登山主編. -- 一版. -- 臺北市：獨立作家, 2017.01
面；　公分. -- (Do歷史；76)
BOD版
ISBN 978-986-93886-9-6(平裝)

1.中國文學史 2.抗戰文藝 3.文藝評論

820.908　　105024130

國家圖書館出版品預行編目

讀者回函卡

感謝您購買本書，為提升服務品質，請填妥以下資料，將讀者回函卡直接寄回或傳真本公司，收到您的寶貴意見後，我們會收藏記錄及檢討，謝謝！如您需要了解本公司最新出版書目、購書優惠或企劃活動，歡迎您上網查詢或下載相關資料：http:// www.showwe.com.tw

您購買的書名：________________________________

出生日期：________年________月________日

學歷：□高中（含）以下　□大專　□研究所（含）以上

職業：□製造業　□金融業　□資訊業　□軍警　□傳播業　□自由業

　　　□服務業　□公務員　□教職　□學生　□家管　□其它____

購書地點：□網路書店　□實體書店　□書展　□郵購　□贈閱　□其他

您從何得知本書的消息？

□網路書店　□實體書店　□網路搜尋　□電子報　□書訊　□雜誌

□傳播媒體　□親友推薦　□網站推薦　□部落格　□其他________

您對本書的評價：（請填代號　1.非常滿意　2.滿意　3.尚可　4.再改進）

封面設計____　版面編排____　內容____　文／譯筆____　價格____

讀完書後您覺得：

□很有收穫　□有收穫　□收穫不多　□沒收穫

對我們的建議：________________________________

____

____

____

請貼
郵票

11466
台北市內湖區瑞光路 76 巷 65 號 1 樓
獨立作家讀者服務部　　收

（請沿線對折寄回，謝謝！）

姓　　名：＿＿＿＿＿＿　年齡：＿＿＿＿　性別：□女　□男

郵遞區號：□□□□□

地　　址：＿＿＿＿＿＿＿＿＿＿＿＿

聯絡電話：(日)＿＿＿＿＿＿＿＿　(夜)＿＿＿＿＿＿＿＿

E-mail：＿＿＿＿＿＿＿＿＿＿＿＿